用理论穿透世间的幻象
用文学抵抗人生的虚无

　　　　　　　　杨宁

看不见的文学

文学如何"理论"

杨宁 / 著

中国社会科学出版社

图书在版编目（CIP）数据

看不见的文学：文学如何"理论" / 杨宁著 . —北京：中国社会科学出版社，2022.2（2023.12 重印）

ISBN 978 – 7 – 5203 – 9609 – 7

Ⅰ. ①看… Ⅱ. ①杨… Ⅲ. ①文学理论—理论研究 Ⅳ. ①I0

中国版本图书馆 CIP 数据核字（2022）第 014999 号

出 版 人	赵剑英
责任编辑	王丽媛
责任校对	党旺旺
责任印制	王　超

出　　版	中国社会科学出版社
社　　址	北京鼓楼西大街甲 158 号
邮　　编	100720
网　　址	http://www.csspw.cn
发 行 部	010 – 84083685
门 市 部	010 – 84029450
经　　销	新华书店及其他书店

印　　刷	北京君升印刷有限公司
装　　订	廊坊市广阳区广增装订厂
版　　次	2022 年 2 月第 1 版
印　　次	2023 年 12 月第 7 次印刷

开　　本	880×1230　1/32
印　　张	10
字　　数	225 千字
定　　价	39.00 元

凡购买中国社会科学出版社图书，如有质量问题请与本社营销中心联系调换
电话：010 – 84083683
版权所有　侵权必究

序　言

艾布拉姆斯奠定了文学经典的四要素理论。即文学的世界关系，文学的作者，文学的读者，以及文学文本本身。杨宁也是按照这四要素来组织这本书的结构的。在这个意义上，杨宁并没有提出新的理论框架——事实上，一本面向学生的文学理论著作也很难打破这样的框架，因为文学事实上就是存活在这四个维度之中。而 20 世纪不同的文学批评流派只不过是将其中的一面进行强化，要么刻意强调读者（各种各样主观性的读者理论以及罗兰·巴特式的可写文本），要么重新解释作者（作者曾经是文学作品毫无疑问的起源和汇聚之地，但是，福柯和罗兰·巴特等人也曾提出了各种各样的"作者之死"），要么强调文学的各种表意和叙事方式（文学的修辞、结构或者解构等各种文学手法，这是 20 世纪最为显著的形式主义潮流），要么深化文学和世界的复杂关系（在不同的时代，文学会呈现出不同的生活世界和观念世界。文学不可能脱离一个海德格尔意义上的世界）。

在 20 世纪，不同的文学批评策略只是过于强调其中的一个维度而刻意压抑其他维度。这样的意义在于，每一种批评流派都将某一个文学维度高度深化和复杂化了。这样，文学研究和理论一方面变得惊人的细致，另一方面又充满悖论地变得高度抽象。不同的批评流派以夸张的方式彼此竞争，这使得文学研究在20世纪成为令人眼花缭乱的理论发明。这种理论发明一方面受益于人文学科特别是受益于当代哲学的进展，但是反过来它也刺激和革新了当代的人文科学。它在今天的后续面孔因此是文学理论和哲学的一个模糊的结合物，这就是我们今天所谓的文化理论。

杨宁这本书的意义在于，他在这个文学研究四维度的经典框架内，吸收了20世纪各种新的批评流派的部分观点。正是因为有这些新的观点，使得这本书挣脱了艾布拉姆斯的束缚。总的框架还在，但是，观点已经发生了改变。杨宁奇妙地将各种经典的文学理论问题和各种新颖的批评观点进行有机地融合，使得那些旧的问题变得不旧，而那些新的问题也不再晦涩和尖锐——实际上，就文学研究而言，也确实没有什么新问题和旧问题之分。

更重要的是，在讨论这些理论问题的时候——无论是一些经典问题还是一些新涌现出的问题——杨宁会顾及各种观点的合理性，他甚至能在不同人的完全对立的观点中发现各自的合理性，并将这些不同类型的合理性进行辩证地综合。这使得这本书既不保守，也不冒进。杨宁这本书的特点就是高度的理性：它有开阔的视野和辩证的心灵，因此不会流于偏狭和激进。杨宁的理性还在于他采用的论述方式，他总是用大量的文学事例和材料来说明他的观点。而这些观点总是通过绵密的推论——有时是通过辩驳式的推论——一步步地呈现出来，他的论述如此紧凑，如此严密，如此周全，以至于你很难否定这些观点——我觉得这是这本书诚恳和朴实的一面：没有故作惊人之语，也没有高深莫测的论断，杨宁甚至不太使用流行的时髦术语。所有的观点都清晰、实在、具体，并且都有合理的论证作为基本的支撑。

我相信，人们读这本书的时候会感到流畅和愉快。也许人们会说，这本书通俗易懂，而我则会觉得，这种通俗易懂背后有一种能力：将各种复杂的理论进行消化的能力。杨宁将理论的晦涩和繁琐性都抹掉了。我会说，将理论观点娓娓道来但又不令人感到厌倦，这是一种禀赋——只要想想我们的文学理论课堂上有那么多昏昏欲睡的学生就能明白这点。杨宁的授课录像早已经证明了他的这种禀赋和能力，现在，他的禀赋和能力再一次通过这本书，通过书写的方式得到证明。杨宁让我再一次相信，文学写作有特殊的魅力，而关于文学的研究和理论也有同样的魅力。

汪民安
2022年1月

前 言

经常会听到有人这样评价如今的网络环境：戾气太重。很多人一见到跟自己不一致的观点就会不由分说地怼回去，然后紧接着就是各种相互扣帽子、贴标签，各种攻击手段无所不用，最终谁也说服不了谁，拉黑一拍两散。

每当我围观各种网络争论的时候，经常会思考一个问题：这种戾气到底是如何形成的？什么东西导致了大家如此不愿意接受相反的观点？当然这是个太大也太复杂的问题，上到社会环境、经济发展，下至个人修养、道德品质，都能够找到相应的阐释方式。而在这其中，我也找到了一种对这一现象的解释：人们更习惯于活在自己的世界里，人们更愿意坚守自己已有的某种观念，因为这种观念从某种程度上支撑了他的整个精神世界和信仰。

想到这，我就不得不反思我一直以来所打交道的学科：文学理论。文学理论到底是干什么的？文学需要理论吗？这些问题从我第一天接触这个学科开始就不断地萦绕在我脑中。然而每一次我给出的答案也是非常坚定的：文学不仅需要理论，而且文学在其最根本的意义上就是理论。

为什么这么说？其实原因很简单，理论之所以存在，就是要从纷繁复杂的世界中梳理出头绪来。无论是否有这个必要,但理论坚信这个世界有其内在逻辑。只不过人文学科的理论的复杂之处在于,它不能确保某种解释是绝对正确的且始终正确的,于是理论就会从不同角度生发出不同的可能性。正所谓"条条大路通罗马",不同的理论在不同的道路上给出了对世界某些问题的本质思考,这时到底哪条道路是正确的已经不重要了,体会不同道路上的不同风采或许才是最为重要的。

这就是理论与文学的相通之处:文学通过创造一个想象的世界为我们庸常的人生提供了某种新的可能性,阅读文学其实就是在阅读另一种人生可能。同样地,理论通过对于世界本质规律的探寻提供了理解世界的新的可能性,学习理论其实就是在理解另一种思考问题的视角。那些始终坚守自己观念中的人,那些不能接受与自己相左观点的人,那些沉浸在自我的"信息茧房"中的人,犹如井底之蛙,永远无法体会另一个世界和另一种可能性带来的快乐。

从上大学开始,我就不断地听到周围的同学朋友们说《文学理论》这门课枯燥、无聊甚至无意义。确实,既然是理论,就必然有其乏味的一面。但是若说理论无意义,那可能就真的是小看了理论的可能性。在我看来,生活中、阅读中、工作中、娱乐中处处有理论,当你在欣赏一部电影或者综艺节目时,当你在网络上对一个热门新闻发表观点时,当你在现实中处理各种各样人际关系时,理论其实已经在不知不觉地发挥着作用了。甚至很有可能,你已经自觉地运用某种理论去解释某一现象了。这就是理论的可怕之处,也是理论的魅力所在。

就文学而言,当我们一开口谈论文学,理论就随之而来。

一部作品的作者到底是谁？一部作品到底算不算文学？某人对作品的解读到底是不是过度解读？到底什么才算是经典的好作品？等等。这些纷至沓来的问题，或许是每一个人从小到大想问但不敢问，想说却欲言又止的问题。而在这本书里，我将对这些文学阅读中经常遇到的问题进行较为细致的剖析，对相关的概念和命题进行梳理和考察。目的就是为了能够把那些含混不清但又绕不过去的问题说得稍微清楚一些。当然了，跟文学有关的问题往往都是说不尽也道不完的，很多问题都没有固定的答案。但对于这些问题的探讨，有助于我们更深入地去理解和把握这个世界。

至于这本书的体例和框架，我基本是按照艾布拉姆斯经典的"文学四要素"进行结构的。前四章基本上探讨的是文学本质以及文学与世界的关系，第五章到第八章探讨的是文学与作者问题，第九章到第十二章讨论的是文学的接受与阐释问题，第十三章到第十六章探讨的是文学文本的相关问题。其实在如此分章的时候我就感受到了文学理论的复杂之处，比如第十章探讨是否可以用道德标准评判文学作品的问题，表面上是批评标准问题，但事实上文学的道德属性问题与意识形态问题是紧密相连的。而文学的意识形态既可以算作是文学本质论也可以算作是文学与世界的关系问题。再比如第十一章分析了文学阐释中的意图问题，表面上是文学阐释问题，但事实上也涉及文学创作过程问题，而文学创作过程的意图问题又与意识形态问题存在一定关联，可见这些问题中的复杂性。每个问题一旦被提出，往往就是牵一发而动全身，所以本书采取的章节安排也仅仅是一种临时安排，真正的文学理论问题是很难用简单的"四要素"进行归类的。

每个人都有自己的生，文学也有自己的命，不必强求。卡尔维诺有言：

> 我对任何唾手可得、快速、出自本能、即兴、含混的事物没有信心。我相信缓慢、平和、细水长流的力量，踏实，冷静。

杨宁
2021年10月

目 录

第一编　文学与世界

第一章　文学本质与审美问题　3
一　"诗"与"非诗"的界限问题　3
二　文学本质与艺术惯例　6
三　文学本质与美的关系　9
四　文学本质的历史性　15

第二章　文学真实与虚构的悖论　22
一　虚构的悖论　22
二　现实主义与移情说　26
三　类情感与想象的真实　31
四　艺术制度与审美超越　34

第三章　文学与意识形态问题　41
一　"小红帽"故事的真实面目　41
二　意识形态概念的三个层面　43

三　意识形态如何通过文学发挥作用	48
四　如何进行意识形态批评	52

第四章　模仿·再现·表现　59
　　一　"形似"与"神似"　　　　　　　　　　59
　　二　模仿论与表现论的分野　　　　　　　　63
　　三　以再现为核心的文学流派全景图　　　　68

第二编　文学与作者

第五章　"文如其人"与"文非其人"　77
　　一　"文如其人"的理论发展　　　　　　　78
　　二　"文如其人"的理论内涵　　　　　　　81
　　三　"文非其人"及其原因辨析　　　　　　83
　　四　"应然"与"实然"的关系问题　　　　87
　　五　"文如其人"命题的启示　　　　　　　89

第六章　作者中心观及其解构　92
　　一　作者问题的复杂性　　　　　　　　　　92
　　二　作者中心观的形成　　　　　　　　　　96
　　三　作者中心观的解构　　　　　　　　　　98
　　四　作者之死与权力话语　　　　　　　　　102

第七章 文学与形象思维的关系 110
- 一 《自由与爱情》是一首好诗吗? 110
- 二 形象思维与抽象思维的分野 112
- 三 形象思维概念的"死去活来" 116
- 四 形象思维研究的三大转向 121

第八章 精神分析及其批评有效性问题 127
- 一 陀思妥耶夫斯基与弑父问题 127
- 二 精神分析的理论问题 131
- 三 精神分析的科学性问题 135
- 四 如何看待精神分析理论 138

第三编 文学与读者

第九章 文学经典:本质主义与建构主义 145
- 一 莎士比亚到底好不好? 145
- 二 审美标准:在少数与多数之间 149
- 三 两种经典观:建构主义与本质主义 156

第十章 文学批评标准与伦理道德之关系 165
- 一 《洛丽塔》是道德的吗? 165
- 二 "审美派"与"道德派" 171
- 三 道德体系的建构方式 177
- 四 道德批评与伦理批评 179

第十一章　文学阐释中的意图问题　183
一　作者为什么做不对阅读题？　183
二　意图主义与反意图主义之争　185
三　意图主义与反意图主义比较　190
四　剑桥大学的三人辩论　194

第十二章　合理阐释与过度阐释　204
一　关于《登鹳雀楼》的四种解读　204
二　文学解读的基本原则　210
三　合理阐释与过度阐释的边界　215

第四编　文学与文本

第十三章　叙事性作品的套路和结构　225
一　小说的套路与模式　225
二　结构主义及其批评　228
三　为何套路得人心？　237

第十四章　诗歌的韵律本质及其原因　241
一　从《尝试集》到新月派　241
二　诗歌与韵律的关系　245
三　韵律起源的几种假说　249
四　诗歌韵律的心理学解释　254

第十五章　文学语言与存在问题 260
　一　关于"两株枣树"的多重解读 260
　二　文学语言的修辞立场 268
　三　文学语言与"陌生化"问题 271
　四　"陌生化"的历史问题与存在问题 274

第十六章　文学文本的层次问题 281
　一　"文学＝内容＋形式"吗? 281
　二　俄国形式主义与"有意味的形式" 288
　三　"意向性"与文本的层次结构论 291
　四　"言象意"与层次论的多种可能 296

后　记 303

第一编

文学与世界

第一章
文学本质与审美问题

在文学理论中,"文学是什么"往往被视为是首要探讨的核心问题,因为它不仅仅决定了文学研究的对象,更决定了我们对待文学的态度。然而,类似这种"某某是什么"的问题很难有明确的答案。历史上太多理论家都在寻找解答问题的方式,然而似乎每一种定义都存在反例,每一种理论都存在漏洞。于是"文学是什么"成了文学理论中必须回答又无法回答的问题。果真如此的话,重要的便不再是问题的答案,而是对问题的思考过程。经历了对问题的一番追问、探寻、反思之后,或许答案就自然显现出来了。

一 "诗"与"非诗"的界限问题

20世纪美国著名意象派诗人威廉·卡洛斯·威廉斯(William Carlos Williams),曾经写过一首非常著名的短诗《便条》:

我吃了

> 放在
> 冰箱里的
> 梅子
> 它们
> 大概是你
> 留着
> 早餐吃的
> 请原谅
> 它们太可口了
> 那么甜
> 又那么凉

对于这首诗，很多人都会产生疑问：这到底算不算是诗？从形式上看，这首诗仅仅是对一张"便条"的简单分行，没有运用太多的修辞手法；从内容上看，这首诗所呈现的无非就是美国现代中产阶级的生活图景：丈夫上班走的时候多吃了几个梅子，然后在冰箱上给妻子留下一张便条，并没有体现出太深刻太复杂的内容。所以无论是在形式上还是内容上，这首诗与日常生活语言没有任何区别。那么这首诗还能算是诗吗？

问题的矛盾之处在于，如果不将其视为诗歌，就无法解释为何这些文字被收录进了诗集里，而且的确出自诗人之手。而如果将其视为诗歌，也无法解释为何一首没有技巧、没有美感、没有深度的诗歌也能被纳入"诗"的行列。如果这也算是诗，而且是著名诗人的著名诗歌的话，那诗歌的门槛是不是也太低了呢？

而事实上,诸如此类的"诗歌事件"在近些年频繁爆发。2006年,一个以赵丽华名字命名的网站建立,该网站贴出了一些赵丽华的即兴短诗,包括《一个人来到田纳西》《我终于在一棵树下发现》等。这些诗的语言与风格令网友感到惊讶,许多人认为这根本不是诗。比如《我终于在一棵树下发现》:

> 一只蚂蚁
> 另一只蚂蚁
> 一群蚂蚁
> 可能还有更多的蚂蚁

然而这些诗的作者——赵丽华,被冠以了很多"专业""权威"的标签:"鲁迅文学奖评委、国家一级女诗人"等。这些诗当时一经网友转发就立即引起热议,以至于后来天涯八卦论坛出现了一个名为"梨花教"的ID,8天内发出28个跟赵丽华有关的贴,引发了大量网友对赵丽华诗歌的"仿写",并称之为"梨花体"。这种仿写其实就是一种"恶搞",背后体现了网友对"梨花体"的嘲弄和质疑。这一事件当时在网络上形成了"挺赵"和"倒赵"两派,两派争论的一个核心焦点是:"梨花体"是不是对艺术、对美的亵渎?当然,这两派的争论直到今天也没有结果,但是类似的"诗歌事件"却层出不穷,如"羊羔体事件""乌青体事件""余秀华事件",直到2021年的"贾浅浅事件"。

从文学理论的角度看,所有类似事件的背后,都涉及一个非常重要的理论问题,那就是:到底什么是诗?"诗"与"非诗"的界限到底在哪里?进而言之,把这个问题再扩大一点,那就要问：文学的本质到底是什么？文学是否必须要表现美？如果明确了什么是文学的本质，就能够清楚地明确《便条》、"梨花体"这类的"诗"到底算不算是诗。如果明确了文学与美的关系，也就能够清楚地知道"梨花体"这类"诗"到底是不是对文学的亵渎。接下来的问题是：文学的本质到底从何处寻？文学与非文学的界限到底如何界定？

二 文学本质与艺术惯例

首先，从经验的层面看，关于什么是文学、什么不是文学，每个人都会给出自己的答案。比如在阅读《西游记》《哈姆雷特》（*Hamlet*）《呼啸山庄》（*Wuthering Heights*）的时候，经验会告诉我们，呈现在你眼前的是文学作品，我们绝不会把眼前的文字当成是产品说明书或法律条文。这说明：在阅读文学作品之前，我们的头脑里一定已经有了一种关于"文学是什么"的观念，这种观念决定了以一种怎样的态度去对待眼前的文本。甚至在我们平时浏览网页，观看知乎、豆瓣、B站上的文章的时候，我们也经常能够从阅读过程中分辨出哪些是真实的事实记录，哪些是写手为了博人眼球、增加点击量而虚构出来的、带有文学性的作品。所以，从经验层面看，文学与非文学的界限应该是存在的。

如果我们带着已有的关于"文学是什么"的经验去阅读《便条》这首诗的话，会发现，《便条》的独特性在于，把这首诗的分行去掉，这首诗就会变成一张普通的便条。而从经验角度看，绝大部分人都不会认为一张便条是文学作品，这张便条所呈现出来的形态和内容与经验中的文学观念差距太远。然而，至少目前学界的主流看法是：《便条》不仅仅是文学，而且还是一首非常著名的诗歌。问题是，《便条》之所以能够成为"诗"的"诗性"到底在哪里呢？

值得注意的是，威廉斯的《便条》虽然在内容上取材于现实生活，但在形式上却发生了很大变化。这个变化是，《便条》这首诗采用了分行的形式，而日常生活中的便条是不太可能分行的。那就会有人提出这样一种猜想：有没有可能确定诗与非诗的标准其实就是分行与否呢？只要分行的就是诗，不分行的就不是诗。这样的标准可行吗？

这种以分行为标准界定诗歌的方法，虽然简单粗暴有效，但是似乎并不令人满意。凭借经验，大部分人认为诗之所以是诗，不仅仅在于分行，诗歌还应该表达某种审美理想，表达对世界的深入思考。如果以分行为标准，那么分行只能是形式标准而非内容标准。而且就分行本身而言，也仅仅是形式标准中的最低标准。如果现实生活中的文字直接分行就可以成为诗的话，这无疑是消解了传统观念中对于诗歌的崇高性想象：诗歌是文学领域中的"皇冠"，诗应该表现出更为复杂、更为深刻、更为丰富的内容，不应只有形式特征，更不应只剩下分行这一躯壳。

如果分行不能作为界定诗歌的标准，那么决定《便条》是诗的那个东西，又是什么呢？对于这一问题，童庆炳主编的《文学理论教程》1998年修订版中给出了一个解释：《便条》之所以是诗，是"文学惯例"在起作用。书中的原话是："文学惯例告诉我们何者为文学，何者为非文学。"① 所谓"惯例"，就是某个特定时期某个特定的社会共同体约定俗成的关于某一事物的认识，简言之就是：大家都认为它是文学，它就是文学。这种观点听上去有点匪夷所思，但是这种以"惯例"来界定本质的方式，在艺术学领域很早就有人提出了（界定艺术本质跟界定文学本质一样，都是理论上的"老大难"问题）。在探讨艺术的本质问题时，美国著名美学家乔治·迪基（George Dickie）1969 年发表《界定艺术》（"Defining Art"）一文，明确提出"艺术惯例论"（又称"艺术制度论"）（the Institutional Theory of Art）。迪基认为，一件作品之所以能够成为艺术作品，一个很重要的原因就在于，艺术界中的某些特定惯例将作品认定为了可供欣赏的艺术作品。简言之，一件作品到底是不是艺术作品，不是由作品本身决定的，而是由长期以来积累的关于"什么是艺术"的惯例决定的。符合这个惯例的就是艺术，不符合的就不是。

那问题是，《便条》这样的作品到底符合不符合长期以来积累的关于"什么是文学"的惯例呢？对于这一问题的回答往往是人云亦云的：有人确实能把《便条》读成诗（比如《便条》确实押头韵了），但也有人认为，《便条》就是不符合其头脑中的关于"文学"的"惯例"。这就暴露出"惯例论"的一个问题：如果确定艺术与非艺术、文学与非文学的标准是"惯例"，那"惯例"又是如何确定的呢？确定"惯例"的依据和

---

① 童庆炳主编：《文学理论教程》修订版，高等教育出版社 1998 年版，第 55 页。

标准又是什么？"惯例"是一成不变的吗？"惯例论"不仅没有让本质问题得以解决，反而更让问题陷入了某种"阐释的循环"当中。所以，可能也恰恰是意识到了这个问题，童庆炳主编的《文学理论教程》从修订第二版开始，就把刚刚那句"文学惯例告诉我们何者为文学，何者为非文学"删掉了。

三 文学本质与美的关系

接下来再重新审视《便条》这一问题，其实很多人之所以质疑《便条》不是诗，原因在于他们无法从《便条》中读出美感。这也就意味着，在很多人的经验中，诗之所以成为诗，就在于诗是要表现美的。而《便条》从头到尾毫无美感，也就不能称其为诗。所以问题的焦点不是"诗"与"非诗"的界限问题，而应该是：美是否是文学得以成立的前提？文学的本质是否必然包括美？如果美与文学本质之间存在必然性的联系，那么判断《便条》是不是诗，关键就在于判断《便条》是否表现出了美；如果文学与美之间并不存在必然性的关联，那么《便条》到底是不是诗就需要进一步分析。

按照之前的思路，探讨文学与美的关系，首先要确定到底什么是美。然而对美本质的追问要比对文学本质的追问更加复杂。在西方，从毕达哥拉斯（Pythagoras）到柏拉图（Plato），从康德（Immanuel Kant）到维特根斯坦（Ludwig Josef Johann Wittgenstein），对美本质的探讨经历了从客观到主观，从建构到解构的理论路径，最终对美本质问题也没有得出统一的答案。如果将美本质问题视为文学本质问题的前提的话，那文学本质几乎无从谈起。这也就意味着，对文学与美关系的探讨，不应局限在文学或美的本质问题上,而应聚焦在二者的关系上。

新时期以来的绝大多数文学理论教材,在探讨文学本质问题时都将文学本质定位在了审美上。例如《文学理论教程》中就指出:"文学是指具有审美属性的语言行为及其作品,包括诗、散文、小说、剧本等。"[①] 而马克思主义理论研究和建设工程重点教材《文学理论》更是明确指出:"文学作为一种社会意识形态还有其特殊的审美属性,是社会意识形态和审美艺术的统一。"[②] 这说明,文学之所以区别于日常生活语言和其他意识形态观念的地方就在于,文学是传递美的,这是文学之所以为文学的独特性。然而,如果我们进一步追问,文学为什么一定要传递美呢?如果文学不传递美,是不是文学就不存在了呢?而对这一问题,目前的很多文学理论并没有给出解答。审美作为文学的一种特性,是对众多作品进行归纳总结后的一个结果,而审美与文学的绑定关系,需要从逻辑上给予说明。否则就不能解释诸如《便条》这样看似并不"美"的作品,如何具有了文学性。

那么,文学与美的绑定背后的必然逻辑到底是什么?单纯从文学与美两个概念本身入手是很难解答这一问题的。我们对这一问题的思考不妨换一个思路:"文学为什么要表现美"这一问题是从什么时候开始出现的?人们是从什么时候开始追问文学要不要表现美的?其实,当我们追问文学、艺术是否要表现美的时候,往往是由于遭遇到了一个困惑,那就是:现实中

[①] 童庆炳主编:《文学理论教程》第 5 版,高等教育出版社 2015 年版,第 58 页。
[②] 马克思主义理论研究和建设工程编写组:《文学理论》,高等教育出版社 2009 年版,第 86 页。

很多文学作品、艺术作品并不表现美，这种现象与传统中那种"文学是为了表达美"的观念发生了冲突。在这一冲突面前，文学、艺术是否表现美，文学和艺术的本质问题等一系列问题才被重新提起和追问。换句话说，在传统观念中，文学与美的结合似乎是一个不证自明的问题，而到了当代，太多的文化现象让我们不得不对文学与美的关系进行反思。也就是说，对于文学本质问题的追问本质上是对当下复杂而又多变的文学现象的一种回应。所以，与其一言以蔽之地思考文学的本质是什么、文学要不要表现美，不如去反思为什么当今时代会出现文学与美背离的现象？为什么今天出现了很多看起来不那么"美"但却号称是"文学"的作品？对这一问题的考察，或许有助于我们对文学本质问题有更为深入的思考。

那为什么当今时代会出现很多诸如《便条》之类的与我们观念中的"美"背道而驰的作品呢？对这一问题的分析，不得不回到1917年那个著名的"杜尚难题"。1917年，法国艺术家杜尚（Marcel Duchamp），把一件名为《泉》的男性小便池作为自己的艺术展品提交给当代艺术博物馆要求展出。这件作品立刻遭到了独立艺术家协会的拒绝，看到同行们的反应，杜尚终于验证了自己的预测，他明白自己的艺术观念太超前，时人无法接受，于是他立即退出了独立艺术家协会。虽然当时杜尚的作品没有展出，但是后来类似的仿制品不断出现在各大艺术展览中，以至于到了2004年在英国艺术界举行的一项评选中，杜尚的作品《泉》打败现代艺术大师毕加索（Pablo Picasso）的两幅作品成为20世纪最富影响力的艺术作品。毫无疑问，至少在当代艺术领域中，杜尚的《泉》——确切地说，小便池也可以是艺术品。

"杜尚事件"向人们提出了一系列疑问：一个工厂制成的小便器到底能不能作为一件艺术品？艺术品与现实生活用品之间的区别到底在哪里？当代艺术与传统美学原则之间到底是什么关系？这一系列的问题对美学家、艺术理论家们构成了非常严峻的挑战。如果我们把《泉》视为艺术作品，会发现作为艺术作品的小便器与男性厕所里的小便器，在外形、质地、做工、结构等方面毫无差别，有差别的仅仅是它被放置在了何种空间当中。放在厕所中它就是个实用物品，而放在博物馆中就成为一个艺术作品。这就引发了我们对于艺术作品本质的第一层思考：有没有这样一种可能，使一件作品成为艺术作品的，不是作品本身的内容与形式，而是作品与周围环境的关系，这种关系决定了观赏者以一种怎样的眼光去看待作品。

事实上，当我们走进艺术馆的时候，我们往往就已经默认了艺术馆里展出的作品是具有艺术性的。于是在面对杜尚的小便池时，我们也会以艺术的眼光去看待它，从而构成了某种有别于日常生活的观看视角。这或许是小便池作为艺术作品背后的艺术性得以产生的原因。同理，威廉斯的《便条》到底算不算是诗，关键也不在于他写了什么，而在于他以分行的形式召唤着读者以对待诗歌的态度去阅读这首诗。所以即便内容上这首诗与日常语言无异，但毕竟换了一种眼光，从日常生活的实用的眼光转向了审美的眼光，这就引导读者去不断发掘文字背后的审美意蕴，于是《便条》就具有了成为诗歌的可能性。由此，似乎可以得出一个结论：艺术也好，文学也好，其本质并不是被某些先在的美学原则规定的结果，而是被读者、欣赏者

"看"出来的结果。只要读者能"读"成文学的就是文学，不能"读"成文学的就不再是文学。

如果这一层思考成立的话，那接下来就会引发第二个层面的思考：既然一部作品是否是文学作品不是由文本本身决定的，而是由读者决定的，那读者又是依靠什么来判定一部作品是不是文学作品的呢？一方面，我们必须承认，对于同一个文本，不同读者由于其知识结构、个人素养、文化背景的不同，会有不同的接受效果，这就会导致所谓的"文学本质""艺术本质"具有极大的主观性和个人性，而这种主观性就导致某种对于本质共性的探寻难以成立。而另一方面，也必须看到，在特定的历史时代和文化背景下，关于"什么是文学"的认识，及其背后所体现出的"文学观念"是存在共性的。或许没有必要去讨论那些极端个别的文学经验，当我们在追问文学本质问题的时候，其实就是在追问这种特定文化历史背景下，让我们在面对同一部文本能不约而同地"读"出文学的那个共性的东西是什么。简言之，就是特定的社会历史文化造就了我们关于"文学是什么"的观念，进而让我们在面对一部文本的时候产生了"这就是文学"的认识。换句话说，我们虽然承认文学本质的决定权在读者那里，但是至少在宏观层面，读者的共性是大于个性的，所以文学和艺术的本质也应该是有共性的。

分析到这里，其实第二个层面的思考跟第一个层面的思考形成了某种"循环"。在第一个层面，我们提出文学和艺术的本质并不是由某种既定的文化和美学规则规定的，而是由读者的接受能力所决定的。而到了第二个层面，我们提出虽然读者的接受能力存在个体差异，但在特定的时空内也是存在共性的，读者共性观念的背后，是某种既定的文化和美学原则。这显然是某种"循环论证"：本质由读者观念决定，而读者观念又是由时代决定，时代观念又是由读者观念决定。这种论证无助于对文学本质问题的深入理解。

之所以会陷入这种"循环论证"，是因为刚刚我们讨论艺术本质问题时就已经暗自将杜尚的《泉》、威廉斯的《便条》这类作品预先认定为艺术作品和文学作品。然后我们的思考过程与其说是在探讨艺术与非艺术、文学与非文学的区别，不如说是在探讨导致《泉》这类作品能够成为艺术作品的原因是什么。与其说是在寻找艺术作品的本质性规定，不如说是在对《泉》为什么具有艺术性和文学性予以解释。当我们戴着一个认为《泉》已经是艺术作品的有色眼镜去思考艺术本质问题的时候，当然会出现倒果为因的问题。

那么，跳出这种"循环论证"，需要思考的问题是，是否存在这样一种可能：杜尚的《泉》根本就不是艺术作品，而威廉斯的《便条》也根本不是文学作品。《泉》之所以能被放到博物馆展出，《便条》之所以能出现在文学理论教材中被解读，完全是荒唐的事情。它们从根本上违反了关于艺术和文学本质的美学原则。如果它们从一开始就不被认定为艺术作品，也就根本不存在开始所提出的文学作品要不要表现美的问题，所谓的"循环论证"也根本无从谈起。然而事情真的是这样吗？

四　文学本质的历史性

让我们再回到《便条》是不是诗这个问题上来。毫无疑问，判定一个事物到底是什么，其背后一定是参照着关于某一事物的本质标准的。先有标准才有判断，艺术和文学都不例外。所以判断《便条》到底算不算文学、算不算诗，就先要看文学的本质是什么，然后拿着这首诗跟本质特征进行对照就能很轻松地得出结论。而如前所述，看上去简单的问题之所以会变得越来越复杂，原因在于从古至今，关于"什么是文学"这一问题的答案，始终不是固定不变的。无论中西，无论古今，我们无法梳理出一个放之四海而皆准、放之古今而皆准的文学本质。这就导致了当我们追问《便条》到底是不是诗的时候，首先要问的是，我们参照的是哪个关于文学本质的标准。不同的文学本质观念决定了如何判断一首诗是不是诗。

在中国历史上，最早提出"文学"这个概念且赋予其明确内涵的是孔子。《论语》中曾经提到著名的"孔门四科"：德行、言语、政事、文学。文学就是"孔门四科"之一。"孔门四科"中的"文学"跟我们今天的"文学"概念可以说是很不一样。关于"孔门四科"中"文学"到底指的是什么，至少有两种说法：一种认为"文学"指的是文治教化之学，有鲜明的政治色彩；另一种认为"文学"指的是文章博学，是对儒家典籍的研习。无论哪一种说法，都跟今天的"文学"概念相去甚远。那么"文学"概念始于何时呢？至少从晚清开始，20世纪初"文学"才渐渐摆脱功利性色彩，从"文章"的概念中分化出来，具有了独立性和审美性。1915年6月12日《国民公报》发表黄远庸的《〈晚周汉魏文钞〉序》，在文中黄远庸提出："故文学者，乃以词藻而想化自然之美术也。其范畴不属于情感，不属于事实，其主旨在导人于最高意识。"[1] 这才开始有了将文学与审美相联系的观念。可见将"文学"与"审美"相绑定的观念并非从来就有，而是历史发展过程中不断演化的结果。

同样，将"艺术"与"审美"相绑定的观念也并非从来就有。古希腊时期，"艺术"与"技艺"具有同义性。这说明"艺术"还没有从广义的"技艺"当中分离出来，所谓的艺术作品仅仅是一种手工艺品。直到16世纪，弗兰西斯哥·达·荷兰达（Francesco da Hollanda）用葡萄牙文"boasartes"[2] 提出"纯化的艺术"这一概念时，才开始将"艺术"与"美"相联系，才有了后来的"为艺术而艺术"的唯美主义思潮以及对艺术自律的追求。由此可见，文学的审美性与艺术的审美性是特定历史条件下的产物。不同时代的艺术观念、文学观念都不一样，我们无法找到一个永恒的、普遍的、确定的、一言以蔽之的文学本质和艺术本质。这也就意味着，当我们做出"这是文学""这是艺术"的判断的时候，首先要警惕的一个问题就是，我们是站在什么样的观念系统中去认定我们眼前的东西是不是文学、是不是艺术的。

带着这样的思考，或许可以回过头来反思一个问题：当我们认为《便条》不是诗的时候，当我们认为《泉》不是艺术的

---

[1] 黄远庸：《远生遗著》，中国科学公司1938年版，第355页。
[2] ［波］瓦迪斯瓦夫·塔塔尔凯维奇：《西方六大美学观念史》，刘文谭译，上海译文出版社2006年版，第64页。

时候，存不存在这样一种可能性，那就是其实我们是在用一个旧有的观念去套用一个新的作品，而这个新的作品背后的意义早已突破或者绕开了已有的评判标准。它之所以成为艺术是在于，它是站在一种更为广阔的视野和体系中去看待艺术的本质的。换句话说，《便条》也好，《泉》也好，它们之所以被创作出来，就不是为了适应我们脑海中已有的文学和艺术的观念，它们存在的目的，就是为了挑战我们的传统观念，然后再逼问一下我们：为什么这样就不行呢？

艺术史的发展也确实证明了这一点，自从1917年的"杜尚事件"之后，传统意义上的艺术观念和艺术创作受到了很大挑战。艺术家不再单纯地通过艺术来展现自己的创作技巧和审美态度，而是绕过了艺术的形式技巧，努力去表达艺术家的思想。久而久之形成了一种非常重要的艺术类型，即"观念艺术"（也称"概念艺术"）。在观念艺术中，艺术不再是审美的代言人，也不再是艺术家高超技巧的象征，艺术创作的目的仅仅是表达艺术家的某种理念和反思。从某种程度上讲，观念艺术的出现，就是对传统艺术观念的一次质疑。它努力地把人们从传统的关于"艺术传达美"的观念中解放出来，引导人们去思考艺术所可能抵达的新边界：艺术为什么不能传达哲理？艺术为什么不能解释抽象的概念？艺术为什么不能评论社会？所以在面对观念艺术的时候，就需要换一套解读工具，传统的美的法则在观念艺术面前根本不起作用。这时候如果带着传统的艺术观念去欣赏观念艺术，当然就会出现诸如观念艺术到底是不是艺术的问题。

同样的道理，《便条》这首诗到底算不算是诗，这个问题本身或许并不重要。《便条》这首诗的背后向我们提出一种新的挑战：凭什么这样写就不是诗？它所引发的，是我们关于文学边界的思考：既然古往今来文学的观念和边界一直都在变化，那么到了今天，为什么这个标准就不能再变一下呢？为什么这个边界就不能再往外扩一下呢？当然，肯定还是有很多人看到这样的作品时会有一种被冒犯的感觉，但这类作品出现的目的就是要让观众和读者感到被冒犯。这种冒犯并不是作者闲得没事儿戏弄读者，而是通过这种冒犯诱导观众进行思考：是不是我们脑海中既有的文学观念已经过时了？是不是我们关于艺术和文学的观念有必要在新的时代背景下更新一下了？

所以，无论《便条》还是《泉》，这类作品出现的目的就不是为了迎合大家既有的艺术观念。恰恰相反，它们是要尝试着带领大家走出原有的舒适圈，去看看既有观念之外艺术世界的某种可能性。它们带来的更多是一种观念上的反思而非审美上的享受，它的突破性意义要远远大于审美意义。从这个角度看，对于这些敢于在艺术边界不断探索新的可能性的艺术家和作品，历史应该给予相应的肯定。这也就是为什么在文学史或者艺术史中很多现在看上去没什么艺术价值的作品却在历史上留下了非常重要一笔。

比如中国现代白话诗歌的鼻祖胡适，最早尝试用白话文写诗。如果以现代的审美眼光看，胡适的白话诗水平并不高。但是胡适之所以在中国新诗的历史上具有重要的意义，就在于他做了前人根本没有做过的一个实验。在传统的诗歌观念中，诗歌应该讲求平仄对仗、讲求用典雅致，但胡适却做出了大胆的反叛，提出了所谓的"八不主义"。这也就意味着胡适白话诗的价值不在于审美，而在于突破。他改变了人们写诗的方式，拓宽了人们对于诗歌的认识边界。如果此时再用传统格律诗的规范要求胡适，当然就显得不太合适了。

类似的例子还有很多，比如西方20世纪20年代兴起的"意识流小说"，它跟以往小说的不同之处在于，"意识流小说"根本不在乎情节逻辑，而只专注于描写人物头脑中意识的流动，以此展现人物的心理世界。"意识流小说"的背后也是对传统小说观念的挑战：小说为什么一定要讲一个有逻辑的故事呢？小说就单纯地呈现出一个人的内心独白为什么不可以？心灵世界难道不应该比现实世界更值得描绘，更值得记录吗？也正是在这样的观念的影响下，西方涌现出了一大批的作家，如乔伊斯（James Joyce）、伍尔夫（Virginia Woolf）、福克纳（William Cuthbert Faulkner）等。对于这些作家作品，如果还用传统的小说观念和美学标准去评判的话，当然就会出现诸如意识流小说算不算小说的问题。而事实上，类似问题的出现就意味着其背后的参照标准已经发生了很大变化。

当然，这里还会存在一个问题，既然杜尚摆个小便池就可以叫艺术了，那是否意味着所有突破原有边界的艺术实践都可以叫艺术呢？比如此时有人仿照杜尚小便池的做法，将一个马桶摆在博物馆中，取名叫"生活"，那这是不是也可以算艺术呢？

这里必须指出的是，那些看起来费解的艺术之所以在艺术史上具有价值，就在于它们做了前人没有做过的实验，突破了人们原有的关于艺术本质的习惯性思维。之前从来没有人像杜尚那样思考艺术，也没有人像威廉斯那样思考文学，所以才有了其历史价值。这个价值的关键就在于他们是"第一个"。同样的实验如果再做第二遍,得出的还是同样的结论,作品的价值就会大打折扣。历史永远只奖励那些敢"第一个吃螃蟹的人",第二个、第三个就不再有创新价值了。既没有创新价值也没有艺术价值,把马桶放到博物馆里,还算是艺术吗?

参考阅读

著作类

1. [德] 康拉德·费德勒:《论艺术的本质》,丰卫平译,译林出版社2017年版。

2. 余来明:《"文学"概念史》,人民文学出版社2016年版。

3. 王齐洲:《中国古代文学观念发生史》,人民文学出版社2014年版。

4. 范寿康:《艺术之本质》,山西人民出版社2014年版。

5. 袁进:《中国文学观念的近代变革》,广西师范大学出版社2006年版。

6. 董志强:《消解与重构——艺术作品的本质》,人民出版社2002年版。

7. 王斌:《中国文学观念研究》,中国文联出版公司1997年版。

8. 包忠义:《现代文学观念发展史》,江苏教育出版社1992年版。

9. 章亚昕:《近代文学观念流变》,漓江出版社1991年版。

论文类

1. 罗小凤:《"诗歌事件化"作为传播策略》,《福建论坛》(人文社会科学版)2019年第6期。

2. 金哲:《消费社会中"美的滥用"——日常生活语言解构诗的语

言》,《北方论丛》2015年第4期。

3. [美]乔治·迪基、刘悦笛:《"艺术惯例论":早期版本与晚期版本》,《烟台大学学报》(哲学社会科学版)2015年第2期。

4. 王珂:《新诗的困境——以"梨花体"事件和"羊羔体"事件为中心的考察》,《探索与争鸣》2011年第1期。

5. 曹砚黛:《"艺术界"与"艺术惯例"论意义初论》,《社会科学辑刊》2009年第4期。

6. 彭锋:《艺术的终结与重生》,《文艺研究》2007年第7期。

7. 姚文放:《"文学性"问题与文学本质再认识——以两种"文学性"为例》,《中国社会科学》2006年第5期。

8. 童庆炳:《文学本质观和我们的问题意识》,《社会科学》2006年第1期。

9. 刘悦笛:《哲学如何剥夺艺术——当代"艺术终结论"的哲学反思》,《哲学研究》2006年第2期。

10. 董学文:《文学本质界说考论——以"审美"与"意识形态"关系为中心》,《北京大学学报》(哲学社会科学版)2005年第5期。

11 周小仪:《文学性》,《外国文学》2003年第5期。

12. [英]托尼·戈德弗雷、尹呈:《什么是观念艺术?》,《雕塑》2000年第1期。

13. 顾丞峰:《观念艺术与艺术观念》,《美术观察》1997年第5期。

14. 邵大箴:《观念艺术——一种艺术的探索和探索性的艺术》,《文艺研究》1989年第4期。

15. 汪建新:《迪基的艺术惯例说》,《文艺研究》1988第2期。

第二章

文学真实与虚构的悖论

一　虚构的悖论

20世纪50年代,中国的一个露天场地上放映着电影《白毛女》。当影片呈现地主恶霸对贫苦农民残酷迫害的画面时,有一位正在观看电影的战士,无法按捺住自己内心的愤怒,只见他突然起身,举起手中的枪,瞄准银幕中地主的脑袋,"啪"的一声枪响,银幕被打穿了一个窟窿。据说从那以后,部队上就有了规定,看演出时可以带枪,但不准装子弹。①

很多人在听到这个故事的时候,都会赞叹电影中演员的高超演技——演员演得太好了,太逼真了,以至于观众忘记了这是在观看电影。同时也会觉得那位开枪的战士很天真,居然没有意识到电影中的人物形象和故事情节都是经过艺术加工和虚构的。虽然这种极端事件只是个例,但是每个人都会有类似的经验和体会:在观看艺术作品(诸如文学、电影)时,我们的

---

① 龙协涛:《艺苑趣谈录》,北京大学出版社1984年版,第15页。

情感会跟随着作品中人物的心路历程而变化：或伤心难过，或开怀大笑，或紧张焦虑，或轻松愉悦。虽然我们不会做出"对着作品开枪"那样极端的事情，但在欣赏作品时确实能够产生非常真实的情感反应，甚至有时在看完一部小说后心情久久不能平复，需要好长一段时间才能从作品所渲染的情感中走出来。

司汤达（Stendhal）的《拉辛与莎士比亚》（*Racine et Shakspeare*）中也记载了一个类似的故事。1822年8月，法国巴尔的摩剧场正在演出莎士比亚（William Shakespeare）的悲剧《奥赛罗》（*Othello*）。当演到第五幕奥赛罗扼住了戴斯德蒙娜的脖子时，当时在剧场内执勤的士兵突然喊道："从来没有听说一个该死的黑人当着我的面杀害了一个白种女人。"接下来，这名士兵向着舞台上的奥赛罗开了一枪，演员的手臂被打伤。① 司汤达意在通过这个故事说明，戏剧作品的好坏取决于能否使人沉溺于"完全的幻想"，而这种"完全的幻想"就是观众在欣赏戏剧作品时的一种忘我状态。在司汤达看来，一部戏剧只要能让观众投入这一状态中，就是好作品。

那接下来的问题是：明明是虚构的作品，为什么会让读者和观众产生如此真实的情感？读者在欣赏作品时所感受到的情感，与在现实生活中所感受到的情感有区别吗？对于这个问题，1975年，英国肯特大学教授科林·拉德福德（Colin Radford）发表了一篇文章，题为"安娜·卡列尼娜的命运何以感动我

---

① ［法］司汤达：《拉辛与莎士比亚》，王道乾译，上海人民出版社2006年版，第21页。

们?"("How Can We Be Moved by the Fate of Anna Karenina?")①。在这篇文章中他也提出了类似的问题:在阅读《安娜·卡列尼娜》这部作品时,作为读者,明明知道安娜这个人物形象是虚构的,为什么还会对安娜产生同情呢?这种同情的情感到底是真是假,又从何而来?拉德福德把这个问题称之为"虚构的悖论"(paradox of fiction)。

之所以称之为"悖论"是因为在这一问题中存在着自相矛盾的地方:一方面,人们的情感只会为真实的人和事所感动,如果一件事情是假的,一般是无法引起人们的真情实感;但是另一方面,在艺术领域,面对虚构的作品,人们明知道是假的,却依旧会被感动。于是,这种观众面对作品时情感上的真实反应与认知上的虚构事实,形成了悖论,这就是所谓的"虚构的悖论"。这个问题之所以成为文学理论的重要命题,是因为它触及了文学乃至一切艺术作品的根本问题:作品的情感到底从何而来?面对虚构的作品,读者到底因何而感动?

事实上,早在18世纪,英国著名作家塞缪尔·约翰逊(Samuel Johnson)在讨论莎士比亚戏剧的时候就谈到了这个问题,他说:"有人要问:既然大家并不相信戏剧里面的事情是真的,那么戏剧又怎能感动人呢?事实上,人们对于戏剧还是相信的,只是在适当程度上加以相信。戏剧若能感动人,人们就把它当作是真实事件的一幅正确的图画而加以相信;认为它向观众表现了观众本身所会感受到的感情,这些感情是当观众看

---

① Colin Radford and Michael Weston, "How Can We Be Moved by the Fate of Anna Karenina?" *Proceedings of the Aristotelian Society*, Supplementary Volumes, Vol. 49, 1975.

见剧中人所遭受的痛苦和所采取的行动时，他们设想他们自己在同样的情况下所会感受到的。能够震动我们心弦的思想并不是在我们面前的是一些真实的罪恶，而是我们自己也有可能犯这些罪或成为这些罪恶的牺牲品。"① 当然，对这一问题，约翰逊给出的解释是：戏剧自有其可信，它的可信就来自它是戏剧；它能够感动人，能够让人们相信，它就像生活本来的样子。

后来，19世纪英国浪漫主义诗人柯勒律治（Samuel Taylor Coleridge）也发现了这个问题，并且给出了自己的解释。1816年，柯勒律治在给朋友的一封信中写道："有人说我们在做梦时相信我们的梦是真实的，这并不完全准确。我们既不相信它，也不怀疑它。"② 柯勒律治是从艺术幻象的角度来思考这个问题的。他认为，在艺术欣赏中，人们的心灵仿佛处于做梦的状态，思考的能力在那一瞬间被悬置，于是才有可能把幻象当作真实。换句话说，在欣赏作品的时候，读者是在做着"白日梦"，既然是在梦中，那就会把虚构的东西当真，也就产生了真实的情感。

其实，约翰逊也好，柯勒律治也好，他们的解释虽然都有一定道理，但并不意味着就是完美无缺的，而是依旧存在一些漏洞，比如：当我们被作品中的故事和人物所感动时，难道我们就真的处在虚幻的世界中而忘记了作品是虚构的吗？所以关于"虚构的悖论"要讨论的核心问题是：拉德福德所说的"虚构的悖论"真的成立吗？为什么会产生这种悖论？这种悖论又应该如何解决呢？对这一问题，很多文论家、美学家都进行了深入的探

---

① 中国社会科学院文学研究所编著：《文艺理论译丛》（下），知识产权出版社2010年版，第847—848页。
② Ernest Hartley Coleridge, *Letters of S. T. Coleridge*, Boston, 1895, p. 663.

讨，形成了诸多流派和观点，我们有必要对其进行逐一分析。

二 现实主义与移情说

首先，有一种观点认为，"虚构的悖论"根本不存在。因为欣赏艺术作品时，读者是一种投入的状态，这使得读者把作品的内容当成了真实，完全忘记了自己是在观看一部虚构的作品。就像那位观看《白毛女》的士兵一样，他看电影时根本没有意识到自己面对的是虚假的故事和人物，所以才会以对待现实生活中真实人物的方式对待电影作品。而这种"以假乱真"的特点，被很多人视为恰恰是艺术的魅力所在：艺术的魅力就在于，在读者欣赏作品之前，他很清楚地知道作品是假的，但一进入欣赏过程中，就进入作品营造的一个虚幻的世界中去了，从而忘记了作品是假的。

这种解释跟前述约翰逊、柯勒律治的观点非常接近，都是在强调艺术作品为读者营造的某种幻境。在这种幻境中，由于读者浑然不知艺术与现实的分别，所产生的情感也就是真实的情感。按照这种解释，"虚构的悖论"根本不存在，因为读者在产生情感时根本没有意识到作品是虚构的，完全是用对待现实生活的情感方式对待作品中的人物和情节，所以也就不存在之前所说的矛盾和悖论了。

虽然从理论上能够说得通，但回到现实稍加反思就会发现，这种把作品完全当成真实的情况并不是文学阅读或者艺术欣赏中的普遍情况。那位举枪射向银幕的士兵只能算是观众中的一个极端个例。大部分读者在欣赏作品的时候，是能够清晰地意识到作品的虚构性的。正是因为意识到了作品的虚构性，所以绝大部分观众都不会以对待生活的态度去对待艺术作品。比如，当我们看到小说中的人在杀人的时候，我们会当场报警吗？当我们看到电影中的主人公身受重伤的时候，我们会叫救护车吗？显然是不会的。

如果我们没有意识到作品是假的，那么我们大概率会对看到的内容进行干预，可是在实际阅读过程中，没有人会报警，也没有人去叫救护车。这说明读者清晰地意识到作品中的人和事跟现实生活是有着本质的区别的。可见，那种认为读者在欣赏过程中是完全投入的，进而否认"虚构的悖论"的观点只能解释一些个例，无法解释普遍的阅读现象。

那么到底应该怎样解释"虚构的悖论"这个问题呢？有一种非常普遍而且主流的观点，似乎可以解释"虚构的悖论"所产生的原因。这种观点认为：我们之所以会被艺术作品所感动，是因为作品中的某些内容让我们联想到了现实生活。我们虽然不相信作品中虚构的人和事，但我们却相信作品背后所反映出来的意义和价值是真实的。这种观点背后的逻辑，至少有两个层次。

第一个层次，正如亚里士多德（Aristotle）所说："诗人的职责不在于描述已经发生的事，而在于描述可能发生的事，即根据可然或必然的原则可能发生的事。""所以，诗是一种比历史更富哲学性、更严肃的艺术。"[①] 诗虽然也是呈现那些具体的、个别的人或事，但是这些个别事物的背后，体现出来的却

---

① ［古希腊］亚里士多德：《诗学》，陈中梅译，商务印书馆1999年版，第81页。

是带有普遍性的规律，是合乎社会生活和历史发展的本质规律的。所以作品之所以能够打动读者，并不是因为虚构本身，而是因为作品背后所体现出来的某种可能性和必然性。而读者在阅读作品时所表现出的诸如悲伤、兴奋、焦虑的情感反应，也不是针对作品中虚构的人或事，而是因为现实生活中可能出现的与作品中相似的情景，读者是因为现实中相似的人或事而感动。

澳大利亚昆士兰大学的唐·曼尼森教授（Don Mannison）就持这样的观点。① 在他看来，我们只有一个世界，虚构世界是根本不存在的，虚构世界呈现的只是现实世界的可能性。我们的情感并不指向虚构之物，而是现实生活中未曾发生但却很可能会发生的事物。比如《安娜·卡列尼娜》这部小说，真正感动读者的，不是安娜这个人物或是安娜的命运。真正感动我们的，是安娜这个人物及其命运背后所体现出的某种现实人生哲理：我们每个人的生命都有终结的那一天，但我们每个人生命的终结未必是自然的终结，这就意味着有些终结的背后是人生的苦难和辛酸，当一个人努力追求自己想要的人生却依旧以悲剧而告终的时候，我们深深感受到了自己在命运面前的渺小与无奈。而安娜的经历，表面上是她个人的经历，事实上却是我们每个人人生的缩影，虽然我们未必会经历安娜如此刻骨铭心的故事，但安娜的故事昭示了某种生命的无力感，我们被这种生命的无力感所深深打动。"虚构的悖论"也由此产生。

---

① Don Mannison, "On Being Moved by Fiction", *Philosophy*, Vol. 60, No. 231, 1985, pp. 71–87.

这种观点很接近于文学理论中经常提到的"典型"理论。所谓"典型"就是作品中的人或事物，既能反映现实生活某些方面的本质规律，又具有鲜活生动的个性特征。俄国著名文论家别林斯基（Vissarion Grigoryevich Belinsky）对"典型"这一概念有一个非常形象而且经典的概括，他说"典型"就是"熟悉的陌生人"。一方面，这个人物形象我们很陌生，因为他从来没有出现在我们的现实生活当中，他是虚构的产物。但另一方面，面对这个"典型"的人物形象，我们读者又会感到非常熟悉，因为他又是现实生活中很多类似人物的集中体现。所以，在这样的一种逻辑下，"虚构的悖论"之所以产生，就是因为虚构的作品具有了指向某种真实世界的可能性，我们的感动不是针对虚构作品，而是针对这种指向真实的可能性。这是关于"虚构的悖论"解释的第一个层次。

第二个层次，则要对这种"典型"理论进行进一步追问：为什么作品具有了指向真实的可能性，我们就会被作品所打动呢？为什么作品中本就陌生的人物形象会带给我们似曾相识之感呢？这就要借用审美心理学中的"移情"理论来解释。"移情"理论认为，审美主体之所以对审美客体产生某种情感，其本质是将对现实的某种"同情"转移和投射到了审美客体上。例如，当你在欣赏一朵花的时候，你之所以觉得这朵花美，一定是因为这朵花跟你产生了某种关系，当然这种关系肯定不是功利性的关系（帮你赚钱、帮你填饱肚子），这种关系应该是一种情感性的关系。但是花是没有感情的，一个没有感情的事物为什么会引起我们的美感和情感呢？因为我们在欣赏花的时候，把自己的情感投射到了对象上。所谓"泪眼问花花不语"，花当然不会说话，但当我们的情感投射到花上面的时候，花就具有了情感，那也就具有了审美性。

"移情"理论是20世纪德国著名美学家、心理学家立普斯（Theodor Lipps）提出来的，他认为审美欣赏的过程就是一个"移情"的过程。在这一过程中，审美主体面对审美对象，将自己的情感、意志、思想都投射到对象上去，就产生了美感。那么，把这一理论运用到对"虚构的悖论"的解释中，就比较容易解释为什么虚构的作品会引发真实的情感了：读者在阅读作品的时候，实际上是将自己代入作品中的某个人物或者某个情境中去，将自己在现实生活中所可能产生的情感反应转移到对虚构作品的情感反应中去。虽然读者清楚地知道作品中的内容是虚构的，但当读者把虚构作品中的情境与现实生活相对应的时候，就会不自觉地产生相应的情感。这一观点得到了很多理论家的认同。

英国利兹大学的威廉·查尔顿（William Charlton）教授就认为，"虚构的悖论"背后就是一种"感同身受"，对虚构人物的同情是对现实人物的同情的转移。[①] 也正是这种情感的投射和同情的转移，导致了我们会对"陌生"的作品产生"熟悉"之感，进而产生了与现实生活中相类似的情感。这是关于"虚构的悖论"解释的第二个层次。

纵观上述两个层次，无论是"典型"理论还是"移情"理论，它们在背后其实都意识到了一个问题：读者在阅读过程中

[①] William Charlton, "Feeling for the Fictitious", *British Journal of Aesthetics*, Vol. 24, No. 3, 1984, pp. 206–216.

所产生的情感跟现实生活中的情感是没有区别的，只不过虚构的作品看起来太像"真的"才引发了人们的某种"情感反应"。

这种观点听上去确实比较有道理，但依旧还会存在很多问题。比如有学者就提出，按照这个逻辑，当我们在欣赏艺术作品时，关注的其实不是作品本身，而是现实生活，是虚构的作品让我们联想起了现实生活的周遭事物。如此一来，我们在欣赏艺术作品的时候其实一直都在"走神"，我们根本没有进入作品所营造的虚构世界中，这种解释能说通吗？

另外，更为关键的问题是，在现实生活中，我们面对人和事的情感反应是非常单纯的，尤其是在悲伤的时候，悲伤往往就是悲伤而已。而在阅读作品的过程中，无论是悲伤还是高兴，我们都会在哭过、笑过之后产生某种快感，也就是说会有一种酣畅淋漓的感觉。这又是为什么呢？如果一部作品是令我们悲伤难过的，比如悲剧，那我们又是如何从中获得快感的呢？对于这一系列的疑问，仅仅将读者面对作品的情感反应解释为某种"走神"，恐怕也未必能够解释得通。

三 类情感与想象的真实

还有另外一种解释"虚构的悖论"的思路：虚构的真实。这种解释提出，在文学阅读过程中，读者清楚地知道作品的内容是假的，但是读者对作品的情感也是假的，是一种假装的情感。换句话说，文学阅读过程中所产生的情感，不是真正的情感，而是一种叫"类情感"的东西。这种"类情感"跟我们现实生活中的情感反应虽然很像，但却有本质的区别。

美国密歇根大学的肯达尔·沃尔顿（Kendall Lewis Walton）教授就持这种观点。1978 年他发表了《害怕虚构》（"Fearing Fictions"）① 一文，提出了所谓的"假装理论"。什么是"假装理论"呢？沃尔顿举了一个看恐怖电影的例子，他说，当电影中呈现了这样的一个画面：一团恐怖的绿色黏液向观众扑面而来的时候，观众的反应往往是紧握椅子，心跳加快，非常害怕。但沃尔顿认为，观众的这种恐惧只是假装（make-believe）的恐惧，实际上并不是真实的恐惧。如果观众的恐惧是真实的，观众的第一反应应该是逃离电影院，而不是继续坐在座位上看电影。所以我们在观看恐怖电影时所产生的恐惧，往往是一种假装的而非真实的恐惧。基于此，沃尔顿把我们对虚构作品所产生的情感称为"类恐惧""类同情"。虽然这些反应不同于真实的恐惧和同情，它们仍然是激起了强烈反应的情感。

沃尔顿这个观点的影响很大。这个理论背后有一个逻辑：我们只有在相信某种东西存在真实威胁的时候，才能感受到恐惧，而面对虚构的作品，由于知道里面的人物和情景是假的，作品就无法威胁到我们。我们害怕的不是虚构的人物和情景，读者所产生的情感反应只不过是一种假装。

沃尔顿的观点虽然有其合理性，但依旧有很多可以被质疑的地方：按照沃尔顿的逻辑，难道我们阅读文学作品所产生的情感都是虚假的？这种观点跟我们每个人的阅读经验有很大差距，毕竟我们在阅读作品时确实产生了某种情感反应，而且这

---

① Kendall L. Walton, "Fearing Fictions", *Journal of Philosophy*, Vol. 75, No. 1, 1978, pp. 5–27.

种情感好像跟现实的情感并无太大差异。如果将这类情感都归结为一种"假装"或者"类情感",确实与我们的经验不相符。

于是,接下来就引出了另外一种解释,那就是,情感与对象真实与否没有必然关系,一个想象的情景也可以引发真实的情感反应。英国斯旺西大学的毛斯(H. O. Mounce)教授就持这一种观点,他举例说道:如果 A 在现实生活中激发了反应 B,如果 A_1 是对 A 的再现,那么 A_1 也将激发反应 B。[①] 为什么如此呢?因为 A_1 在许多方面类似 A,类似的事物激发类似的情感反应,虽然这种情感未必同样强烈,但情感的方向和性质大抵相同。所以,文学作品所呈现的内容与现实类似,二者激发的情感就类似,只不过艺术作品是在想象中完成了这一过程,不需要读者相信对象是真实的。

这一观点也从神经科学角度得到了印证。有脑科学专家指出,我们之所以会被抽象的艺术所感动,是因为神经系统对情感的处理是极为特殊的。理性区域处在大脑皮层的中心部位,而边缘部位都是情感区域。情感区域来自早期的脊椎动物进化时期,要比理性区域的开发更为古老。因为大脑中心部位和边缘部位缺少染色体层面的联系,所以人类的理性很难控制情感。这就像我们被隔离在一个房间里,这个时候从另一个房间里传出录制的孩子被虐待而发出的哭声,尽管我们知道这声音是录制的,但我们还是会非常愤怒。这就说明,虽然情感的对象与情感本身存在因果关系,但情感对象不需要是实实在在存在着

[①] H. O. Mounce, "Art and Real Life", *Philosophy*, Vol. 55, No. 212, Apr., 1980, pp. 183 – 192.

的,想象中的情感对象依旧能够引发情感反应。

四　艺术制度与审美超越

在中国,对于"虚构的悖论"较早进行研究的是北京大学的彭锋教授。2009 年,彭锋教授发表《虚构的悖论及其解决》一文,运用博兰尼(Michael Polanyi)的身心关系理论分析这一问题。彭锋教授认为,虚构的对象之所以能够引起情感反应,原因在于:"我们在用集中意识意识到它是真的的同时,始终能够用附带意识意识到它是假的,从而产生一种半真半假的效果,产生一种类似情感。"[①] 这里的"集中意识"指的是对对象的意识,而"附带意识"指的是内化于身体的意识。也就是说,我们欣赏艺术作品时,两种意识在同时起作用,"集中意识"提醒我们作品是真的,而"附带意识"则提醒我们作品是假的。这个解释有一定道理,它从另外一个侧面揭示出艺术的某种本质规律:艺术作品不能太真也不能太假,要介于与现实"似与不似之间"。这样解释虽然很有道理,但无法解释一个更为根本的问题:为什么人们需要这种在"似与不似之间"的艺术?

之后的 2011 年,彭锋教授对这一问题进行了进一步阐发,从身心关系的角度审视"虚构的悖论"问题。他以恐高和晕船两种现象为例,指出"恐高是意识的摇晃从而引起身体的摇晃,晕船是身体的摇晃从而引发意识的摇晃。如果身心之间能够自由切换或者默识协作,那么身体的摇晃就不会引发意识的摇晃,

---

① 彭锋:《虚构的悖论及其解决》,《外国美学》2009 年第 1 期。

从而可以避免晕船的发生。"① 把这个道理放在艺术欣赏中，之所以有人会将作品中的内容完全"信以为真"，就是因为他没有能够很好地处理身体与意识的关系。而审美"是为了训练我们身心之间的和谐合作，从而避免出现某种程度的固执"②。彭锋教授的观点非常具有启示性，但依旧没有给出较为清楚的回应。

其实，"虚构的悖论"之所以如此复杂，在于很容易将两个层面的问题相混淆：之所以观众会将艺术作品"信以为真"，是将自身情感投注到了对象之中，形成一种类似叔本华所说的"自失"状态；而之所以观众又会清楚地意识到艺术作品本来是假的，是从理性层面对对象进行认知的结果。前者是感性层面，后者是理性层面；前者是存在论问题，后者是认识论问题。而之前学者们之所以对"虚构的悖论"争论不休，原因就在于混淆了这两个问题的关系。

"虚构的悖论"之所以能够出现，就在于未能注意到审美活动本质上是认知与情感的结合。甚至有人认为情感与认知是矛盾的："虚构的悖论是在情感认知理论的语境中提出来的，因此有着先天不足。"③ 而事实上，情感中是蕴含着理性认知的，理性认知过程也是蕴含着情感活动的。调节情感与认知之间的关系就是审美能力的体现。之所以会有人对作品信以为真，是

---

① 彭锋：《从身心关系看"虚构的悖论"》，《云南大学学报》（社会科学版）2011 年第 4 期。
② 彭锋：《从身心关系看"虚构的悖论"》，《云南大学学报》（社会科学版）2011 年第 4 期。
③ 张冰：《拉德福德的困惑——对艺术接受中虚构与情感关系的考察》，《艺术学研究》2019 年第 4 期。

情感过强而认知缺乏的表现；反过来，之所以有些人对艺术作品无动于衷，是认知过强而缺乏情感的表现。真正的审美，是将情感与认知相互调节到一定状态时的产物。

具体而言，所谓的认知，指的是将艺术作品认知为一个具体对象的能力，这种能力能让观赏者在观赏作品时清晰指认出作品中的内容以及呈现作品的方式。而所谓的情感，指的是将自我情感投注到审美对象中的能力，这让观赏者在欣赏作品时完全丧失自我，进入一种想象性的情境中。而在艺术欣赏活动中，决定这两方面能力大小的，是对艺术欣赏惯例的熟悉程度。

每个人小时候或许都有类似的经验，一位母亲给自己的小孩子讲故事，"从前有座山，山里有座庙"，讲着讲着，突然母亲有事情要去忙，比如去忙着做饭或者去洗衣服，故事讲了一半没讲完，这时小孩子的反应是什么样的？小孩子往往会追着妈妈问："妈妈，然后呢？""小白兔后来怎么着了？""白雪公主后来到底死了没？""然后呢？"你会发现，其实小孩追着母亲接着讲故事的时刻，就是文学发挥它虚构的魅力的时刻。小孩子会因为故事中的小白兔得救而欢呼雀跃，当小孩焦急地等待盼望着接下来的故事情节的时候，他是否意识到故事里的人物都是虚构的呢？好像并没有。

那么什么时候我们开始意识到作品中的内容都是虚假的了呢？在我们长大了以后，在我们听了太多的故事之后，在我们经历太多次将自己的情感与作品人物通悲喜之后。这时候，我们才会意识到一件事，文学作品中的人和事仅仅只是虚构，阅读文学作品与现实生活是有区别的。当我们意识到这件事之后，我们再拿起文学作品，虽然依旧会感动，依旧会同情作品中的人物，但不同的是，我们不会像当初那个小孩那样对一部作品如此"当真"。

在这一过程中变化的是：我们已经熟知了文学活动的"游戏规则"，我们已经熟知了艺术欣赏活动所要遵循的一些基本前提，这其中就包括不能对作品中所表现的内容"太当真"。一个不了解这些约定俗成的默认"游戏规则"的小孩子，在看电影或者听故事的时候，会把剧情等同于现实生活，尤其是看了恐怖影片之后会大哭，以至于回家后晚上睡觉还会做噩梦。而成人之所以不会有这些反应，是因为成人已经懂得了艺术欣赏活动中的基本前提，了解了艺术的虚构特质。所以大人在跟小孩子一起看电影的时候，会教育孩子了解艺术欣赏活动的本质，希望孩子能够快快长大，以一种更加成熟的眼光看待文学作品和艺术作品。当然，在现实生活中，这种对艺术欣赏法则是否谙熟的区分，不光是大人和小孩这么简单。

事实上，每一个人的艺术欣赏能力都有不同，每个人对艺术作品虚构性的认知也有很大不同。一个从来没看过吸血鬼电影的人第一次看这类电影时大概率会感到不适，但熟悉了这类电影的成规和惯例之后，再看到吸血鬼电影的血腥镜头时可能就不那么恐惧了，甚至还有可能转而从非常理性的角度对电影评头论足。这说明"虚构的悖论"能否产生，很大程度上取决于欣赏者是否有足够的能力意识到艺术的假定性。

正如1895年人们第一次接触到大荧幕中呈现出来的巨大影像的时候，很多观众都会十分恐慌甚至四散逃窜，因为当时的人们并不了解电影艺术的假定性规定。这就导致人们面对虚构的人物形象,会完全"信以为真",所产生的情感反应也就跟真实没有差别了。而一旦人们熟悉了某种艺术欣赏的惯例和规则,就会采取另外的一种态度对待艺术作品,而这种态度就是审美态度。

当人们意识到作品的虚构假定时,人们的情感反应是一种基于想象的情感反应。在想象中,人们将自己的情感投射到作品的世界中,去跟作品中的人物一同体会艺术世界中的悲欢离合。这时候情感是否是真实的已然不再重要,重要的是在阅读作品的审美体验中,读者完成了某种对现实生活的超越。读者从现实生活的庸常状态中摆脱出来,从日常生活诸多利益关系的束缚中解放出来,进入一种自由的、理想的审美世界中。

事实上,我们之所以要去阅读文学、欣赏艺术,是因为我们每个人都有审美的欲望和需求。而现实中我们的生活往往具有极强的功利性,导致我们每个人都渴望在另外一个空间中实现真正的自由,从而找回那个属于本真的自我。

所以,面对虚构的作品,读者所产生的感情是真实的吗?我的答案是:是真实的。那为什么虚构的作品会让人产生真实的情感呢?因为情感的产生并不需要面对真实的对象,在想象中人类依旧可以产生真实的情感,这种真实情感源于我们对审美理想的追求,源于我们对超越世俗生活的追求。而一部优秀的艺术作品,恰恰是能够激发我们的这种真实情感的。审美,是一切问题的答案,也是一切问题的原因。

参考阅读

著作类

1. 李黎阳:《历史真实与艺术本质》,金城出版社 2013 年版。

2. 姜飞:《经验与真理:中国文学真实观念的历史和结构》,巴蜀书社 2010 年版。

3. 周宁:《幻想与真实:从文学批评到文化批判》,中国工人出版社 1996 年版。

4. 杨汉池:《艺术真实性研究》,湖南人民出版社 1988 年版。

5. 陈全荣:《艺术真实》,长江文艺出版社 1986 年版。

6. 陆贵山:《艺术真实论》,中国人民大学出版社 1984 年版。

论文类

1. 章辉:《"虚构的悖论":科林·拉德福德的美学命题及其效果史》,《山东社会科学》2020 年第 12 期。

2. 张冰:《拉德福德的困惑——对艺术接受中虚构与情感关系的考察》,《艺术学研究》2019 年第 4 期。

3. 彭锋:《从身心关系看"虚构的悖论"》,《云南大学学报》(社会科学版)2011 年第 4 期。

4. 王富仁:《文学真实论》,《中国政法大学学报》2010 年第 2 期。

5. 赵炎秋:《"艺术真实"辨析》,《中国文学研究》2008 年第 3 期。

6. 干志敏、陈捷:《关于艺术真实、电影真实和现实主义的漫谈》,《社会科学》2007 年第 11 期。

7. 南帆:《文学:虚构与真实》,《上海文学》2007 年第 11 期。

8. 董学文、张永刚:《文学真实的范畴厘定和价值探微》,《北京大学学报》(哲学社会科学版) 2000 年第 4 期。

9. Radford, Colin, and Michael Weston, "How Can We Be Moved by the Fate of Anna Karenina?" *Proceedings of the Aristotelian Society*, Supplementary Volumes, Vol. 49, 1975.

第三章
文学与意识形态问题

一 "小红帽"故事的真实面目

"小红帽"的故事几乎人人都耳熟能详：从前，有个小姑娘长得漂亮、人见人爱，而且她特别喜欢戴着外婆送给她的一顶红色天鹅绒的帽子，于是大家就都叫她小红帽。有一天，母亲叫她给住在森林里的外婆送食物，并嘱咐她一定要走大路，不要走到小路上去。然后，小红帽在路上遇见了大灰狼，但是小红帽很单纯，从来都没见过狼，也不知道狼是非常凶残的动物，于是当狼问她要到哪里去的时候，小红帽很诚实地告诉大灰狼说自己要去森林里看望外婆。狼知道后，诱骗小红帽去采野花，趁着小红帽采花的工夫，自己到森林中找到外婆家把外婆吃了。后来，狼伪装成外婆的样子，等小红帽来找外婆时，一口把她吃掉了。幸好一个猎人及时出现，把小红帽和外婆从狼肚子里救了出来。

这个故事可能是大部分人听到的第一个或头几个童话故事之一，但很少有人知道，这个故事最初的版本根本不是什么童话故事，而是成年人之间流传的色情故事。在 1697 年法国诗人佩罗（Charles Perrault）出版的《鹅妈妈故事集——附道德训诫的古代故事》（Tales of Mother Goose）中，我们可以窥见小红帽故事的早期雏形，在这个版本的故事中，小红帽的年龄比我们现在看到的版本中要大一些，是一个小村姑，长得非常漂亮。故事前半部分的内容大致不变，依旧是小红帽在去外婆家的路上遇到了大灰狼，大灰狼赶到外婆家把外婆吃掉。但是故事的后半部分却跟现在的版本有很大差异。当狼把外婆吃掉后，小红帽来到外婆家，进入外婆的屋子里，此时大灰狼就躲在被子里面，对到来的小红帽说："把蛋糕饼和奶油放在橱柜上，然后到床上陪我。"接下来，小红帽脱下衣服，爬到床上，看到外婆没穿衣服的样子非常惊讶，说：外婆啊，为什么你的手臂那么粗？为什么你的腿那么壮？为什么你的耳朵很大？正在小红帽困惑的时候，大灰狼一口把小红帽吞了下去。故事就结束了。

这个故事显然是一个悲剧，但也正是这种悲剧性，导致了故事背后充满了道德训诫意义。美国作家凯瑟琳·奥兰丝汀（Catherine Orenstein）曾写了一本书，即《百变小红帽——一则童话中的性、道德及演变》（Little Red Riding Hood Uncloaked: Sex, Morality, and the Evolution of a Fairy Tale）。[①] 在这本书中，凯瑟琳·奥兰丝汀采用知识考古学的方法，梳理考察了近三百年来"小红帽"故事的演变。她发现，几百年来"小红帽"的故事被改编成很多版本，作为故事的主角，小红帽这个人物形

---

① ［美］凯瑟琳·奥兰丝汀：《百变小红帽——一则童话中的性、道德及演变》，杨淑智译，生活·读书·新知三联书店 2013 年版。

象也被赋予了不同的象征含义。比如，有学者从神话学的角度认为这个故事是"特定季节的神话"，寓意着夜晚吞噬了太阳。也有人认为，小红帽给外婆带过去的酒和蛋糕象征着圣诞节的圣餐礼；小红帽本身则象征着女人的经血。

这些解读与读者以往关于"小红帽"故事的印象大相径庭。那么问题是：为什么一个如此简单的故事会被赋予如此众多复杂的含义？为什么在不同的时代，"小红帽"的故事会有不同的面貌？人们从不同版本的故事中，又都看到了什么？

二 意识形态概念的三个层面

当今时代，"意识形态"似乎是一个离我们每个人的日常生活非常远的概念，甚至有人说我们今天进入了一个"后意识形态时代"。什么叫"后意识形态"呢？就是：我们每个人每天都沉浸在自己的小确幸、小幸福中，我们出入自己所热爱的商场购物，去时髦的网红店打卡——我们每天做的都是我们自己想做、愿意做的事情，在这一过程中，根本没有人会教导我们要去做什么或者不去做什么。而且，在我们日常生活的聊天中，大家更爱聊的是一些关于旅行、情感等方面的话题，"意识形态"这个概念好像是仅仅在政治、历史课本中才会出现的概念，距离我们每个人的现实生活都非常的遥远。这就是所谓的"后意识形态时代"。然而，事实真的是这样吗？

关于意识形态这个概念，阿尔都塞（Louis Pierre Althusser）在1963年就发表了《马克思主义和人文主义》（"Marxism and Humanism"）一文，在文中阐述了"意识形态"的内涵。阿尔都塞特别强调，意识形态跟科学是不一样的，意识形态不是知识，人们无法通过论证知识对错的方式论证意识形态正确与否。比如对于"人应该吃狗肉吗"这个问题，其本质不是科学问题，而是意识形态问题。科学只能回答狗肉能不能吃，但却无法回答狗肉该不该吃。关于狗肉该不该吃这个问题，只能通过诉诸某种叫作"观念"的东西才能予以回应。所以"意识形态"从最开始的含义就是"观念学"（ideology），是对我们观念的起源和思想体系的一种研究。可见"意识形态"这个概念并非仅仅局限于政治领域，相反，它是时刻包围着我们的、决定我们的思考和行动的一整套观念体系。每个人的兴趣爱好、人生理想、审美品位、生活习惯——一切被认为是理所应当的东西，本质上都是一种意识形态。简言之，"意识形态"约等于人们在日常生活中经常所说的"三观"。

接下来的问题是，既然"意识形态"不是通过科学的论证方式论证出来的，又始终决定着人们的思考和行动，那么"意识形态"究竟从何而来？我们如何知道存在于头脑中的某种"观念"是对的还是错的呢？这个问题需要分几个层面来谈。

首先，如前所述，意识形态约等于"三观"，而所谓的"三观"其实就是个体对世界、对人生、对价值的看法，这也就意味着意识形态是具有想象性的，它未必符合现实（而且也无法通过现实得以检验），它只不过是个体关于现实的某种幻觉。所以在现实生活中我们经常说两个人"三观"不合，其实这背后就是一种意识形态的冲突，是一个人对于世界、人生、价值的想象，与另外一个人对于世界、人生、价值的想象的冲突。

既然意识形态具有想象性,那么它跟我们平时所说的那种天马行空式的想象有没有区别呢?意识形态是不是就是关于这个世界的一场"白日梦"呢?显然不是。意识形态不是那种脱离现实、不接地气的想象,而是一种关于"我"与"现实"关系的想象。

假如一个人,他对自己的美好生活有着强烈的憧憬,他想象中美好生活是这样的:住在一个鸟语花香的小岛上,岛上有一座很大的别墅,别墅有三层而且采用的是简约的西式装修,来到别墅顶层的书房,推开窗户,可以看见美丽的大海,面朝大海,春暖花开。这种想象是每个人都会有的,而且每个人关于美好生活的想象都会有所不同。但如果这种想象仅仅停留在想象层面,还很难称得上是意识形态,毕竟每个人都会时不时地做着各种各样的"白日梦",这是很正常的事情。但如果一个人不仅对自己的美好生活有着明确的想象,而且坚定地认为自己的人生就应该如此,认为自己的生活就应该像自己想象里那样的话,这种想象就从幻想变成了某种意识形态。

所以意识形态虽然具有想象性,但更重要的是,意识形态是关于个体与现实的某种关系的想象,也就是说,意识形态的本质是确立自我与世界的某种关系,并坚信这种关系的合理性。甚至有时候,个体在确立了某种关于自我与世界的想象性关系之后,还认为其他人也应该有同样的想象,从"我认为"变为"我们认为"。这就是为什么当现实中一个人一旦发现有人与自己三观不合时,双方往往会发生很激烈的争吵,这主要是因为对方的某些观点破坏了自己对于世界的想象。尤其是当一个人认为"人生本该如此""世界本该如此",却听到了完全相反的观点，他会觉得自己受到了挑衅，于是必须要说服对方。这一行为背后其实是他要维护的那个关于世界"本该如此"的想象秩序。所以，意识形态具有想象性，但意识形态不是天马行空的想象，而是一种关于个体与现实关系的想象。这是关于意识形态这个概念的第一个层面。

第二个层面，当意识形态确立了自我与现实的想象性关系之后，也就是当一个人确立了"本该如此"的观念之后，意识形态就不仅仅只作用于想象层面，还要作用于实践层面。也就是说，在现实生活中，意识形态还会推着一个人朝着他认为"本该如此"的方向进行努力。如果你觉得生活应该是面朝大海、春暖花开，你就会努力攒钱买一处海景房；如果你觉得人活着的目的就是要成为所谓的"人上人"，那你大概率不太会惧怕现实职场中的勾心斗角、尔虞我诈，相反可能还会觉得这是帮助你实现人生理想的有利途径和手段。所以意识形态真正发挥作用的地方，不只是认识，还有现实。从观念到实践，意识形态从精神层面落到了物质层面，具有了某种实践属性。

也恰恰是因为如此，意识形态的实践性让我们具有了指认意识形态的可能性，甚至可以由此反推：个体之所以不断地朝这个方向努力，是因为个体背后的某种意识形态在推动着他。所以通过一个人的言行就可以大致推断出他具有怎样的意识形态，进而推断出他是在以怎样的方式想象自我与现实之间的关系。这是关于是意识形态的第二个层面：意识形态不仅具有想象性，还具有某种实践性。

第三个层面，由于作为观念的意识形态是不可见的，而作为实践的意识形态是可见的，这就导致在意识形态转化为实践的过程中，具有了某种"过滤性"的特点，而且构成了个体的"前理解"。简言之，就是现实生活中个体本来有很多种实践的选择和可能性，但受意识形态的影响，个体选择了某一实践可能性，这就意味着意识形态在观念中早已为其"过滤"了其他的选择和可能。个体在实践的过程中就已经默认了某种观念是必然如此的。

例如，同样是读《红楼梦》，一个学建筑出身的人会十分关注《红楼梦》里面关于园林景观的描写；而一个学中医出身的人会特别关注《红楼梦》里面的很多医生给出的药方；而一个既没有建筑背景也没有中医背景的人，见到红楼梦中大段大段的园林描写和药方清单往往会跳过去，因为他更关注的是情节和人物的发展，而不是这些细枝末节。从这个意义上讲，意识形态构成了读者的"前理解"。

所谓"前理解"，就是个体在理解某个对象之前就已经具备的认知能力。例如当你在阅读一本书时，你之所以能够理解文中的文字，是因为在阅读之前就已具备了足够的知识储备和文化背景，这些都是使得你能够理解这本书的"前理解"。这些"前理解"直接决定了你能在这本书中读到什么，所以，阅读过程是"前理解"与文本相互作用的结果。而这个"前理解"就构成了我们所说的意识形态。

接下来的问题是，这个作为"前理解"的意识形态到底从何而来？它到底是如何植入我们的大脑中，成为我们观念的一部分的？这就涉及意识形态发挥作用的方式问题。

三 意识形态如何通过文学发挥作用

意识形态绝对不是个体完全通过理解所获得的,实际上这种完全自主的理解也根本不太可能,因为任何理解都不可能凭空产生。建构个体的"前理解"与"意识形态"的,是属于个体的文化背景、历史传统、知识结构、成长经历。按照阿尔都塞的说法,"意识形态将个体询唤为主体",意思是在现实生活中,意识形态会通过各种各样的方式使某种观念成为我们理解事物的"前理解"。这种"询唤"功能,听上去是一种明目张胆的召唤,而实际上更多时候是一种潜移默化的建构。"询唤"是日常生活中随处可见但难以察觉的活动,当我们走在大街上,街边的广告牌、商铺始终都在"询唤"着你,"询唤"着让你"成为谁",并且暗自向你许诺,一旦你"成为谁"你就获得了某种身份,获得了某种立场。这种意识形态的"询唤"是无处不在,甚至是无法抗拒的。

接下来的问题是,意识形态的问题跟文学有什么关系呢?意识形态的这种功能,在文学创作和文学阅读中发挥着什么样的作用呢?

实际上,文学就是一种意识形态,而且意识形态性非常强。如前所述,意识形态具有某种想象性,它建构的是个体与现实的想象性关系。文学作品其实就是通过对现实生活的重塑,建构了一个具有想象性的世界。这也就意味着,在阅读文学作品时,读者虽然面对的是一个在现实生活中完全不存在的、想象的虚拟世界,但是这个虚拟世界却时时刻刻对现实生活有着某种影射关系。读者对文学作品的阅读，是带着自己的情感投射和审美想象的，读者将自己想象为文学作品中的某个人物，去感受和体会在虚拟世界中的未完成愿望。在这一过程中，就建构起了作为读者的"个体"与作为文学世界的"现实"之间的想象性关系。可见，文学作品具有很强的意识形态性。很多人在阅读了作品之后非常感动，甚至心情久久不能平复，很大程度上就是因为读者相信了作品所建构的世界，进而也认同了作品中所隐含的意识形态。

正是由于文学的这种意识形态属性，使得我们在对文学作品进行分析时不能简单地去揭示作品中的表面意义，更要去努力挖掘作品背后体现了怎样的意识形态。这就对文学阅读和文学批评提出了更高的要求，以至于由此催生出了一种文学批评方法：意识形态批评。

意识形态批评与传统文学批评的侧重点完全不同，传统文学批评更关注作者的写作意图和文本的中心主旨，更侧重于追问"作品到底说了什么"。而意识形态批评则相反，它不太关注作者已经说出的内容，而是关注那些作者并没有说出的东西，关注作者表达内容的方式和策略。因为往往作者没有说出的东西才是作者写作时已经默认了的"前理解"，才能真正体现作者创作时的某种意识形态。同样的道理，读者从作品中读出了什么意义，也往往取决于读者的意识形态，读者对一部作品内涵的解读往往受制于读者已有的"前理解"。所以，对于作品接受背后所体现出的意识形态，也是意识形态批评所聚焦的维度。

意识形态批评并不关注对作品的哪种解读是"正确"的，

而是关注某一种解读背后体现出了怎样的意识形态。例如，著名作家托马斯·哈代（Thomas Hardy）曾经写过一部小说——《卡斯特桥市长》（*The Mayor of Casterbridge*）。小说开头就写到这样一个情节：21 岁的打草工迈克·亨查德带着妻女在外谋生，在经过乡村集市上的时候，喝了很多酒，在酒精的驱使下，一冲动把妻子和年幼的女儿卖给了一名水手，酒醒以后他追悔莫及，发誓未来 21 年绝不喝任何烈酒。

对于这样的一段描写，美国著名评论家欧文·豪（Irving Howe）曾高度赞扬这一开场情节的杰出和有力，他说："《卡斯特桥市长》的开头对男人的幻想具有如此强烈的内在吸引力，是由于它的动人情节：摆脱老婆就像扔掉一件褴褛的破衬衣一样；逃避的方式不是偷偷溜走式的抛弃，而是公开地把她的肉体像在集市上出售的牲口那样卖给一位陌生人。通过这种不道德的专横去取得生活中的第二次机会。连同老婆一起摆脱掉的还有她的缄默的哀怨和令人发疯的逆来顺受。"①

而对于欧文·豪的这番评论，女性主义理论家伊莱恩·肖沃尔特（Elaine Showalter）则表示坚决反对，她认为欧文·豪的这番评论完全是站在男性的立场上歪曲了作家的意愿："豪和哈代的其他男性评论者一样，实用主义地把小说里亨查德不仅卖掉了老婆而且连小孩也一起卖掉了这一情节忽略了。"② 小说开头的这一个情节最为关键的地方不是卖掉妻子，而是在卖掉

---

① ［美］伊莱恩·肖沃尔特：《走向女权主义诗学》，载周宪等编《当代西方艺术文化学》，北京大学出版社 1988 年版，第 346 页。
② ［美］伊莱恩·肖沃尔特：《走向女权主义诗学》，载周宪等编《当代西方艺术文化学》，北京大学出版社 1988 年版，第 347 页。

了妻子的同时还卖掉了女儿，这背后象征着迈克·亨查德隔断了同女性的一切联系，以至于他只能用父权、金钱的符码来限定他周遭的人际关系。而他对于妻女的追寻，恰恰象征着他对爱的渴望。他的悲剧就在于，只有在他切断了与女性的联系纽带之后才终于懂得了父权男权制度的不合理，才会越来越渴望得到爱的纽带。

同样是面对一部小说，欧文·豪与肖沃尔特却给出了截然不同的评价，这说明他们从《卡斯特桥市长》的文本中看到了不同的东西，而什么东西会导致二人读出不一样的内容呢？其实就是刚刚我们谈到的"前理解"。

肖沃尔特是一位非常著名的女性主义者，她的女性主义视角使得她坚决不能接受欧文·豪的这种带有鲜明男权色彩的分析。而欧文·豪作为一名男性批评家，他所得出的结论势必受制于他本人的身份立场，而性别身份则是每个人先天就具有的某种文化属性，这种文化属性成为每个人理解事物的那个默认的"前理解"。

所以，在意识形态批评看来，读者读出的意义并不重要，什么东西使得读者读出了这个意义才最关键。同样地，作家创作一部作品，写出了什么也并不重要，作家为了写出某个东西而忽略的东西才最重要。这就是意识形态批评关注的重点。这种文学阅读和解读方法，能让我们挖掘文学作品背后那些"未曾说出但已然说出的东西"，进而在更深层次上把握文学作品的本质。

四　如何进行意识形态批评

那怎样才能进行真正的"意识形态批评"呢？这就要求在具体的文学阅读与文学批评中，努力做到以下三点。

第一，要反思作品是如何建构起读者的意识形态的。作家在进行创作的时候，往往不会直接宣称自己所坚持的某种思想观念，毕竟意识形态作为一种"前理解"，是作家创作的起点而非终点。这就导致作家的意识形态往往是以较为隐蔽的方式隐藏在文本的字里行间。不仅如此，作家在进行创作的时候，会努力让读者"相信"作品中的内容，让作品具有真实可信度，这就意味着作家的创作是在努力营构一个让读者"信以为真"的虚拟世界。

这就像大人给小孩子讲童话故事一样，大人之所以给小孩子讲故事，是为了让孩子从中学到某种道理，而为了让孩子听进去这个道理，这个故事必须能够让小孩信以为真，只要小孩相信了这个故事，沉浸在故事世界的悲欢离合中，就能够认同故事背后大人想让孩子学到的道理。而意识形态批评，就是要从故事本身所呈现的喜怒哀乐情感中跳脱出来，找出隐藏在故事背后的意识形态，去分析作品是如何让读者"信以为真"的。

为了能够阐释得更加清楚，可以简单地举一个例子。假设有个作者是一个精英主义者，他认为这个世界就是不平等的，也不应该是平等的，只有精英才配得上拥有社会的财富，只有精英才能在社会中占据优势地位。那么，他写出来的作品，肯定多多少少会流露出他的这种精英主义立场。但问题是，如果作者明确暴露了自己的精英主义立场，作品就会因为带有明显的说教感而让读者丧失阅读的兴趣，同时也难以建立起读者的认同。所以这个作者如果想要在作品中灌输其精英主义的意识形态，就会以一种隐性的方式，让读者在轻松愉悦中接受并认同自己的观念。比如，很有可能作者在故事建构时采取一种方式：不去讲什么大道理，而是讲述一个小人物的成长故事。而这个小人物的角色设定可能非常普通，普通到每一位读者都可以将自己代入到这一角色中去。然后作者在设计情节时，着重强调这位小人物的野心和抱负，让这个小人物通过各种各样的方式成为社会的"人上人"，最终过上了幸福的生活。

从表面上看，这个故事似乎没有明显体现出作者想要宣传什么精英主义观念。但是意识形态批评就要对这一故事进行反思，虽然作者确实只是讲述了一个励志的故事，但是事实上，作者在讲述这个故事的时候默认了一个前提，那就是：一个人最重要的价值就是当一个"人上人"。所以作者在讲述这个小人物的成长历程的时候，根本没有去反思和探讨人为什么一定要当一个"人上人"。作者通过一个小人物成为"人上人"的故事，完成了他对于精英生活的想象。当读者认同了故事中的小人物角色时，也就在潜移默化中认同了作者的精英主义价值观。这就是意识形态在文学创作和文学接受中的运作方式。

当然，很有可能作者在写作的时候并非是要故意表现出自己的某种意识形态，但作为专业文学读者要有一个较为清晰冷峻的意识，要意识到作者绝非一个纯粹的个体，作者的创作和表达一定带有着特定的意识形态观念。即便这一过程可能是作者完全无意识的结果，但分析作品的意识形态建构方式才能帮助我们从更深层次把握作品内涵。这是进行意识形态批评时要做到的第一点——反思作品是如何建构读者的意识形态的。

意识形态批评要做到的第二点，就是要反思一部作品为什么会如此受欢迎。从读者的角度看，一部作品之所以能够受到广泛的认可，有一个非常重要的原因，那就是这部作品触及了所有人内心的某种意识形态观念，触及了所有人那个"本该如此"的审美理想。

虽然受到广泛欢迎的作品未必是具有极高艺术价值的作品（甚至往往越是通俗的作品越能够受到更多读者的青睐），但是这并不意味着我们要对这类作品弃而远之。相反，要从意识形态的角度审视这一现象，去追问为什么这部作品能够被如此众多的读者所认可？读者从作品中到底看到了什么？从意识形态批评的角度看，一部作品之所以受欢迎，往往是因为这部作品迎合了社会群体的某种意识形态，它与社会群体关于某一问题的"本该如此"的观念相符合，从而建构了广泛的读者认同。

例如《灰姑娘》这个童话故事一直以来被人们反复传诵，被改编成了不同的版本，甚至成了文学创作中的一个"母题"。故事的背后其实触及了一个非常重要的心理诉求，那就是期待自己的价值被周围的人所承认。在现实生活中，我们面临的情况往往是，每个人都认为自己是有才华有能力的，但这种才华和能力却往往无法被周围的人所认可，父母夸赞的往往是"别人家的孩子"。这就像灰姑娘一样，虽然有才、虽然美丽，但是她的能力却始终被周围的人所否定，导致灰姑娘一直都无法发挥自己的才能。王子的舞会给了灰姑娘一次展现自己才华的机会。这是典型地以想象的方式建构了自我与现实的想象性关系。而"灰姑娘"的故事之所以能够有如此广泛的传播力，是因为它在想象中满足了我们每一个人期待被肯定（尤其是被身边的人肯定）的愿望。所以当人们认同了灰姑娘的时候，也就在想象中完成了关于自我价值被认可的想象。这是意识形态批评要做的第二点——反思一部作品流行背后的社会意识形态基础。

意识形态批评需要做的第三点，就是要反思为什么一部作品会在不同的时代有不同的改编和不同的理解；为什么一部作品在它诞生的那个年代默默无闻，却在很多年后名声大振。这往往是因为每个时代都有属于自己那个时代的主流意识形态。在不同的时代背景下，人们思想中的那个"本该如此"观念具有某种差异性，这就导致同样的文本在不同时代的接受者那里被读出了不同的意味。于是，一方面，对待同一部作品，不同时代的读者读出了不同的意义，给出了不同的评价；另一方面，为了适应不同时代的意识形态，同一个文本会在不同时代进行细微的调整和改编以适应不同社会历史背景的主流意识形态。所以透过这种文学作品的改编，可以从中窥见文本与历史、文本与意识形态之间的内在关联。

回到最开始所谈的"小红帽"的故事上来，为什么最早版本的小红帽故事是小红帽被狼骗上了床，与狼共枕，最终被狼吃掉？这与17世纪法国贵族生活的历史背景有密切关系，当时贵族生活非常奢靡，找情妇的风气很兴盛，导致很多年轻漂亮的女性会被"狼"骗，所以当时"小红帽"的故事更多被用来作为某种道德劝诫，告诉这些女孩：要拒绝诱惑，洁身自爱。而这其中隐含着让女人坚守贞操的传统价值观念。

到了 19 世纪，格林兄弟（Jacob Grimm，Wilhelm Grimm）对"小红帽"故事进行了改编，变成了我们现在看到的《小红帽》的样子。这时小红帽形象有了很大的变化，变得天真、可爱，可以说是纯洁的化身。而开头多了一句小红帽妈妈的话"不要走小路"，这寓意着父母对于孩子的提醒，告诉小孩子要听父母的话，出门不要和陌生人说话。这种改编实际上与当时的时代背景和社会意识形态有密切关联。19 世纪的工业化，导致西方社会出现了一大批产业工人，大人都去工厂干活，而小孩子留在了家里，这时候童话故事也就应运而生。童话故事不仅仅要起到劝诫和建构价值观的作用，更重要的是它的出现要为留在家里的孩子提供一个关于社会的想象和认知。

20 世纪以后，"小红帽"的故事又有了很大的变化，在众多的改编版本中，其中一个版本的结局是：小红帽和外婆一起打败了野狼，赢得了胜利，而作为拯救者的猎人形象从故事中消失。从中我们可以明显地感觉到，这时"小红帽"故事的受众就不再是儿童了，小红帽强大而独立，甚至不需要猎人的帮助。

这或许跟 20 世纪以来女性主义的兴起有密切关系。因为故事中小红帽离开母亲独自来到外婆家的这一过程，其实就是单身女性独自外出情景的隐喻，单身的弱小的女性如何独自面对这个复杂冷漠的世界，是"小红帽"故事背后的一个非常重要的隐含问题，也是"小红帽"故事一直以来吸引读者的关键点。当然，随着女性主义思潮的兴起、女性独立意识的提升，女性主义对这一问题的回应是，女性完全可以独立应对来自世界的各种诱惑和陷阱，女性完全不需要男人的帮助也可以轻松识破骗局、赢得胜利。

可见,"小红帽"故事的改编,跟特定的社会历史背景有着密切的联系。而文本与社会历史的结合点就是意识形态,文本改编的背后是特定的社会意识形态体现,而意识形态建构的目的是让更多的人接受和认同,从而巩固特定的意识形态观念。

参考阅读

著作类

1. [法]夏尔·佩罗:《佩罗童话》,李梵音译,哈尔滨出版社 2014 年版。

2. [美]凯瑟琳·奥兰丝汀:《百变小红帽———一则童话中的性、道德及演变》,杨淑智译,生活·读书·新知三联书店 2013 年版。

3. [美]利昂·P.巴拉达特:《意识形态起源和影响》,张慧芝、张露璐译,世界图书出版公司 2010 年版。

4. [美]赫伯特·马尔库塞:《单向度的人——发达工业社会意识形态研究》,刘继译,上海译文出版社 2006 年版。

5. 张一兵:《问题式症候阅读与意识形态:关于阿尔都塞的一种文本学解读》,中央编译出版社 2003 年版。

6. [斯洛文尼亚]斯拉沃热·齐泽克:《图绘意识形态》,方杰译,南京大学出版社 2002 年版。

论文类

1. 陈锡喜:《论意识形态的本质、功能、总体性及领域》,《上海交通大学学报》(哲学社会科学版) 2014 年第 1 期。

2. 詹小美、王仕民:《文化认同视域下的政治认同》,《中国社会科学》

2013年第9期。

3. 胡潇、罗良宏：《从解释学的"前见"看意识形态——一种文化认识论的解读》，《现代哲学》2013年第4期。

4. 阎嘉：《文学研究中的文化身份与文化认同问题》，《江西社会科学》2006年第9期。

5. 陶东风：《文学的祛魅》，《文艺争鸣》2006年第1期。

6. 张一兵：《阿尔都塞：意识形态理论与拉康》，《学习与探索》2002年4期。

7. 于文秀：《阿尔都塞的"意识形态"理论与"文化研究"思潮》，《哲学研究》2002年第6期。

8. ［德］塞巴斯蒂安·赫尔科默、张世鹏：《后意识形态时代的意识形态》，《当代世界与社会主义》2001年第3期。

9. 周宪：《审美现代性与日常生活批判》，《哲学研究》2000年第11期。

10. 夏建中：《当代流行文化研究：概念、历史与理论》，《中国社会科学》2000年第5期。

第 四 章

模仿·再现·表现

一 "形似"与"神似"

据传,在古希腊赫拉克勒斯城有两位著名的画师宙克西斯（Zeuxis）与帕拉修斯（Parrhasius），有一次,他们由于见解不同争论起来,便相约各自作一幅画来一决高下。宙克西斯画了一幅葡萄图,而帕拉修斯画的画,被窗帘布幔盖住了。宙克西斯的葡萄图画得非常逼真,以至于天上的小鸟都飞向画前来啄食。宙克西斯自以为得胜,得意地向帕拉修斯说:"现在,请帕拉修斯将盖在画上的布幔揭开,让大家看看你的作品吧！"话才说完,宙克西斯才发现自己犯了错误,原来帕拉修斯的画上并没有覆盖布幔,他的布幔就是画出来的。宙克西斯没想到帕拉修斯的画作如此逼真,连自己都骗过了,只好承认落败。

在中国古代也有个类似的故事,这就是著名的"画龙点睛"的故事。梁武帝非常信佛,喜好修建装饰佛寺,于是就命令画家张僧繇作画。张僧繇在金陵的安乐寺画了四条白龙,也是栩栩如生,但是这四条龙都没有眼珠子。当人们看到他这幅画的时候，都想让他"点睛"，但是张僧繇就是不肯，他说"一旦点睛，龙就要飞走了"。当然这样的话人们都是不信的，所以依旧强烈要求他"点睛"。张僧繇不得已为其中的两条白龙"点睛"，没想到这两条白龙真的离开墙壁乘着雷电飞腾而去，而那两条还没有"点睛"的白龙依旧在墙壁上。

这两个故事虽然多多少少有点神话色彩，但背后的美学意蕴是非常值得玩味的。虽然"画龙点睛"的故事跟帕拉修斯的故事没有历史上的关联，但却可以发现两个故事的共同之处，即如何让画作更"逼真"：画出来的白龙，一旦"点睛"之后就成了真龙，"点睛"成了是真龙还是假龙的关键；而为什么帕拉修斯画的布幔要比宙克西斯画的葡萄更逼真？因为相较而言，用绘画骗过人的眼睛要比用绘画骗过动物的眼睛更难。一幅画能让一个大活人信以为真，那就说明这幅画真的是太逼真了。

再继续品味这两个故事，会发现两个故事关于"真"的定义不太一样。帕拉修斯的画之所以"真"，是因为他能骗过人的眼睛，能够"以假乱真"，这就要求画家对于画面的每一个细节都把握到位，都严格模拟现实生活。而在"画龙点睛"的故事中，画中的白龙是否能够成为真龙，关键就在于"眼睛"，而其他细节是否真实似乎不是那么重要。而"眼睛"又意味着什么呢？我们经常说"眼睛是心灵的窗户"，白龙的"眼睛"就是白龙的灵魂的象征，有了这"眼睛"，白龙就有了灵魂，而缺少了这个"眼睛"，白龙就仅仅只是墙壁上的一幅画而已。所以，这两个故事虽然都追求艺术的"真实"，但似乎抵达艺术"真实"的路径是有很大差别的。如果说帕拉修斯追求的是

"形似"和"模仿",那么张僧繇追求的是"神似"和"表现"。

关于"形似"与"神似"、"模仿"与"表现"的争论,在中西方文艺理论中有着非常深远的历史传统。这一争论背后的核心问题是:艺术世界与现实世界到底应该是一种什么关系?二者是越贴近越好,还是越疏远越好。当然,如果纵观中西方文艺理论史,会发现大部分理论家都认为在"形似"与"神似"之间,"神似"更技高一筹。

歌德(Johann Wolfgang von Goethe)就曾在《论艺术作品的真实性和或然性》("On Truth and Probability in Works of Art")中虚拟了一个艺术家的律师和观众之间的一场争论,观众认为剧场中的一切都必须真实,而艺术家的律师则讲了一个故事:一个自然科学家养了一只猴子,有一天发现猴子不见了,找来找去发现它坐在图书馆的地上,把《自然史》这本书中所画的所有甲虫,全都挖来吃掉了。歌德认为,那些要求艺术完全与自然一样真实的人,都跟这只猴子差不多。而"一部完美的艺术作品是人的精神的作品,在这个意义上,它也是自然的一个作品。但是由于它把分散的对象集中在一起,把甚至最平凡的对象的意义和价值也吸收进来,这样它就超过了自然"[①]。

在中国古代文艺理论中,作为某种艺术精神理想的"神似"是理论家们理想中的艺术典范。例如东晋著名画家顾恺之就曾说:"四体妍蚩,本无关乎妙处,传神写照,正在阿堵

[①] [德]歌德:《论艺术作品的真实性和或然性》,载范大灿编《歌德论文学艺术》,范大灿、安书祉、黄燎宇等译,上海人民出版社2017年版,第67页。

中。"这里的"阿堵"指的就是"这个",意思是说在画家描绘和刻画人物时,要把握对眼神、动作的刻画,绘画是以神为中心,而非以形为中心。北宋著名作家苏轼也曾说:"论画以形似,见与儿童邻。赋诗必诗,定知非诗人……谁言一点红,解寄无边春。"他认为好的诗歌在于表现事物的内在精神,如果论画以"形似",就是一种幼稚的见解。元代的倪瓒在谈到自己的创作经验时也曾说:"仆之所谓画者,不过逸笔草草,不求形似,聊以自娱耳。"说明绘画艺术之所以能够成为艺术,就要舍弃"形似",以一种非目的性的心态表达自己的情感,这样作品才能画得好。可见,"神似"在中国传统文艺理论中有着非常深厚的土壤。

然而,从表面上看,虽然"神似"压倒"形似"成为文艺理论中的主流,但依然还是能够看到很多理论家在不断地为"形似""正名",比如民国时期的著名学者刘师培就曾提出了反对意见,他指出:"近人论文,谓模拟一代或一家之文,不主形似,但求神似。此实虚无缥缈,似是而非之论。盖形体不全,神将奚附?"① 刘师培认为,如果没有形体的支撑,精神又将附着在哪里呢?这一追问确实有一定道理,而且同时也提醒我们重新反思"形似"与"神似"的关系。

那接下来的问题是,在"形似"与"神似"之间,在"模仿"和"表现"之间,哪个更能够体现出艺术的本质?具体到文学理论中,就要追问:文学到底是对外在世界的再现,还是对内心情感的表现?

---

① 刘师培:《中国中古文学史讲义》,广西人民出版社2017年版,第179页。

二 模仿论与表现论的分野

在整个中西文论史上,"文学与世界"的关系问题一直以来被反复讨论,以至于已经成为文学理论的一个基本问题。对于这个问题,理论家聚焦的无非是三个方面:文学到底能不能再现世界?文学再现的是哪个世界?文学通过什么方式来再现世界?而这个问题之所以重要,是因为它所触及的不仅仅是简单的"文学与世界"的问题,更重要的是它背后涉及关于文学本质的认识问题。也就是说,人们为什么创作文学作品?为什么在现实世界之外还要创造另一个世界?文学世界与现实世界越接近越好,还是越疏远越好?对于这些问题的回答,直接涉及我们到底应该如何理解"文学",如何理解"文学的本质"。所以这个问题就显得非常重要。

关于文学与世界的关系,向来就有"模仿论"和"表现论"两派。"模仿派"认为,文学是对现实世界的某种反映,是通过语言符号的方式对现实生活的一种模仿。而"表现派"则认为,文学根本不是对现实的反映,文学仅仅是作家传递个人主观情感的一种方式。那这两派观点到底谁对谁错呢?

首先来看"模仿论"。以刚刚提到的帕拉修斯的故事为例,宙克西斯跟帕拉修斯进行画画比赛,帕拉修斯肯定是想要赢的,而他赢的方式是努力画了一个让人们都"信以为真"的幕布。这背后呢,至少说明了三个问题:第一,在帕拉修斯看来,甚至是在所有古希腊人看来,一幅画的艺术水准,是同这幅画与现实世界的接近程度成正比的。也就是说,这幅画越逼真,就意味着这幅画的水平越高。第二，辨别作品是否逼真，这个评判的标准在于画家的眼睛。画家之所以能够成为画家，就是因为他能捕捉到普通人捕捉不到的事物。所以一幅画仅仅骗过鸟儿的眼睛肯定还不够，最高级的是能骗过画家的眼睛。第三，艺术的最终目的，是要造成一种以假乱真的效果，使观众产生一种"这就是实物"的幻觉。越能让观众"信以为真"就意味着画家的技艺越高超，也就意味着这幅画的水平越高。这三点其实已经涉及"模仿论"的理论内涵。

什么叫"模仿论"？按照字面意思，"模仿"就是"照某种现成的样子学着做"，从这个定义可以看出，"模仿"强调的是某种关系：先有了一个事物叫作 A，然后按照 A 的样子去做出 B。从本质上看，A 和 B 是两个完全不同的事物，但是从外在形态上看 A 与 B 具有了某种相似性。一般而言，如果 B 能够无限地接近 A，甚至达到了跟 A 一模一样的程度的话，我们往往认为制作 B 的人水平更高，因为要想跟 A 无限接近，难度是相当高的。自从古希腊以来，人们认为一切的艺术都是源自模仿。这就导致在文学与世界的关系中，"模仿论"重心更加偏向了世界这一边，于是评判艺术高低优劣的标准也就是看文学作品是否足够接近现实。

后来到了文艺复兴时期，"镜子说"开始流行。达·芬奇和大作家莎士比亚都曾经从不同角度将文学和艺术比喻为镜子。"镜子说"的理论基础依旧建筑在"模仿论"的基本观点之上，认为艺术是对现实生活的模仿。但只不过镜子说走得更远，它认为艺术作品就像镜子一样，本身没有任何的内容，仅仅是一个空洞的反射物。现实生活是什么样，就在镜子中呈现出什么样。而艺术家的工作,就好像是拿出镜子一样,照出这个社会的世间百态。在这一过程中作家很难具有主观能动性和创造性。当"模仿说"走向了"镜子说"的时候,我们不禁要追问:艺术真的能够具有准确无误的模仿功能吗?模仿和被模仿物之间是什么关系呢?

  模仿论虽然点出了艺术与现实的复杂关系,但其实存在很大的问题。无论是"模仿说"还是"镜子说",它们都将艺术家视为了反映现实生活的工具,这就导致艺术家的作用和地位是极低的,甚至是微不足道的。艺术家只是一个被动的记录者,艺术创作中根本看不到艺术家本人的影子。然而事实上,艺术家的角色绝对不是一个空虚的记录者,很多时候艺术家的技巧、经验、视野往往能够决定艺术水准的高低。而且很多看似是被动模仿的作品,往往掺杂着作家非常复杂的主观态度和情感经验,体现了作家本人的独特风格。比如,人们都说《诗经》是现实主义作品,可是在《诗经》古朴的描写中谁能否认有先民的美好理想和情感呢?人们都说列夫·托尔斯泰(Alexei Nikolayevich Tolstoy)是"俄国社会的一面镜子",但在托尔斯泰的作品中谁又能否认体现出了作家本人对社会的期待和向往呢?所以,很多标榜写实的作品中往往会写出现实以外的东西。与其说作家是在机械地、被动地"模仿"现实世界,不如说作家是在创造性地、能动地"再现"现实世界。于是,很多理论家意识到了"模仿论"的问题,开始试图用"再现"这个概念来代替"模仿"。

  "再现"这个概念看上去依旧是对现实生活的某种反映,但内涵和意义却与"模仿"大不相同。"模仿"意味着模仿物的价值低于被模仿物,而被模仿物才是真正的标准;而"再现"则意味着模仿物因其带有了创作者的主观态度和情感投射,具有了高于被模仿物的独特价值。对于一个作家而言,尤其是现实主义作家,虽然原原本本地呈现现实是非常重要的,但更重要的是,在创作过程中,需要调动作家的主体观念、能力和态度。作家本人的态度是不可避免地渗透在作品中的。与其说作品像一面镜子反映了世界,不如说作品像一盏灯照亮了这个世界。

美国著名批评家艾布拉姆斯(M. H. Abrams)写过一部文学理论的名著,书名就是"镜与灯:浪漫主义文论及批评传统"(*The Mirror and the Lamp: Romantic Theory and the Critical Tradition*)。艾布拉姆斯在这部著作中将文学比喻为像灯一样的发光体,而且还专门提到了英国批评家哈兹里特(William Hazlitt)的话:"如果仅仅描写自然事物,或者仅仅叙述自然情感,那么无论这描述如何清晰有力,都不足以构成诗的最终目的和宗旨……诗的光线不仅直照,还能折射,它一边为我们照亮事物,一边还将闪耀的光芒照射在周围的一切之上。"① 将文学比喻为灯,更强调了作家主体对外部世界的反映过程是主动的,创作是将自己的情感投射到客观外物的过程。这就像在夜里点亮一盏灯,灯光照亮了物体,同时物体反射回的光,也使得灯可以让物体更加清晰。当人们从"再现"这个概念中发现了作家创作的主观能动性的时候,随着作家主体地位的提升,"模仿

---

① [美] M. H. 艾布拉姆斯:《镜与灯:浪漫主义文论及批评传统》,郦稚牛等译,北京大学出版社1989年版,第75页。

论"也就渐渐地滑向了"表现论"。

"表现论"虽然与"模仿论"截然相反,但却有着内在的联系,如果说"模仿论"强调的是再现作家的外在客观世界,那么"表现论"强调的就是再现作家的内在心灵世界。在西方,很多作家、诗人和理论家都持"表现论"的主张。比如英国著名浪漫主义诗人华兹华斯(William Wordsworth)在《〈抒情歌谣集〉1800年版序言》(*Lyrical Ballads*, *with Other Poems*, *1800*)中就说道:"诗是强烈情感的自然流露,它起源于在平静中回忆起来的情感。"① 而俄国大作家列夫·托尔斯泰认为,艺术是情感的感染。英国表现主义美学家科林伍德(Robin George Collingwood)在其美学名著《艺术原理》(*The Principles of Art*)中对人类已有的艺术做了辨析,他把艺术区分为再现的艺术、巫术的艺术、娱乐的艺术、表现的艺术和想象的艺术。他认为真正的艺术是表现的艺术和想象的艺术。而其中所谓的"表现"就是表现情感。

同样地,在中国,"表现论"也是一个非常古老的话题。从最初的"言志"到后来的"缘情",中国古代关于艺术的表现理论可谓源远流长。"诗言志"作为一个非常古老的美学命题,在上古史书《尚书》中已经出现。这里"诗言志"的"志"指的是什么呢?首先就是个人的情感,只不过这个情感不是完全无拘无束的情感,而是要"发乎情,止乎礼义",在"情感"和"礼义"之间找到一个平衡点。"诗言志"作为中国

---

① [英]华兹华斯:《〈抒情歌谣集〉1800年版序言》,载伍蠡甫主编《西方文论选》下卷,上海译文出版社1979年版,第17页。

古代诗学"表现论"的重要命题,对整个中国诗歌的抒情传统产生了深远的影响。

概而言之,"表现论"强调艺术作品就是创造性地表现人的内心世界,表现主观真实。从"表现"这个范畴的命意来看,它至少说明了两个问题:第一,艺术家有某种需要表露或外化的内心状态,这可以是某种情感,也可以是某种思想。一件艺术品本质上是内心世界的外化,是激情支配下的创造,是作家的感受、思想、情感的共同体现。第二,艺术表现必须借助某种艺术媒介来实现,它不同于日常生活中的情感表现。在艺术作品的评判中,人们往往根据媒介是否能够准确地传达艺术家的感情和才智来评判各种艺术的优劣,并根据艺术所表现的心理能力或心理状态来给艺术分类并评价其具体作品。

三 以再现为核心的文学流派全景图

既然文学作品乃至一切艺术都可以归入"模仿论"和"表现论",那么有没有可能以"模仿"和"表现"为标准,把当代世界文学的所有流派都分门别类呢?这样不是就能够更加直观地了解不同文学流派的联系与区别了吗?

从某种角度上看,全部文学理论乃至整个艺术理论都是一个关于"再现"的理论。艺术之所以能够成为"再现",原因在于,艺术家进行创作的过程就是将抽象的事物具象化、将不在场的东西在场化的过程。本来某个事物很抽象或者不存在,但艺术家通过他的创作和技巧让看不见摸不着的事物具象化,让读者和观众有一种"如在眼前"的感受。所以，无论是"模仿"还是"表现"，本质上都是一种"再现"。只不过区别在于，"模仿"侧重的是对外在客观事物的"再现"，而"表现"侧重的是对内在主观情感的"再现"。而整个西方艺术理论和西方文学理论基本上就是在这两个维度上展开的。具体到文学领域中，绝大多数文学流派完全可以归结到"模仿"和"表现"两个大类中。

虽然全部文学流派都可以纳入"模仿"和"表现"两个大类中，但是毕竟流派之间的关系纷繁复杂，不能简单地用一个标签加以概括。就"模仿派"而言，就至少有"像"和"不像"的区别。有的文学流派强调对社会现象模仿的逼真性，而有的则强调对社会本质模仿的逼真性。虽然"模仿派"将文学作品指向了现实世界，但是在文学与世界的相符程度上，不同流派提出了不同的主张，而这种对于"像"与"不像"的区分，非常有助于把握各个流派的基本内涵。

比如，在"模仿派"的理论流派中，最强调文学与现实一一对应关系的，就是自然主义。自然主义追求的是绝对的客观性，认为文学作品就应该单纯地描摹自然，对现实生活的表面现象作记录式的写照。而同样强调对现实生活进行真实记录的还有法国的新小说派。新小说派强调作者退出小说，要摆脱作家的道德观念和思想感情，打破传统小说的叙述限制，对世界进行纯客观的描绘，认为作家应该原封不动地照搬荒诞世界的存在。所以，自然主义和新小说派都侧重"模仿"，都追求对外在社会的"形似"模仿。

同样是"模仿"，相较于自然主义，现实主义、批判现实主义就稍有不同,现实主义虽然也强调对社会现实的"模仿",但这种"模仿"不是对社会现实本身的"模仿",而是对社会历史发展过程中的本质规律的"模仿"。所以现实主义特别强调塑造典型环境中的典型人物,所谓"典型"就是从"一"能看出"多",从一个人物身上折射出整个社会乃至整个时代的影子。所以,对待现实主义、批判现实主义,虽然完全可以将其纳入"模仿论"的一个支流当中,但是要知道跟自然主义相比,它并不是特别强调"模仿"的"形似",而更追求的是"模仿"的"神似"。

而同样是对于外在现实世界的"模仿",有的文学流派就不那么老实了,虽然是"模仿",但它非要"模仿"出自己的想法,它不追求"模仿"的"像",而是偏偏要追求模仿的"不像"。这种流派往往以现代主义文学流派居多,它们所呈现的,往往是现代社会当中某一类现象。比如存在主义文学与荒诞派文学,它们虽然也关注现实,但更多关注的是人在这个世界中的意义和价值问题,通过对这一问题的思索,存在主义和荒诞派表达了关于人生和世界的某种荒诞感。除了这两个流派之外,黑色幽默也是刻意追求"不像"的"模仿派",黑色幽默往往把人与世界的某种紧张关系进行放大、扭曲、畸形化,使得这个世界看起来更加的荒诞不经,从而在滑稽可笑的过程中让人感受到了某种苦闷和沉重。相比之下,比黑色幽默更追求"不像"的,应该是魔幻现实主义。魔幻现实主义的创作原则是"变现实为幻想而不失去真实",也就是说,虽然魔幻现实主义的最终目的还是追求真实,但是是通过呈现一个光怪陆离、虚幻神奇的魔幻现实来抵达真实的。魔幻现实主义多多少少还存留了些"模仿"的影子,但已经是"模仿派"中最"不像"的了。

经过这一细分,完全可以从"模仿派"中画出一个从"像"到"不像"的流派光谱,进而可以更为清晰直观地把握文学流派的区别与内涵。

同样地,在"表现派"中,依旧可以根据"像"与"不像"的标准对不同流派进行更加细致的区分,只不过此时"像"与"不像"的标准,就不是作品与现实世界的符合程度了,而是作品与内心情感的符合程度。

比如超现实主义与意识流,他们基本上都认为,在现实世界之外有一个更加真实的潜意识世界或者无意识世界。而作家的创作不应该聚焦于现实,相反应该努力地去听从潜意识的召唤,书写梦境、幻境,提倡把梦幻和所有刹那间的潜意识记录下来。所以在对内心情感的符合程度上,他们是纯粹的情感"记录者",也是跟内心世界最为贴近的理论流派。

同样是"表现",表现主义就特别强调对主观精神和内心激情的表现。表现主义的本质,是通过艺术的方式宣泄个人的主观情感。而与之类似的是感伤主义和浪漫主义,它们也侧重从主观内心世界出发,抒发对理想世界的热烈追求,浪漫主义经常运用直接奔放的语言、夸张的想象来塑造形象。表现主义与浪漫主义虽然都是强调对客观世界的主观感受和表现,但两者在表现方式上却存在明显差异,浪漫主义的表现虽然以自我为中心,但对现实的反映往往还是比较真实的,而表现主义对现实的表现却具有明显的夸张和变形。比如表现主义的代表卡夫卡,他的很多作品就体现出某种畸形、反常、怪异的形象,虽然也是对情感的表现，但方式还是有一定区别的。所以，如果按照与内心情感的符合程度进行区分的话，浪漫主义要比表现主义更"像"一些。

与浪漫主义相比，象征主义和唯美主义则在反映内心的真实程度上稍显得"不像"了一些。象征主义虽然侧重描写个体内心感受，但在艺术方法上强调运用各种形象和暗示，通过多种手法来达成对内心情感的表达。在象征主义看来，用艺术的形式表现情感的唯一途径就是找到"客观对应物"，就是找到"情感的象征"，通过对应物和象征，引发人们对某物的联想，从而显现一种情绪。所以象征主义在抒发情感这方面，较之于之前的"表现派"就显得较为"不像"了一些。而唯美主义则更诉诸语言的形式，通过各种各样的手法，为读者提供感观上的愉悦，所以到了唯美主义那里，形式要比内容更加重要，于是可以说是"表现派"中最"不像"的流派。

所以通过对主观情感再现程度的区分，又可以从"表现派"中画出一个从"像"到"不像"的理论光谱，进而可以更好地把握不同文学流派的内涵。

至此，我们以"再现"这个概念为核心，以"向外"和"向内"两个方向划分出了"再现"的两个流派"模仿派"和"表现派"。然后以"像"和"不像"为标准，划分出了西方文学流派的理论光谱。当然，这样的划分不一定准确，也不一定唯一，但我们可以从"模仿"与"表现"这两种方式入手，对文学流派和文学思潮有更加深入的认识。

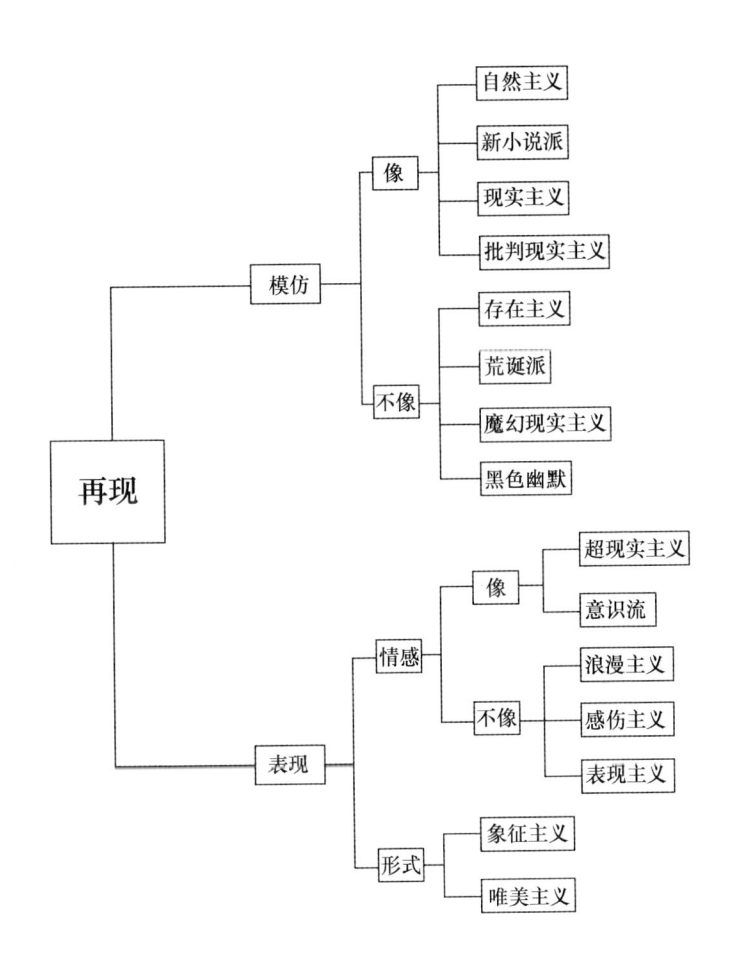

```
                          ┌─ 自然主义
                    ┌─ 像 ─┼─ 新小说派
                    │      ├─ 现实主义
                    │      └─ 批判现实主义
            ┌─ 模仿 ─┤
            │       │      ┌─ 存在主义
            │       │      ├─ 荒诞派
            │       └─不像 ─┤
            │              ├─ 魔幻现实主义
   再现 ─────┤              └─ 黑色幽默
            │
            │              ┌─ 超现实主义
            │       ┌─ 像 ─┤
            │       │      └─ 意识流
            │       │
            └─ 表现 ─┤      ┌─ 浪漫主义
                    │      ├─ 感伤主义
                    ├─不像 ─┤
                    │      └─ 表现主义
                    │
                    │      ┌─ 象征主义
                    └─ 形式 ┤
                           └─ 唯美主义
```

参考阅读

著作类

1. ［德］埃里希·奥尔巴赫：《摹仿论：西方文学中现实的再现》，吴麟绶、周新建、高艳婷译，商务印书馆 2018 年版。

2. ［美］肯达尔·L. 沃尔顿：《扮假作真的模仿——再现艺术基础》，赵新宇、陆扬、费小平译，商务印书馆2013年版。

3. ［英］哈奇森：《论激情和感情的本性与表现，以及对道德感官的阐明》，戴茂堂、李家莲、赵红梅译，浙江大学出版社2009年版。

论文类

1. 宋伟：《一个问题史的勘察：从"再现"与"表现"看"主客二分"的传统美学》，《文艺争鸣》2014年第7期。

2. 曹顺庆：《艺术学学科理论建构与艺术本质新论》，《贵州社会科学》2014年第7期。

3. 陈巍：《具身模仿论的回应："模仿"需要"理论"吗？——兼与黄家裕博士商榷》，《哲学动态》2010年第8期。

4. 葛体标：《现代模仿论的解构线索：狄德罗、荷尔德林和德里达》，《文艺理论研究》2010年第2期。

5. 徐亮：《再现，表现，还是显现？——关于艺术本体论的一个探讨》，《文艺研究》1987年第5期。

第二编

文学与作者

第 五 章
"文如其人"与"文非其人"

1939 年元旦夜,在周作人的家门口,有一位自称是学生的人求见。周作人把那位"学生"请进屋后,却未想到那人掏出一把枪当即就朝着周作人胸口开了一枪。周作人应声倒地,佣人闻声从里屋出来,刺客又开枪把佣人打死了。刺客误以为行刺成功,就报告击毙了周作人。实际上,子弹打在周作人衣服的铜扣上弹开了。他虽然中弹却毫发未损,身上连轻伤都没有,可谓是死里逃生。那个刺客是谁派来的?至今也没有一个明确的答案,但在周作人看来,这是日本人因不满他的不合作态度而派人刺杀他的。躲过了这一劫,周作人显然是怵了。于是没过多久他就出任伪华北政府教育总署督办,之后还慷慨激昂地发表讲演,慰问日本伤兵。一代文豪周作人,就如此这般成了一个汉奸。然而如果去读周作人的文章,相信很多人都会产生出一种感觉:周作人的作品中透出了一种不求名不逐利、与世无争的人生态度。这种态度与他现实中面对强权所表现出来的懦弱,多多少少形成了反差。

这种"文不如其人"的例子还有很多,比如写《梦溪笔谈》的沈括，写出《绝命书》却屈辱投敌的汪精卫。西方的例如法国的卢梭（Jean-Jacques Rousseau）、司汤达（Stendhal）、波德莱尔（Charles Pierre Baudelaire），俄国的普希金（Aleksandr Sergeyevich Pushkin），德国的歌德，等等。如果按照日常生活的道德评价标准来衡量的话，他们似乎很难称得上够格，但是他们写出的作品却在文学史上有着不小的分量。于是就产生了一个问题：作家的作品难道不是作者思想感情的真实表达吗？为什么会出现文品与人品相悖的现象呢？如果"文"不能反映"人"，作家的人生经历在多大程度上有助于我们理解作家的作品呢？

一 "文如其人"的理论发展

事实上，中国文学史上有很多"文如其人"的作家，他们的文章风貌与本人的个性气质保持着高度的一致性。比如"虽九死其犹未悔"的屈原，写出"史家之绝唱"的司马迁，"精忠报国"的岳飞，被称为"亘古男儿"的陆游。长久以来"文如其人"似乎早已成为一个毋庸置疑的话题，人们常常这样说也这样想。而这种"文如其人"的思维方式，与中国传统文论中的"言志"传统有密切关联。

朱自清曾在他的《诗言志辨》一书当中提出："诗言志"是中国诗论的"开山纲领"[①]。这也就意味着，在中国文化的早期，中国古人坚定地认为诗是作家思想观念的直接表达。这就

[①] 朱自清：《诗言志辨》，华东师范大学出版社1997年版，第4页。

暗自点明了"文"与"人"的内在关联。《论语》中就曾经记载孔子的一句话:"有德者必有言",这说明在孔子看来,德行的好坏直接决定了言辞的好坏。之后孟子更是提出了"以意逆志"的文艺批评方法。在孟子看来,阅读古人的作品时,读者完全可以通过面前的文本,去体会、揣摩古人写作时的思想和情感,这样就跟古人交朋友了。

到了汉代,扬雄在他的《法言·问神篇》中就讲道:"言,心声也;书,心画也。声画形,而君子小人见矣。"即所谓的"言为心声"。当然,这里的"心"未必完全指的是作者的"人品",更多的是指作家在创作时的思想与情感,但至少"言为心声"理论指出了一种象征关系,那就是文学作品所呈现的外在语言文字是作家某种内在精神的象征。这种"表与里""象征与被象征"的关系,直接引导了一种解读和分析文学作品的思路:由言知人,由人知言。透过语言文字去发掘创作者内在的"心",这是可能的,也是必要的。

到了魏晋时期,曹丕在《典论·论文》中提出"文以气为主",这个"气"一般指的是作家的个性气质。在曹丕看来,所有的文章都是作家某种个性气质的表现,作家有什么样的性格就会写出什么样的文章。在《典论·论文》中曹丕用"气"的理论评论了当时邺下文人集团中著名的"建安七子",比如徐干"时有齐气",孔融"体气高妙",等等。曹丕的这一观点产生了很大的影响,以至于在"人物品藻"风气极盛的魏晋时期,"以气论文""以气论人"思路贯穿当时的诗书画评论中。从此"文人一致"的观点可谓深入人心。

后来到了唐宋时期,很多作家和理论家都直接点明了

"文"与"人"的对应关系。例如唐代白居易在《读张籍古乐府》中就点评道:"言者志之苗,行者文之根。所以读君诗,亦知君为人。"这就明确点出了作品内容是对作家精神面貌、志趣、性格、人品等方面的反映。宋代苏轼在《答张文潜书》中,认为苏辙的文章超过了自己的创作水平,却不为当时的人所了解。原因在于苏辙本人日常生活中处事态度就非常的内敛、沉稳,这就导致他不愿意过多地显露自己的个性;而"文品"如"人品",虽然苏轼弟弟苏辙的文章表面比较平淡,但其中却是一唱三叹,情感丰沛,有秀杰之气。所谓"其为人深不愿人知之,其文如其为人,故汪洋澹泊,有一唱三叹之声,而其秀杰之气,终不可没"。这里苏轼把为人处世的态度与其笔下文章的风格特色相比较,得出两者在精神面貌上具有一致性的结论,应该算是"文如其人"这个命题的一个很好的注脚。

到了明清时期,对于"文如其人"的讨论趋于成熟,对"文如其人"的肯定也更加坚定。被称为晚明文学"中兴五子"之一的冯时可,在《雨航杂录》中就指出:"九奏无细响,三江无浅源,以谓文,岂率尔哉!永叔侃然而文温穆,子固介然而文典则,苏长公达而文遒畅,次公恬而文澄畜,介甫矫厉而文简劲,文如其人哉!人如其文哉!"可见"文如其人"已经成为一条重要的文艺批评标准。而叶燮在《原诗》中更是说道:"诗是心声,不可违心而出,亦不能违心而出。……故陶潜多素心之语,李白有遗世之句;杜甫兴'广厦万间'之愿;苏轼师'四海弟昆'之言。凡如此类,皆应声而出。其心如日月,其诗如日月之光。随其光之所至,即日月现焉。故每诗以人见,人又以诗见。"也就是说,读诗其实就是在读人,阅读古人的文字，古人的音容笑貌、精神状态就会浮现在我们眼前，这是我们了解前人的一个非常有效的途径。

而且不光"文如其人"，"画如其人""字如其人"也完全是有可能的。孔尚任在给卓子任的书信中说道："石涛上人，道味孤高，诗、画皆如其人。"这说明"文如其人"的理论还可以扩展到其他艺术门类中，有着非常广泛的普适效应。

无独有偶，在西方也有学者提出过类似于"文如其人"的理论主张：1753年，法国文学家布封（Georges-Louis Leclerc de Buffon）在当选为法兰西学院院士时发表了一场关于"风格"的就职演说，演说中布封第一次明确提出"风格就是人本身"的观点。他认为作家的思想、感情、智力、才能对作品风格会产生重要的影响。可谓是西方版本的"文如其人"理论。

既然"文如其人"这个理论有如此深厚的传统，那么到底什么是"文如其人"呢？

二 "文如其人"的理论内涵

要想搞清楚"文如其人"的内涵，首先要搞清楚"文"与"人"到底指的是什么。相较而言，"文"的含义是比较确定的，就是指作品所呈现出来的风格和内容，是就文本本身而言的。而"人"的含义就比较复杂了，在"文如其人"中，"人"到底指的是什么？至少有两种可能的含义，一种指的是"德性"，也就是作家的德行、品行、道德素养；另一种指的是"才性"，而"才性"又有两种可能的指向，一个指的是作家的性格、气质、习性，另一个指的是作家的才情、学识、能力。

总括起来,所谓"文如其人"就至少有三种内涵:一是作品的内容及风格与作家的道德品质具有一致性;二是作品的内容及风格与作家的性格、气质具有一致性;三是作品的内容及风格与作家的才能、学识具有一致性。第一种解释强调的是作品是道德的外在显现,而后两种解释则强调的是作品是作家个性的自然流露。

由此观之,"文如其人"的命题之所以能够成立,至少要基于两个假设和前提:第一,作家之所以要进行文学创作,就是在表现作家某种真实的思想情感和个性气质。如果作家创作根本不是自己的某种情感和个性的表达,那"文如其人"则根本不能成立。第二,作家在进行文学创作的过程中,具备了真实再现自我的创作能力。这也就意味着,作家创作光有表现自我的愿望还不够,还应该有通过艺术再现自我的能力。只有这两个假设成立了,"文如其人"这个命题才有可能成立。

那么这两个方面的前提能够成立吗?首先必须要承认的是,"文"与"人"之间肯定是存在着某种必然性的关联的。文学创作就是作家特定思维方式和思想内容的一种定向投射。当然在这一过程中必然会调动作家两方面的能力,一方面是作家本人的知识才能,包括作家的知识、阅历、观察、想象、灵感、智商等因素;另一方面是作家本人的性格气质,包括作家的性格、气质、兴趣、秉性等方面的因素。作家之所以要进行创作就是因为他"有话要说",这就意味着至少在创作动机上作家是有"文如其人"的愿望的。而作家在长久创作过程中训练出来的文学技巧,也是为了更准确、更流畅地传达其创作目的而服务的。文字符号是作者才性和德性的凝结化表达,它是作者的才能和修养的一种集中体现。一个训练有素、有着较高文学才能的人，不太可能把文章写得乱七八糟；而一个缺乏文化素养的人，如果想装腔作势写出一篇千古佳作，也是不太可能的。所以从文学的"言志""缘情"属性来看，既然作品是"言志"的、"缘情"的，那么"以人观文，以文观人"是有一定道理的。

但是，如果"文如其人"背后的逻辑成立的话，那为什么还会有那么多"文非其人"的现象？出现这些现象的原因又是什么？

三 "文非其人"及其原因辨析

如前所述，孔子虽然说过"有德者必有言"，然而孔子也说过另外一句话，"巧言令色，鲜矣仁"。在孔子看来，虽然有德行的人说出来的话往往是比较可信的，但并不意味着说出可信的话的人都是有德行的，相反往往越是"巧言令色"的人说出来的话就越不可信。不仅如此，《论语》中提到所谓的"孔门四科"（德行、言语、政事、文学），在这四科的分类中，"德行"与"文学"被区分为不同的门类，这也就暗自说明了一个问题："文"与"德"的背后，遵循的逻辑和原则是完全不同的。

所以虽然"文如其人"的观点一直占据着主流地位，但也有很多理论家提出了相反的看法，认为"文非其人"。这里面最有名的当属金代的元好问，他在《论诗三十首》中就写道："心声心画总失真，文章宁复见为人？高情千古《闲居赋》，争信安仁拜路尘！"元好问这句诗指的是西晋文坛的著名作家潘岳。潘岳和陆机可以称得上是西晋文坛的两颗璀璨之星。而且潘岳是著名的美男子。这样一个长得帅又有才的人，人品却不怎么样。据《晋书·潘岳传》记载，潘岳这个人现实中，性情非常轻浮急躁，而且追逐名利。他为了讨好领导，领导出门后车子都已经走出很远了，潘岳还要望着车子后面扬起的尘土下拜，这是多么的谄媚！然而也正是这样一个精于拍马屁的人，却写出了恬淡高洁、清新淡雅的《闲居赋》。这背后的反差让我们不得不去反思"文如其人"这个千古命题的有效性及其限度。钱锺书在他的《谈艺录》中就提出"以文观人，自古所难"。这说明很有可能"文"与"人"的对应关系不像想象的那样简单，这背后还有着更为复杂的决定因素。

那么，接下来我们就要追问一下，为什么会产生"文不如其人"的现象呢？这种现象的出现是不是就意味着"文如其人"这个理论命题是错误的呢？

第一，之所以会出现"文非其人"的现象，原因在于"文"与"人"背后的精神指向是不同的。"文"指向的是艺术层面，而"人"指向的是生活层面。虽然人们经常说艺术来源于生活，但艺术终究不能等同于现实生活。艺术世界与生活世界是完全不同的两个世界。艺术世界遵循的是审美逻辑，是通过创造一个虚拟的想象世界使人们摆脱现实生活的束缚而进入艺术的自由世界中，强调的是非功利；而现实世界遵循的是生活逻辑，作家在现实世界中始终处于各种社会关系之中，具有很强的功利性。

所以，不能用艺术世界的"文"的标准来衡量现实生活中的"人"。文学创作从某种程度上讲是作家对现实生活的一种重塑,甚至很多时候作家不必有亲身的生活经历也可以想象和模拟出特定人生状态。比如,一个作家要想写一个杀人犯,没有必要先要当一次杀人犯。而且越是优秀的作家,就越对现实生活有敏锐的把握;越是有洞察力的作家,这种模拟和想象能力就越强,写出来的作品也就越"真实"。而这种"真实",是艺术的真实,与现实生活无关,更与作家本人无关。作家的创作最终指向的是某种必然性,为了追求这种必然性,作家甚至要把作家本人真实的那个"自我"隐藏起来,让位给艺术真实,让位给艺术规律,这样才能创作出优秀的作品。所以恰恰是因为"文"与"人"背后的不同精神指向导致了"文非其人"现象的产生。这是其一。

第二,出现"文非其人"的原因,还在于"做人"与"为文"所调动的是作家两个不同方面的能力。这就好比有的人智商极高,情商却未必很高一样。不同人有着不同方面的能力。"做人"与"为文"虽然可以合二为一,但并不必然存在着相关性。"做人"靠的是良知、善良,而良知、善良是道德素养方面的问题;"为文"靠的是知识才能。所以"做人"是内圣之学,"为文"是事功之学。所以我们无法简单地从"文品"如何推出"人品"如何。对此,刘勰曾经在《文心雕龙》中就指出了"为情而造文"与"为文而造情"两种情形。所谓"为情造文"指的是作家是有感而发才进行的创作,这样写出的作品文辞精炼,真实感人。而"为文造情"指的是作家因情感不充实而造成的文章过分修饰、矫揉造作的现象,这样的作品或许很有文采,但缺乏风骨,难以称得上是好作品。

"文"的好坏，很大程度上是由作家的才能决定的，甚至有的时候作家的才能可以弥补作家情感的不足，这从另一个侧面说明了"文"与"人"的背后，调动的是完全不同的两种能力。

第三，"文非其人"现象的出现还有一个很重要的原因，那就是"文"与"人"的背后存在着理想与现实、超越与功利、永恒与瞬间的矛盾。"文"一经创作发表就基本固定了，以文本的方式传播和流传。但"人"的状态是随着环境和社会发展而不断变化的。这就导致"文"的创作更多体现的是作家的一种"审美理想"，是在对现实生活进行加工、提炼、概括、升华之后的一种超越性表达。这种超越性与作家本人的真实生活往往是有着一定距离的。人类社会是有着共同的文化基础的，千百年来人类的有些共通的价值观念和理想信念已经内化到我们每个人的内心深处。哪怕是真正的恶人，到了公共场合，也会披上善的外衣，装腔作势一番。于是在面对文学创作这样一种有可能公开发表并流传后世的活动时，作家呈现的更多的是"理想自我"，而非"真实自我"。

所以中国古人特别追求所谓的"三不朽"。这正是因为人们总想在有限的人生中抓住一些永恒的东西。而文章正好为作家的"不朽"提供了可能。反过来，在现实生活中，作家的经历、处境、遭际、立场是不断变化的，这也就意味着作家本人很难时时刻刻都保持着一种超越性的境界和格调。对于这种情况，钱锺书就提出了理解"文""人"关系的另一种角度："观文章故未能灼见作者平生为人行事之'真'，却颇足征其可为、愿为何如人。"① 与其说通过"文"能观"人",不如说通过观"文"能看出作家"愿为何人"。

第四,"文非其人"现象还与另外一对矛盾有着密切联系,这对矛盾一直困扰着自古至今的作家们,那就是"言意关系"问题。毫无疑问,文学创作所采用的工具和媒介是语言,这就导致语言系统是先于作家而存在的。作家在进行创作的时候,首先遇到的难题就是,自己个人化的思想感情如何能够被纳入已经规定好的语言系统中。换句话说,作家要努力找到一个办法,让自己所使用的语言能够准确地表达自己的思想感情。而事实上,语言具有约定俗成性,是一种公共性的存在,而作家的思想感情是私人性的,是个人化的存在。

语言的公共性与情感的个人化所构成的先天的矛盾,导致作家想呈现出来的东西始终无法被真正写出来。所谓"言不尽意""言意矛盾",这就导致文学具有"辞微""指意难睹"的特点,导致文学创作很难呈现作家的真实自我。而在现实生活中,虽然作家也未必能够表露出他的真实状态,但毕竟"日久见人心",通过现实生活去了解一个人的人品要远比通过作品了解人品容易得多。

四 "应然"与"实然"的关系问题

"言与志反,文岂足征",既然"文非其人"的现象经常存

---

① 钱锺书:《管锥篇》(四),生活·读书·新知三联书店2001年版,第288页。

在，而且"文非其人"也有其理论上的依据，那么为什么关于"文如其人"的命题始终萦绕在人们耳边呢？为什么虽然屡遭质疑，但"文如其人"仍然能够得到古人的持续青睐呢？其实这里面存在着一个"应然"与"实然"的关系问题。

所谓"应然"就是"事情本应如此"，而"实然"就是"事情实际如此"。"应然"强调事情的理想状态，而"实然"强调事情的现实可能。其实，"文如其人"与"文非其人"的矛盾本质上就是"应然"与"实然"之间的矛盾。对"文如其人"的追求，探讨的是事物的"应然"层面，其实它所表达的不是"文必然如其人"，而是"文应该如其人"，这是自古以来人们追求的一种理想。虽然现实中总有例外情况，但作为一种价值追求，"文如其人"在人们的观念中一直以"本该如此"的面貌引领着人们的价值取向。甚至为了强调"文如其人"的天然合理性，古人不惜混淆"应然"与"实然"之间的界限，夸大"文"的认识功能。这种倾向在很多经典的诗学判断中就已经存在。例如所谓的"诗言志"，与其说它是从"实然"层面表达"诗是言志的"含义，不如说它是在"应然"层面强调"诗应该是言志的"。这就导致"实然"层面中"文非其人"的现象很难对"应然"层面"文如其人"的价值理念构成威胁。

反观"文如其人"这个理论命题，与其反省"文如其人"的理论漏洞，不如去进一步探寻"文如其人"背后的价值逻辑。为什么人们始终都在追求着"文如其人"？为什么我们总是习惯于将"文"与"人"的对应与一致放置在"应该如此"的层面？这背后又体现出了怎样的理想？

其实，"文如其人"这一命题，在价值层面上体现了中国古人一直以来对于"真"的追求。人们之所以将"文如其人"视为理所应当的,是因为人们期待着个体的语言表达是其内心思想情感的真实反映。人们期待着通过对作品的阅读和揣摩能够窥见作家本人的精神面貌,甚至能够以作品为中介跟作家交朋友。我们崇尚真实、反对虚伪,我们喜欢"说到做到"的人,讨厌"言行不一"的人。这一切的背后,是几千年来儒道两家共同推崇的贵真理想。也正是这样一种贵"真"的价值追求,导致我们将"文如其人"视为一种"理应如此"的态度和规律。所以王国维在《人间词话》中对于诗词"境界"这一概念的定义中,特别强调了"真"这个字:"故能写真景物,真感情者,谓之有境界。否则谓之无境界。"甚至,在王国维看来,像"昔为倡家女,今为荡子妇""何不策高足,先据要路津"这样的淫词、鄙词,都因为写得真诚、写得发自肺腑,使读者并不以淫词与鄙词看待它。可见恰恰是我们对"真"的追求,促使我们把"文"与"人"的对应关系提升到了"应然"的价值层面。

五 "文如其人"命题的启示

既然"文非其人"的现象屡见不鲜,"文如其人"的规律又并非铁律,接下来的问题是:到底应该如何看待作家本人与其创作作品的关系呢?

第一,不能够机械地看待"文"与"人"之间的关系。那种把作品与作者一一对应,甚至互为因果的思维方式,其实是对"文如其人"命题的一种误解。"人"的内涵和复杂性是远大于"文"的,"人"是复杂的、活生生的生命实体,而"文"只不过是"人"的某种思想情感的抽象符号表达。"人"具有多面性,而"文"所反映出来的往往只是其中的某一面。虽然作品的思想内容也非常复杂,但相较于作者而言依旧显得较为单一。所以钱锺书就认为谈艺论文、以文观人者一定要"慎思明辨",切勿"齐万殊为一切,就文章而武断"①,不能见"文章"之"放荡",就轻率断言作者"立身"之不"谨重"。

第二,从文学阅读和文学批评的角度看,面对作品,读者要有一种"见微知著"的能力。正因为"文"与"人"的对应并非是必然的、绝对的,这就意味着在阅读文学作品的时候,一方面不能将"文"与"人"简单地进行——对照,但另一方面又不能无视作者的创作意图而胡乱解释。这其中特别需要读者有一种透过现象看本质的能力,在阅读作品时要不断反思和揣摩文本的内涵,再借助多方材料,去分析和考察到底哪些是作者的真实意图,哪些体现的是作者的人生理想。这就要求读者在阅读作品时不仅要关注作者说了什么,更要关注作者没说的内容,因为很多时候作者没说的内容恰恰才是作者真正想要规避和隐藏的。

第三,在当今的文化语境中,重提"文如其人"这一话题,在解构思潮充斥日常生活的今天,或许有着特殊的意义和价值。在机械复制时代的今天,艺术创作往往流于程式化、套路化,这就导致当今时代出现了很多"为了流行而写作"的创

---

① 钱锺书:《管锥篇》(四),生活·读书·新知三联书店2001年版,第289页。

作者,他们并不关心作品的内容是否真的跟自己的创作初衷相符,他们只关心作品的内容能否符合大多数观众的心理需求。这导致虽然当今时代的文学作品如雨后春笋层出不穷,但却千篇一律,有着非常严重的同质化倾向,我们很难从作品中看出作者的精神面貌和人格修养。当然,不可否认这种现象有其出现的合理性,但是"文如其人"这一命题的重提,或许能够给我们当下的文学创作提供某种提示和反思。

参考阅读

著作类

孟晖:《"传记式批评"研究》,上海社会科学院出版社2019年版。

论文类

1. 李懿:《作家与作品之关系论——"文如其人"及其反题再辨》,《求索》2010年第12期。

2. 任遂虎:《分层析理与价值认定——"文如其人"理论命题新论》,《文学评论》2010年第2期。

3. 郭德茂:《"文如其人"论析》,《汕头大学学报》(人文社会科学版)2004年第2期。

4. 王泽龙:《"文如其人"新解》,《文艺理论研究》2003年第6期。

5. 蒋寅:《文如其人?——一个古典命题的合理内涵与适用限度》,《求是学刊》2001年第6期。

6. 黎风:《从艺术人格论对"文如其人"的新解》,《四川师范大学学报》(社会科学版)1997年第2期。

第六章

作者中心观及其解构

一　作者问题的复杂性

什么是作者？

这个问题乍一听上去可能会觉得有点奇怪：什么是作者？这个问题还需要问吗？作者不就是写作文学作品的那个人吗？《哈姆雷特》的作者是莎士比亚，《红楼梦》的作者是曹雪芹，《百年孤独》（*Cien años de soledad*）的作者是马尔克斯（Gabriel José de la Concordia García Márquez）。这个不是很清楚吗？还需要探讨吗？确实，这个问题看上去不需要讨论，但如果再追问一下：你凭借什么确定《哈姆雷特》的作者是莎士比亚呢？你能拿出莎士比亚写作《哈姆雷特》的证据吗？同样的道理，你凭什么确定《红楼梦》的作者是曹雪芹呢？曹雪芹这个人到底是谁？我们能找到曹雪芹写作《红楼梦》的证据吗？这些问题在学术界，直到今天依旧存在很大争议。所以，如果稍加反思就会发现，到底谁是作者，什么是作者，这些问题远没有我们想象的那么简单。

1939 年，阿根廷著名作家博尔赫斯（Jorge Luis Borges）发表了一篇小说《吉诃德的作者：皮埃尔·梅娜尔》（*Pierre Menard, Author of the Quixote*），这个小说不长，却讲了一个很有意思的故事。就是在 19 世纪末 20 世纪初的时候，有一个已经去世的法国作家叫皮埃尔·梅娜尔，生前写了一些作品，其中有一部非常特别——《吉诃德》。这部作品的写作，跟作者生前的一个"宏伟"理想有关系，这个叫皮埃尔·梅娜尔的作家，想要重新写 17 世纪塞万提斯（Miguel de Cervantes Saavedra）的一部名著《堂吉诃德》（*Don Quixote*），怎么叫重写呢？就是要跟塞万提斯的《堂吉诃德》这部小说的内容一个字都不差。

那说到这儿有人就会说了，这很简单啊，就直接把《堂吉诃德》的内容抄一遍不就可以了嘛。但他不，他要在不抄袭的情况下创作出跟《堂吉诃德》一模一样的作品。那有人会说，先把《堂吉诃德》背下来然后再默写不就可以了吗？但是梅娜尔并不想简单地默写，而是要做一个实验，尝试一下一个人在没有背下《堂吉诃德》的前提下，能不能写出跟《堂吉诃德》一模一样、一个字都不差的作品？很多人可能会觉得这是天方夜谭，这怎么可能呢？但是在博尔赫斯的这部小说里，这个叫皮埃尔·梅娜尔的人做到了。

他是怎么做到的呢？首先他要学习西班牙语，因为塞万提斯是西班牙人，《堂吉诃德》是用西班牙语写作的。其次，他要忘记 1602 年到 1918 年的全部历史——也就是《堂吉诃德》写作以后的历史。他为什么要这样做？他要干什么？他要回到塞万提斯创作《堂吉诃德》时候的状态。他背后的逻辑是：如果一个人的知识背景、人生阅历、文化传统等一切的一切都跟塞万提斯创作《堂吉诃德》时一模一样,那么有没有可能创作出一部跟《堂吉诃德》一模一样的作品呢?至少在梅娜尔看来,是完全有可能的。

博尔赫斯的很多小说都是在进行思想实验,而皮埃尔·梅娜尔的这个思想实验,实际上触及了一个非常重要的理论问题:一部伟大的文学作品,是否有绝对的独一无二性?一部文学作品的诞生,到底是必然的还是偶然的?如果作品的诞生是必然的,那么是不是就意味着只有这个作家才能创作出这部作品?如果作品的诞生是偶然的,那么,当另外一个人也具备了同样的创作条件时,他是否也能创作出一模一样的作品?

由此,我们可以再进一步追问:作者的创作在作品的诞生过程中到底扮演了一个什么样的角色?有没有这样一种可能性,那就是,其实作者是谁没那么重要,决定一部作品诞生的,其实是作者背后的时空条件、文化背景、知识结构等一系列外在的因素,作者本人只不过是这一切外在因素的"传声筒"?

如果博尔赫斯小说的这个例子还显得不太现实的话,那么另外一个例子则是完完全全有可能在现实生活中发生的了。

1990年,美国上映了一部电影《危情十日》(*Misery*),这部电影改编自史蒂芬·金(Stephen Edwin King)的同名小说《头号粉丝》(*Misery*),讲的是粉丝疯狂囚禁甚至是虐待男偶像的故事。电影中,男主人公谢尔顿是一个非常有名的畅销书作家,尤其是他写的以米瑟莉为主人公的小说非常受欢迎。这部小说以连载的形式出版,写到第八部的时候,谢尔顿不想再写小说了,于是到第九部时就想把米瑟莉写死,让整个故事结束。

当他写完想要返回纽约的时候，遇到了暴风雪，他在暴风雪中出了车祸。幸运的是，谢尔顿被一个叫安妮的女人救下并带回自己家中。

这个安妮是谢尔顿的头号粉丝，而且曾经是一名护士，于是就在家里无微不至地照顾谢尔顿，想要等暴风雪结束后再把他送到医院。作为头号书迷，见到了作家本人，最大的期待当然就是能够看看还未发表的书稿。出于对救命之恩的报答，谢尔顿给她看了第九部的书稿。但当安妮看到谢尔顿把米瑟莉写死的时候，十分生气，怒不可遏，表示完全无法接受。于是她把谢尔顿软禁起来，把第九部的书稿烧掉，给他准备桌子并且买来打字机和打印纸，要求谢尔顿重新写书，而且还要求他必须把安妮自己的人生经历写进去。这时候谢尔顿就处在了一种被安妮囚禁的状态中，他期间多次试图逃走但都无济于事，以至于为了防止谢尔顿逃跑，安妮直接打断了谢尔顿的双腿。最后经过几番的周折，谢尔顿终于逃了出来，不过逃出来的谢尔顿从此也留下了心埋阴影。

虽然这个故事比较惊悚，但在现实生活中，尤其是在网络文学中，粉丝由于不满作者的创作，而要求作者更改作品内容的情况存不存在呢？熟悉网络文学的人都知道，这种情况不仅存在而且还不少。那接下来的问题是，如果作者顺应了粉丝的需求而更改了作品内容，那么请问这部作品的作者，到底是谁？本应该作为读者的粉丝是不是也应该算作是作者？

所以，到底谁才是作者？什么才算是原创？作者与作品之间到底是什么关系？这些问题都是非常复杂而且值得进一步探讨的问题。

二　作者中心观的形成

关于作者这个概念，传统的看法是将作者视为一个具有独立性和自主意志的个体，一部伟大作品之所以能够诞生，靠的是作者天才般的创作能力。这种观点在西方浪漫主义时代非常盛行，其背后的逻辑和原因也非常简单，浪漫主义强调的就是作家要彰显自我，自由表达思想感情，所以就理所应当地把作家的个性与作品绑定在一起。

1759 年，英国诗人爱德华·扬格（Edward Young）发表了一篇三万多字的论文，题为"试论独创性作品"（"Conjectures on Original Composition"）。在这篇文章中，扬格针对古典主义以来的"模仿"理论发起了挑战。他认为，"模仿"分为两种，一种是模仿自然，另一种是模仿作家。模仿作家的叫作模仿，而模仿自然应该叫独创。进而，杨格从多方面比较了独创作品与模仿作品的高下区别，他认为独创作品才是真正具有创新性和开拓性的作品，而模仿作品充其量只不过是为现实生活提供了一个副本。独创作品浑然天成，不需要太多技巧，只需要遵循作家自己内心的真实想法，而模仿作品就像是一个手工艺品，需要一定的技巧和手艺。

因而在扬格看来，模仿作品违反了自然本身的意志，是低级的，而独创作品因为具有新鲜性和陌生性，值得高度赞扬。那既然独创作品具有如此重要的地位，怎样才能发扬独创性精神，写出独创性的作品呢？在这一问题上，扬格极力地推崇天才，他把天才视为是独创精神的体现，而把学问视为是模仿技能的体现。而且扬格还提出，作家只有相信自己，深入自己的内心，努力挖掘自己的潜力，激发自己的全部力量，才有可能创作出伟大的文学作品。

扬格的这篇论文慷慨激昂，充满了乐观昂扬的精神，极大地肯定了作家的主观能动性，特别强调了作家的独创性和自主性。也正是在这种思想的影响下，作者的权威性被建构了起来。后来德国著名的哲学家康德也提出了所谓的"天才观"，他认为"美的艺术只有作为天才的作品才是可能的"，这也就意味着在康德看来，艺术的创作是不受任何理性和道德目的束缚的，艺术不是对现实的模仿，艺术是天才的自由创造。

而且具有天赋的艺术家完全不必被某种特定的传统所束缚，相反，天才往往能够凭借着他的天赋为艺术立法。可以说，从扬格到康德，作者的自主意志被高度认可，尤其是对天才的肯定，极大地突出了创作主体的能动性。作家的创作是一种纯粹的、自由的、独立的主观创作，作者不是外部世界的传声筒，而是具有独立自主意志的主体。在这种主体性美学的影响下，近代主体性的作者观逐渐确立。

那么当作者的主体性被确立之后，这种观念又意味着什么呢？

第一，这意味着作者本人就是创作的源泉，对作品的一切理解，都应该从作者本人的生平、历史背景、心理状态、能力等方面来探求。作品与作者之间形成了非常密切的对应关系，文学作品是作者才能的外在表现，而作者本人又是作品艺术价值的核心驱动力。

第二，当作品与作者形成了某种绑定关系后，作者的权威性和特权也就随之建立起来,作者也往往能够因其天才般的创作而受人尊敬,从而享受作品所带来的一系列荣耀。

第三,作者的主体性的确立,尤其是对天才的强调,往往意味着创作才能具有某种独一无二性,它是作者先天就独有的才能,不具备创作才能的作者很难通过后天习得的方式获得同样的能力。简言之就是:作者不具有可复制性。

第四,也是最为重要的一点,当作者的权威性确立之后,作者对作品的阐释就具有了绝对的话语权,文学研究和文学批评也就相应地向作者倾斜。为了探求作品的创作意图,考证作者生平、书信笔记材料成为一种主流的研究方法,甚至形成了所谓的"传记式批评",这就导致对文本的研究让位于对作者的研究。在这个意义上作品成为作者的附属品,作者成为文学世界的中心。

当然在这种对作者极端化的崇拜之中,也必然蕴藏着关于作者的危机——当作者的权威性限制了读者对作品的个性化阐释时,相应的质疑也就出现了:作者真的能够垄断文本的意义吗?作家的创作真的是作者自由意志的结果吗?于是,文学界对于作者中心观、作者权威观的解构开始了。

三 作者中心观的解构

1917 年,著名诗人艾略特(Thomas Stearns Eliot)发表了一篇文章《传统与个人才能》("Tradition and the Individual Talent")。在这篇文章中,艾略特提出了不同于传统强调作家独创性的作者理论。艾略特认为,任何作家的创作,都不可能脱离文学传统而真正具有个性。表面上，作者所创作出的文本是具有某种独创性的，但从深层次看，作家的创作依然是某种文学传统的回声。

举一个很简单的例子，以往我们关注的，都是作家创作伟大作品的那个时刻，但在这个过程中容易忽略作家是如何成为一个伟大作家的，在成为一名伟大作家之前，作家经历了哪些基础和准备。如果考察一下中国古代文学史那些伟大作家的成长经历会发现，在每一位作家的成长过程中都会将前代诗人的作品作为自己学习和模仿的对象，都会反复地研习诗词的写作规律和写文章的规范，也正是在这种反复实践的过程中，作家才有可能逐渐成长为一名伟大作家。

这说明所谓的某种独一无二的专属于作家的才能和独创性，或许是人们的幻觉，任何作家都必须努力先把自己纳入历史传统中，才有可能具备真正的个性和独创性。而作家在将自己纳入历史传统的过程中不仅不会彰显个性，相反还会牺牲掉自己的个性以顺应历史传统。

所以，艾略特提出了一个著名的观点："诗不是放纵感情，而是逃避感情，不是表现个性，而是逃避个性。"[①] 面对强大的历史传统，诗人个人的情感是微不足道的，诗人为了能让自己的创作符合历史传统，只有消灭个性。当然，这个观点跟我们传统习惯性的观念有很大差异，毕竟我们总认为文学艺术是表达作家思想情感的，作家之所以要进行创作，就是因为他有着

---

① ［英］艾略特：《传统与个人才能》，载《艾略特诗学文集》，王恩衷编译，国际文化出版公司1989年版，第8页。

强烈的、个性化的经验和情感要表达。

如果作家在创作时要逃避自己个性化的情感，那么作家在创作中到底起到什么样的作用了呢？对此艾略特认为，作家在文学创作过程中起到的其实就是一个"催化剂"的作用：在化学反应中，催化剂不参与化学反应，但是如果没有催化剂，化学反应又无法进行。同样的道理，诗人的头脑是产生诗的催化剂，没有诗人就没有诗，但是诗中却没有诗人。如此一来，作家对于作品的创作而言就只是一个工具，作家本人的生活经历和情感体验不能等同于作品中所蕴含的思想和情感。这就是艾略特的"非个人化"理论。

虽然有很多理论家对艾略特的观点提出了反驳，但不可否认的是，艾略特的"非个人化"理论对于探讨作者问题有一定的启发意义。毕竟每一个作者都无法脱离社会历史传统而单独存在，这就意味着作者的个性必须首先坐落在共性之上。而文化传统就是这种共性的一个重要的维度。事实上，类似的观点早在古希腊时期就已经有所体现。

柏拉图就将诗人、艺术家、手工艺者统统视为"模仿者"，并提出了著名的艺术创作理论——"迷狂说"。在柏拉图看来，伟大的艺术家都是凭借灵感来创作的。而灵感主要来自于两方面，一方面是"神灵附体"，另一方面是"灵魂回忆"。无论是"神灵附体"还是"灵魂回忆"，艺术家都会产生一种精神上的迷狂状态，从而进入真正的理念世界。

对于"迷狂说"的解读，以往都是认为它强调了创作灵感的非理性特征。但是如果把"迷狂"理论放置在整个创作中看的话，会发现在"迷狂说"的背后，其实体现了柏拉图乃至整个古希腊时期人们对待"作者"的态度：作者不是现实中的某个人，而是"代神立言"，作者本身不具有主体性。

后来著名神话原型批评家荣格（Carl Gustav Jung）提出了"集体无意识"这个概念，认为那些属于表层的、含有个人特性的无意识是"个体无意识"，而"这种个人无意识还有赖于更深的一层，它并非源于个人经验，并非从后天中获得，而是先天地存在的"[①]。集体无意识是一个民族从原始时期就不断通过遗传而累积下来的无意识，"由于它在所有人身上都是相同的，因此它组成了一种超个性的心理基础，并且普遍地存在于我们每一个人身上"[②]。在艺术创作中，这种集体的、普遍的、非个人的"集体无意识"发挥了非常重要的作用，在荣格看来，"创作过程，在我们所能追踪的范围内，就在于从无意识中激活原型意象，并对它加工造型精心制作，使之成为一部完整的作品"[③]。换句话说，作家的创作根本不源自个体经验，而是从根本上受制于"集体无意识"的结果，艺术的创作具有某种心理学意义上的必然性。

无独有偶，在中国的先秦时期，作者的概念也多多少少带有一些"代神立言"的特点。例如孔子自谓说"述而不作，信而好古"，这里孔子暗自把"作"与"述"进行了区分，"作"更多带有创作的意味，而"述"只是阐述前人的学说。孔子将

[①] ［瑞士］荣格：《心理学与文学》，冯川、苏克译，生活·读书·新知三联书店1987年版，第52页。
[②] ［瑞士］荣格：《心理学与文学》，冯川、苏克译，生活·读书·新知三联书店1987年版，第52页。
[③] ［瑞士］荣格：《心理学与文学》，冯川、苏克译，生活·读书·新知三联书店1987年版，第122页。

自己的身份放置在了"述"而非"作"上，是因为孔子怀着"克己复礼"、恢复西周礼乐制度的价值理想。如果说柏拉图的"迷狂说"是"代神立言"的话，那么孔子的"述而不作"可以说是"代圣人立言"。

当然，孔子与柏拉图的文化背景和理论诉求有一定差异，但从作者理论的角度看，他们都并未将作者视为"创作者"，而是或多或少地将作者视为"传声筒"。这种观念被有的学者称为"神性作者观"①。在中国，这种作者观念虽然后来随着作者主体地位的提升而渐渐隐匿，但一直余音不绝，比如宋代陆游就指出："文章本天成，妙手偶得之。"在陆游看来，写作品的人，并不被认为是真正的作者，真正的作者是超越于作者之上的某种自然规律——天、道、自然。这种观念就像艾略特的"非个人化"理论一样，多多少少给了人们另一种提示：不要被眼前那个正在写作的作者所迷惑，要意识到作者与其背后的文化传统的关系。

四 作者之死与权力话语

1968 年，法国著名哲学家罗兰·巴特（Roland Barthes）发表了一篇文章，题为"作者之死"（"The Death of the Author"）。这篇文章一经发表，便引发了轰动。在文章中，罗兰·巴特对传统的那种作者对作品拥有绝对阐释权的观点持否定态度。他从对巴尔扎克（Honore de Balzac）的作品《萨拉辛》（*Sarrasine*）

---

① 龚鹏程：《文化符号学》，上海人民出版社 2009 年版，第 20 页。

的讨论入手，一开始就提出一个非常关键的问题："谁在说话？"也就是说，在我们阅读作品的时候，那个好像在"说话"的人，是谁呢？是作品的主人公吗？是作者本人吗？还是作者的某种思想观念呢？巴特通过这种方式试图逐步找出那个真正对文本负责的"人"。

巴特认为，所谓的"作者"这个概念，不是一个古已有之的概念，而是伴随着现代社会的发展而产生的，这就意味着作者的权威不具有历史必然性。尤其是现代以来的包括精神分析在内的心理学理论的发展，越来越揭示出一个道理，所谓人的自主意志可能是我们的某种主观幻觉，真正操纵我们意识的，是某种先于我们意识而存在的东西。

同样地，作者也是如此，在巴特看来，那个先于作者而存在的东西就是语言结构。它先于作者而存在，导致作者在创作的时候只能遵循着语言本身的某种特定生成规律。不是诗人在写诗，而是诗在写诗人。这就像织毛衣一样，在我们织毛衣之前，其实关于毛衣的织法、结构、规律已经预先设定好，织毛衣时几乎没有创造的可能性，与其说我们在织毛衣，不如说是毛衣在织我们。而作家在写作过程中所起到的作用就是一个"织毛衣者"的作用。所以，在罗兰·巴特看来，只要文本完成，作者的使命和意义也就终结了，作者也就在言语活动中消失了，换句话说，作者就"死"了。

无独有偶，1969年2月23日，法国著名思想家、哲学家福柯（Paul-Michel Foucault）在法国哲学学会年会上作了题为"什么是作者？"（"What Is an Author?"）的著名演讲。在这场演讲中，关于作者问题，福柯提出了很多惊世骇俗的观点。福柯首先通过他本人非常擅长的知识考古学的研究思路对"作者"这个概念进行了谱系学式的考察，提出：作者是现代知识权力的建构。

换句话说，在福柯看来"作者"这个概念不是一成不变的，而传统关于作者的权威性观念是特定的社会历史、文化结构建构的产物。比如，随着现代版权概念的出现，作者必须要对其所写的作品负有完全的责任，这导致作品与作者之间的关系近乎一种绑定关系。这从另一个侧面说明，"作者"这个概念是不断变化的，作者的权威性也不是必然的。于是福柯进而指出，作者在写作和言说过程中看似是在表达自己的想法，但实际上只是更大尺度的一种话语运作的结果。对于福柯的这个观点，如果大家理解了之前所提到的艾略特的"非个人化"理论，也就能够较好地理解福柯这里所要传达的意思。

简单说就是：当作者写作时，不是作者在说在写，而是话语让他说让他写。这是什么意思呢？例如当老师在课堂上讲课的时候，老师在课上所讲的内容大多都不是老师的原创内容，老师在讲授某一门课程的知识的时候，推动老师表达的是一个隐性的知识系统。而且很多时候这个知识系统连老师自己可能都意识不到，但老师却一直在向外传递这些知识。这在福柯看来，老师就是一个由知识话语推动着的"讲课机器"。

同样的道理，作者在写作时，往往是背负着一整套话语结构和无形的世界观。由此，福柯指出，写作不是展现作家个性的，恰恰相反，作者的创作行为消解了作者的个性。到这里，福柯可以说彻底颠覆了传统的写作观：传统的写作观往往认为，作者之所以要写作，是因为写作可以让作者"不死"。但福柯却提出，写作不仅不能让作者"不死"，写作本身反而成为"杀死"作者的过程，是写作让作家丧失了个性。

为了具体说明作者背后权力话语的重要性，福柯还指出，作者的姓名，不只是寻常意义上的姓名和代码，还具有某种功能性，这种功能就是指认特定文本群、指称文本差异。举个例子，现实生活中，当我们指称一个人的名字时，名字所指向的，是某个具体的人；而在文学领域，当我们提到某位作者时，这个名字所指称的对象，不是作为作家的具体的人，而是作家所创作的那些作品。也就是说，作者的名字所指向的，不是活生生的个体，而是被用来认定特定文本群、区分文本与文本的不同所属权。当我们将某些文本归属为同一个作者时，其实是默认了同一个名字指称下的作品都具有了某种共通性。问题是：这些作品真的有共通性吗？同一个人在不同时期创作的作品能保持同一个水准吗？同一时期的不同作者的创作能具备同样的风格特征吗？作者的创作在多大程度上代表了他自己？这些都是非常值得怀疑的问题。

所以福柯认为，所谓的创作只是在一定的社会系统内建构起来的话语的产物，真正的独立的个人创作或许根本不存在。所谓的"作者"，不仅不具备权威性，更不具备同一性，当作者创作时，无数个人都在影响着作者。

从艾略特到罗兰·巴特再到福柯，作者的权威性一再被解构，导致作者及其创作不再具有独一无二性。当传统的作者中心观遭到了"作者之死"的解构论的挑战时，更多的问题也就随之引发：作者到底是否具有权威性？作者写出来的文本到底在多大程度上代表了作者本人的意愿？所谓的天才论、独创论到底有多大的合理性？作者与传统、作者与话语、作者与文本之间到底是一种什么样的关系？

首先，必须明确的是，任何一部文学作品都是受到前代作品的影响诞生的。没有哪位作家可以完全避开文学传统就具有绝对的独创性。作家在进行创作之前，必须具有一定的知识储备和文化修养，这从某种程度上就决定了作家能写出什么、不能写出什么。所以那种过分强调作者的独创性的观点是值得商榷的。正如日尔穆蒙斯基（Viktor Maksimovich Zhirmunsky）所说："每一个伟大的历史时代的精神文化、它的哲学思想、它的道德和法律观念、习惯等等，像它的艺术风格一样，在这一时代里是统一在一起的。"① 对文学作品的分析必须注意到作品与其诞生语境之间的关系。

其次，作者在创作的时候，虽然受到了文学传统乃至话语权力的影响，但这并不意味着作家在传统面前就失去了能动性。1973 年，美国著名文论家哈罗德·布鲁姆（Harold Bloom）在《影响的焦虑——一种诗歌理论》（*The Anxiety of Influence: A Theory of Poetry*）一书中指出，文学创作肯定会受到历史和传统的影响，但这种影响关系未必就是正向的继承关系，相反，面对前代的优秀作品，后代作家往往表现出一种竞争心态，试图超越前人，这种心态反而会使作家更具有创造性。这种创造性源于一种"影响的焦虑"。

所谓"影响的焦虑"就是指作家在面对前代优秀作品时，

---

① ［俄］B. M. 日尔穆蒙斯基：《诗学的任务》，载伍蠡甫、胡经之主编《西方文艺理论名著选编》下卷，北京大学出版社 1987 年版，第 398 页。

担心自己无法与之比肩而产生的某种焦虑。而对于有些作家而言，恰恰是这种焦虑，激发出了作家更大的潜能，进而使得作家能够独辟蹊径，开创出新的文学流派。这说明传统的影响是存在的，但并不意味着作者在传统面前无能为力。正如劳伦斯所说："艺术总是跑在时代前头，而时代本身总是远远落在这生气洋溢的时刻后面。"①

最后，既然如此，如何看待作品与作者的关系呢？一方面，我们要关注作家创作时的主观能动性，如果认同文学创作具有原创性，在解读作品的时候，就要将重点放到文本本身，分析作家创作的语言特征和修辞技巧，进而把握作品之所以具有独一无二性的那个特质。另一方面，要关注到作家创作与社会历史及文化传统的关联，从外部视角去考察作品诞生的时空背景，进而把握作品在社会历史中的位置。只有从这两个方面入手，才有可能对文学作品有更清晰的认识。

参考阅读

著作类

1. ［美］哈罗德·布鲁姆：《影响的焦虑——一种诗歌理论》，徐文博译，中国人民大学出版社 2019 年版。

2. ［阿根廷］博尔赫斯：《博尔赫斯全集》，王永年译，上海译文出版

---

① ［英］戴·赫·劳伦斯：《道德和长篇小说》，载袁可嘉主编《二十世纪文学评论》上册，上海译文出版社 1987 年版，第 234 页。

社 2015 年版。

3. ［英］T. S. 艾略特：《传统与个人才能——艾略特文集·论文》，卞之琳、李赋宁、方平译，上海译文出版社 2012 年版。

4. 龚鹏程：《文化符号学》，上海人民出版社 2009 年版。

5. ［法］罗兰·巴特：《作者之死》，载赵毅衡编《符号学文学论文集》，百花文艺出版社 2004 年版。

6. ［法］福柯：《什么是作者》，载王逢振、盛宁、李自修编《最新西方文论选》，漓江出版社 1991 年版。

7. ［英］菲利普·锡德尼、爱德华·扬格：《为诗辩护·试论独创性作品》，袁可嘉译，人民文学出版社 1998 年版。

论文类

1. 郑鹏：《人工智能创作、"作者之死"与人的主体性之反思》，《安徽大学学报》（哲学社会科学版），2020 年第 3 期。

2. 张永清：《历史进程中的作者（上）——西方作者理论的四种主导范式》，《学术月刊》2015 年第 11 期。

3. 张永清：《历史进程中的作者（下）——西方作者理论的四种主导范式》，《学术月刊》2015 年第 12 期。

4. 李春青：《中国古代"作者"观的生成演变及其文化意味》，《文艺理论研究》2013 年第 5 期。

5. 刁克利：《"作者之死"与作家重建》，《中国人民大学学报》2010 年第 4 期。

6. ［英］安德鲁·本尼特：《作者理论和文学问题》，汪正龙译，《文艺理论研究》2010 年第 1 期。

7. 李勇：《作者的复活——对罗兰·巴特和福柯的作者理论的批判性

考察》,《云南大学学报》(社会科学版)2010年第1期。

8. 董树宝:《从"人之死"到"作者之死"——福柯作者理论探析》,《江西社会科学》2009年第3期。

9. 马力、刘辉:《当"作者论"遭遇"结构主义"——论传统"作者"电影理论》,《当代电影》2005年第3期。

10. 萧晓红:《告别神圣之光——二十世纪西方文艺美学中的作者论》,《文学评论》1998年第6期。

第七章

文学与形象思维的关系

一 《自由与爱情》是一首好诗吗？

1846年9月，23岁的裴多菲（Petofi Sandor）在舞会上结识了伊尔诺茨的女儿森德莱·尤利娅。姑娘的青春美丽使得年轻诗人裴多菲一见倾心，然而伯爵却不肯把女儿嫁给一位穷诗人。面对阻力，裴多菲向尤利娅发起了一波又一波的爱情攻势，写出了一首又一首的情诗。一年后，裴多菲终于挽着姑娘走上了婚礼的殿堂。然而此时匈牙利人民起义暗潮汹涌。在这样的背景下，裴多菲陷入了爱情与自由的两难之中，他不愿沉溺在自己的私人生活中，于是写下了那首著名的诗《自由与爱情》："生命诚可贵，爱情价更高。若为自由故，二者皆可抛。"这首诗后来被鲁迅引用在文章《为了忘却的记念》中，而这篇文章后来又被收入我国中学语文课本，使得这首诗很快就被广大的中国读者所熟知，很多人都将这首诗作为自己的座右铭。

《自由与爱情》这首诗之所以在中国流传甚广，很大程度上得益于对这首诗的本土化翻译。诗的原意是：在爱情与生命之间我选择爱情，在自由与爱情之间我选择自由。而这首诗译成中文之后，把每一句都翻译成五言，而且有韵脚，读起来就朗朗上口，便于流传。然而如果抛开翻译的因素，抛开这首诗的名气和背景，抛开这首诗的作者，就单纯从文本本身而言，《自由与爱情》这首诗到底算不算是一首好诗？既然这首诗的中文译本照顾了中国律诗的特点，那么从中国文学传统的角度看，这首诗跟中国古代的那些优秀的五言诗相比，算不算是一首好诗呢？

从文学性的角度出发，《自由与爱情》这首诗不仅不是好诗，而且可以说是非常失败的。原因就在于这首诗是一首箴言诗（或者叫格言诗），箴言诗的一个非常重要的特征是：内容大于形式，说理胜于抒情。这类诗往往太过强调诗歌背后所要传达的哲理，而忽视了文学手法的运用和技巧的铺排。虽然中国古代诗歌也特别重视"文以载道"，但这并不意味着诗歌就等于载道。

诗歌是表达作家情感的，但是这种表达如果太直接、太直白，就缺乏了某种艺术性，往往不会具有太高的艺术价值。所以，作家在抒发个人感情的时候，要避免直露，就需要借助一系列的意象，通过意象来表达情感，使本来抽象的情感具有了某种具象化特征。按照这样的标准，反观《自由与爱情》这首诗，其从头到尾都是在直接抒情，以最直白的方式表达抽象的道理，缺乏一定的文学性。虽然道理确实能够引发人们的思考，但从艺术角度上讲，这首诗确实未能体现出较高的艺术水平。

那么问题是：诗歌真的就必须要借助意象吗？诗歌就不能说理吗？诗歌必须借助意象来表达的这种"潜规则"是谁规定

的呢？如果非要为这种"潜规则"找到一个理论基础，会发现在文学理论中有一个说法，那就是文学创作乃至一切艺术创作所采用的思维方式是一种形象思维，而其他学科例如自然科学甚至是社会科学，采用的思维方式是抽象思维。

相较于自然科学和社会科学，诗歌乃至整个艺术的独特性就在于，它是通过形象来反映现实生活的。自然科学和社会科学往往采用的是"从一般到个别"的思维方式，是在积累了现实生活中的大量素材和经验的基础上归纳总结出一般规律，然后再用这一般规律去阐释个别现象。而文学艺术的思维方式则恰恰相反，它要求艺术家深入现实生活中，深切地体验生活、感受生活，然后从生活中发掘出能够体现一般规律的现象，通过对某一特殊现象的呈现，集中反映现实生活的本质规律，是一种"从个别到一般"的思维方式。

从这个意义上看，逻辑思维具有直接性、严谨性、科学性的特点，而形象思维具有间接性、模糊性、体验性的特点。按照这样的逻辑，只有那些运用了形象思维、借助具体形象来表达情感的诗歌作品才能称得上是具有文学性的"好作品"，而那些没有运用具体形象的作品，往往因其背离了文学思维模式而不具有文学性。

在这样的理论框架下，《自由与爱情》当然也就不能算是好诗了。那么文学创作真的靠的是形象思维吗？

二　形象思维与抽象思维的分野

一般而言，形象思维是和抽象思维相对的概念，形象思维是以直观形象和具象为核心的思维过程；而抽象思维是以概念范畴、判断推理为核心的思维过程，所以抽象思维也叫逻辑思维。

往往成对出现的概念背后，是一种二元对立的思维方式，而二元对立一旦建立起来，对立的双方就会有主次高低之别。同样地，当把形象思维和抽象思维对立起来的时候，会发现在一般的观念中，抽象思维往往被赋予了比较高的地位，而形象思维则被赋予了比较低的地位。这其中的原因也很简单，抽象思维往往是对事物的一种理性认知，形象思维则是对事物的一种感性认知。而人们的认知过程往往就是从感性认知上升到理性认知的过程，所以相较于抽象思维，形象思维就显得较为低级。

然而事情真的是这样吗？有学者研究指出，形象思维虽然具有感性、具体、情绪化的特点，但形象思维有一个非常重要的优点，那就是它直接、省力、快速。比如，我们为什么跟人沟通的时候要打比方。所谓的打比方，就是要"跟熟悉的东西作类比"，把本来特别难以理解的事情，转化为生活中的具体情境，以此调动大脑中更丰富、更古老、更快速的区域参与分析讨论，这就是"抽象思维转变为形象思维"。

举一个简单的例子，比如我们说什么是圆，用抽象的表达就是"到定点的距离等于定长的点的集合"，而用形象的表达就是直接动手画一个圆。画出来的圆肯定要比抽象定义更加一目了然，但无论画出来的圆有多么仔细，都不可能没有瑕疵。所以形象思维虽然感性具体，但是直接高效。再举一个例子，当我们见到一个陌生人时，我们可能甚至连这个人的长相都没有看清楚，但在内心中已经对这个人迅速进行了一系列判断：这个人是好人坏人？这个人是友善的还是不怀好意的？这些判断虽然不一定准确，但却能够帮助我们在瞬间形成一个基本的认知框架。

这就是形象思维的好处，形象思维是人类几百万年进化过程中所累积下来的最为底层的核心认知能力，它能帮助我们对一个事物快速地形成反应。而理性的抽象思维则永远会慢半拍，比如面对 36×58 等于多少这个问题，相信很多人都会稍微反应一下才能得出答案，因为要在头脑中进行一系列的理性计算。毕竟不是所有人都有最强大脑，理性认知永远不如感性认知更有效、更直观。所以形象思维的优点是效率高、直指人心，缺陷是不准确、不客观。作为人类最为原始的思维方式，形象思维直到今天依旧在我们的大脑认知中发挥着重要的作用。

也正是因为如此，形象思维在文学创作中就能够派上大用场。因为文学的本质，不是用来传递信息，而是用来传递感情和感受的。形象思维在表情达意这方面能够绕过人们的理性而直指人的情感，能够直接抵达人类大脑最为原始，也是最不易设防的地方。所以在文学创作中，形象思维更能够产生情感的共鸣。

例如著名作家毕飞宇曾经在接受采访时说道，他在写小说的时候，不是一段一段地写，而是一个字一个字地写。有什么区别呢？他说："小说家不能忽视任何细节，我们要落实，要一砖一瓦，这里少一块砖头，那里少一条钢筋，是要出大事的。如果你告诉这个世界，我要写一部伟大的小说，可是，这个小说没有人物，没有结构，没有背景，没有语言，天下没有这样的小说。"① 毕飞宇的这段话，可以说是对形象思维的一个注脚。诗人也好，小说家也好，关注的是作品中的每一个细节，只有细节越丰富，所描绘的世界才能越具体，才能越打动人。而缺少细节的文字，总是显得冷冰冰的。

据说，美国有个心理学家曾经做过一个实验，是慈善方面的。给一部分家庭寄去一封信，告诉他们非洲哪个国家几百万儿童现在缺医少药，马上快要冻饿而死了，交钱呗。给另外一部分家庭寄去的信告诉他们，非洲有一个小女孩，她生活在哪个国家，哪个城市，哪个村庄，她的父母都很爱她，她长得很美丽，非常上进好学，但是现在她缺吃少穿，马上就要死了，您交钱呗。结果是，后一封信获得的捐款数额比较高，而且高出一倍。这说明人们仍然容易被一些具体的东西打动，而不容易被冷冰冰的数字打动。

秦观有一首词《浣溪沙》，词中写道："自在飞花轻似梦，无边丝雨细如愁。"在这两句词中，被人津津乐道的往往是那两个比喻："梦似飞花""愁如丝雨"。词人在这首词中做了一项非常重要的工作，那就是把梦、愁这两个我们在日常生活中无法说清楚的东西，借助熟悉的、形象化的东西直观地呈现在读者面前。词人借助了两个非常关键的意象：空中的花瓣和毛毛细雨。这两个意象都有一个共同的直观特点，那就是轻盈、纤细，而梦与愁，给人的直观特点也是轻柔、细腻，于是诗人借助这两个意象，把梦和愁所带给人的那种轻柔、细腻、朦

---

① 张瑶：《作家毕飞宇：中学阶段的写作教育最重要的是什么？》，https://www.sohu.com/a/239758222_15588/，2018年7月7日。

胧的感受传递给了读者。当然这还不够，按照正常思维方式，语序应该是"梦似飞花""愁如丝雨"，但是作者却反了过来，说"花轻似梦""雨细如愁"，更是制造了某种语言上的陌生感，让读者读来更有一种奇妙的感觉。这就是形象思维的妙用。

总结一下：形象思维和抽象思维是不分高低的，抽象思维采用的是概念、命题、推理的方式把握世界，而形象思维采用的是形象、意象、想象的方式把握世界，它们本质上是把握世界的不同方式而已，不存在优劣。恰恰正是因为如此，也就导致很多人都提出了这样的观点：文学艺术与自然科学的本质区别，就是形象思维与抽象思维的区别。那么文学的创作也好，文学的接受也好，真的是以形象思维为基础的吗？

三 形象思维概念的"死去活来"

要搞清楚这个问题，我们首先得搞清楚形象思维这个概念到底从何而来。早在 1841 年，俄国著名的文艺理论家别林斯基（Vissarion Grigoryevich Belinsky）在《智慧的痛苦》（"Woe from Wit"）中就曾经说过："诗人用形象来思考；它不证明真理，却显示真理。"[①] 这可以说是"形象思维"这一概念较早的出处。

不仅如此，别林斯基还说："诗歌不是什么别的东西，而是

[①] [俄] 别林斯基：《智慧的痛苦》，满涛译，载中国社会科学院外国文学研究所外国文学研究资料丛刊编辑委员会编《外国理论家、作家论形象思维》，中国社会科学出版社 1979 年版，第 58 页。

寓于形象的思维"①；"艺术是对真理的直感的观察，或者说是寓于形象的思维"②。可谓是点出了文学思维与形象思维的密切联系，并且将形象思维视为文学创作思维的核心特征。别林斯基提出这个概念是为了论证一个道理：科学与艺术都可以揭示真理，只不过二者采用的方式和途径不同——科学运用的是抽象思维，而艺术运用的是形象思维。

在别林斯基提出了"形象思维"这一概念之后，很多作家和文论家都接受了这一概念，而且很多作家都意识到，激发文学创作灵感的，是形象，如果没有生动可感的具体形象，作家的创作往往会陷入匮乏状态。所以，后来俄国的很多美学家和文论家都继承"形象思维"这一概念，随着俄国思想的传播，"形象思维"这个概念在20世纪30年代传入了中国。

1936年，朱光潜在《文艺心理学》一书中就自觉地运用了"形象思维"这一概念，朱光潜指出："知识有两种，一是直觉的，一是名理的。"③他是国内较早提出形象与抽象的分野问题的学者。朱光潜的书出版之后，蔡仪于1942年出版了《新艺术论》一书，提出："形象"可以"思维"。④什么意思呢？艺术

---

① ［俄］别林斯基：《伊凡·瓦年科讲述的〈俄罗斯童话〉》，满涛译，载中国社会科学院外国文学研究所外国文学研究资料丛刊编辑委员会编《外国理论家、作家论形象思维》，中国社会科学出版社1979年版，第55页。

② ［俄］别林斯基：《艺术的观念》，满涛译，载中国社会科学院外国文学研究所外国文学研究资料丛刊编辑委员会编《外国理论家、作家论形象思维》，中国社会科学出版社1979年版，第59页。

③ 朱光潜：《文艺心理学》，载《朱光潜全集》第1卷，安徽教育出版社1987年版，第207页。

④ 蔡仪：《新艺术论》，载《蔡仪文集》第1卷，中国文联出版公司2002年版，第40页。

是一种认识，但艺术这种认识与科学的认识是不一样的，艺术从感觉出发试图脱离具体的表象，但艺术又没有脱离感性，于是诉诸形象。蔡仪的这个观点，既反对那种将艺术视为低级认识论的观点，同时又批评那种将艺术与科学等同的观点，强调了艺术的形象属性。

1959年，著名美学家李泽厚发表了一篇影响深远的文章《试论形象思维》[1]，他认为："形象思维"与"逻辑思维"都是认识的深化，在形象思维中始终"伴随着美感感情态度"。至此，形象思维与文学创作思维可以说是牢牢地绑定在了一起。

然而形象思维与文学艺术的关系，并没有这么简单。比如很多学者都指出，用形象思维来代指文学和艺术的思维有点过于笼统，甚至连"形象思维"这个概念是否成立本身也是非常值得商榷的。比如1966年郑季翘发表《文艺领域里必须坚持马克思主义的认识论——对"形象思维"论的批判》[2]一文，专门对"形象思维"这一概念展开了批判。他认为形象思维的说法，违反了从感性到理性，从特殊到一般，从形象到抽象的规律。他说作家创作的思维过程应该是"表象——概念——表象"。也就是说，文学创作应该分为两个阶段，第一个阶段是从表象到概念，发现事物的本质，这时运用的其实是抽象思维；第二个阶段是从概念到新的表象，是为了概念而进行的创造性想象，以此制造新的表象建构文学作品。这种观点就跟之前的

---

[1] 李泽厚：《试论形象思维》，载《美学论集》，上海文艺出版社1980年版，第226页。

[2] 郑季翘：《文艺领域里必须坚持马克思主义的认识论——对"形象思维"论的批判》，《红旗》1966年第5期。

观点完全相反，等于是否认了形象思维在文学创作中的主导作用，又因为它迎合了当时的某种历史机缘，导致整个 20 世纪 50 到 70 年代，"形象思维"这个概念具有了鲜明的政治色彩，以至于少有人提。

直到 1978 年，这一年《诗刊》第 1 期刊登了毛泽东主席给陈毅的一封信，信中几次提到了"形象思维"这一概念。其中有这样一句话："诗要用形象思维，不能如散文那样直说，所以比兴两法是不能不用的。"① 这虽然只是一封私人书信，但却在文学界和理论界引发了非常大的反响。毛泽东在信中将"形象思维"与中国古代文论中的"比兴"概念相联系，等于是完全肯定了形象思维的作用，这使得"形象思维"这一概念可谓是起死回生。

在这封信发表之后的一个月，1978 年 2 月，复旦大学的文艺理论教师们就完成了《形象思维问题参考资料》一书的编辑工作。与此同时，全国许多大学和科研机构的文艺理论研究者都纷纷出动，开始编选关于"形象思维"问题的资料集。这其中质量最高也最具有影响力的，当属中国社会科学院编的一部将近 50 万字的巨著《外国理论家、作家论形象思维》②，这部书于 1978 年 8 月编订完成，参加编译的有钱锺书、杨绛、柳鸣九、吴元迈等许多重要学者。在当时没有电脑、没有网络可以查阅资料的年代，可以想见学者们的努力和认真。不仅如此，还有很多学者也开始写文章探讨"形象思维"问题，形成了关

---

① 毛泽东：《给陈毅同志谈诗的一封信》，《诗刊》1978 年第 1 期。
② 中国社会科学院外国文学研究所外国文学研究资料丛刊编辑委员会编：《外国理论家、作家论形象思维》，中国社会科学出版社 1979 年版。

于"形象思维"讨论的一次热潮。

当然,热潮退去之后,很多人也开始了反思,有人提出,当年郑季翘的观点其实是有一定道理的,"形象思维"这个概念本身就站不住脚。为什么呢?原因有二:第一,"思维"这一概念本身,就是指理性认识,而理性认识必然是抽象的,形象根本不可能进行思维。第二,艺术家根据各种具体素材来进行艺术创作,并不等于用形象来思维。这其中最具有代表性的,当属李泽厚1980年发表的文章《形象思维再续谈》。在这篇文章中,李泽厚不再坚持一贯的支持形象思维的立场,转而提出"艺术不是认识"①。什么意思呢?在李泽厚看来,之前无论是支持"形象思维"还是反对"形象思维"的观点,都将"形象思维"视为某种对现实的认识和反映。只不过支持派认为,形象可以反映现实,而反对派认为形象不能反映现实。而在李泽厚看来,艺术本质上跟认识无关,所以"形象思维"这个提法本身就存在问题,与其谈"形象思维",不如直接谈"想象"。

李泽厚的这篇文章可以说是为长久以来对于"形象思维"的讨论画上了一个句号,以至于20世纪80年代以后,中国的文艺理论界基本放弃了形象思维这一概念。这导致在当前高校的文学理论教材和文学理论课程中,很少能够看到大篇幅的关于形象思维的论述,更少见到将形象思维视为文学本质属性的文字表述。

---

① 李泽厚:《形象思维再续谈》,载《美学论集》,上海文艺出版社1980年版,第560页。

四　形象思维研究的三大转向

关于"形象思维"的讨论从 20 世纪 80 年代开始走下坡路，这背后主要有两方面的原因。一方面，越来越多的学者都注意到"形象思维"这个概念背后的语义悖论问题，也就是说"形象"与"思维"这两个词本身就暗含着某种对立性，它们是完全不相关的两个范畴，"思维"往往就是指的抽象思维，而艺术本质上是跟思维对立的。这就导致当用形象思维来概括艺术创作思维方式的时候，其实多多少少带有了某种认识论的色彩，而将艺术等同于认识，是与我们现代的艺术观念、美学观念不相符的。

另外一方面，用"形象思维"这个概念来指称文学创作的思维方式有过于笼统之嫌。对于创作思维的探讨，仅仅用抽象还是形象这样过于笼统的概念进行概括是远远不够的。在文学创作中，想象、直觉、灵感、顿悟等都发挥了重要的作用。与其去探讨"形象思维"这一本来就存疑的概念到底是何内涵，不如去具体地从心理学角度探求文学创作的诸多心理活动问题。所以，虽然 20 世纪 80 年代以后，关于"形象思维"的讨论渐渐淡出了学术视野，但"形象思维"为我们打开了文学和艺术创作思维方式的探讨。

具体而言，关于"形象思维"的讨论主要转向了三个方面：第一，文艺心理学研究；第二，原始思维研究；第三，古代文论研究。

首先在文艺心理学研究方面，1982 年金开诚教授出版《文艺心理学论稿》一书，可以说开启了对"形象思维"更进一步的深化研究。金开诚先生将普通心理学运用到对创作心理的研究中。他的研究方法是先从心理学角度给"形象思维"下定义，说明它是一种什么样的心理活动，然后再进行论证。可见，在金开诚那里，"形象思维"问题不再是简单的认识论问题，而是具体的创作心理问题。《文艺心理学论稿》这本书可谓是开启了文艺心理学研究的先河。随后，20世纪80年代西方心理学的引进和译介，更是为艺术思维、创作心理的研究提供了理论支撑。

北京大学滕守尧教授就在当时翻译介绍了美国心理学家鲁道夫·阿恩海姆（Rudolf Arnheim）的《艺术与视知觉》（*Art and Visual Perception*）、《视觉思维》（*Visual Thinking*）等著作，并且指出，阿恩海姆的心理学理论"澄清了以往关于形象思维中的许多糊涂观念"。比如阿恩海姆提出的"意象"的概念，就绕过了对"形象思维"与"抽象思维"的划分，指出"意象"不仅仅是形象，还是个"带着判断"的形象，这样一来，就解决了形象思维与认识论的关系问题。之后，随着相关心理学理论的引进和发展，从心理学角度探讨文学创作问题的研究就更为深入了，相关的成果也越来越丰富，关于"形象思维"的讨论也就更加具体化。

除了转向文艺心理学研究之外，"形象思维"问题另一种转向是从人类学角度展开对原始思维的研究。所谓原始思维，指的是人类早期的思维模式。生产力还不够发达的年代，人类以一种独特的思维模式与这个世界相处。对原始思维模式的研究非常有助于对现代人类思维模式的研究。

事实上，西方早在18世纪就已经开始研究原始思维。1725

年，维柯（Giovanni Battista Vico）在《新科学》（*The New Science*）中就提出了"诗性智慧"这个概念，所谓"诗性智慧"主要分为两个方面：一个是"诗性"，一个是"智慧"。"诗性"着重强调的是人类的创造能力，源于原始人类的想象能力，比如神话故事。而"智慧"着重强调的是功能，指的是人类认识世界的能力。"诗性智慧"，其实就是指人类通过想象认识世界、创造世界的思维方式。当然，在这一过程中，"诗性智慧"采取的往往是一种"以己度物"的表现方式。所谓"以己度物"，就是当人们遇到自己不能理解的事物时，就以自身为标准来推想类比外物。比如磁石与磁铁的关系，虽然找不到原因，但可以用它形象地比喻爱情。

继维柯提出了"诗性智慧"之后，法国人类学家列维-布留尔（Lucien Lévy-Bruhl）于1910年出版了《原始思维》（*How Natives Think*）一书，他认为现代人身上还残留着某种原始思维。据说，列维-布留尔之所以对原始思维感兴趣还是因为司马迁的《史记》，他在读了司马迁的《史记》的法文译本之后，对于《史记》中关于星象与人事相关联的记述大为震惊，于是萌发了要研究"原始人"的思维的念头。在《原始思维》中，他提出了"原逻辑""互渗律""集体表象"等概念，探讨不同族群是否具有一致的心理特征，在人类学领域做出了非常卓越的贡献。

之后法国著名人类学家列维-斯特劳斯（Claude Lévi-Strauss）于1962年出版《野性的思维》（*The Savage Mind*）一书，这本书是他在南美原始部落里生活多年之后写出的著作。他指出：原始人与现代人一样都具有科学思维，只不过原始人具有的是一种具体性的科学思维。原始人的社会制度，虽然愚昧野蛮，但有内在逻辑。现代社会制度与原始社会制度在深层结构上有着相似性。从维柯到列维-斯特劳斯，他们都将研究的重点指向了早期人类的思维特征，而对于早期人类思维特征的研究，能够更加加深我们对于"形象思维"的理解，这可谓是"形象思维"研究的另外一种转向。

第三个方面的转向，是关于古代文论的研究。虽然中国古代文论并未直接探讨"形象思维"问题，但中国古代的学者一直在探讨文学创作规律问题。例如魏晋时期陆机的《文赋》，就已经涉及文学创作时的思维方式问题；之后刘勰的《文心雕龙·神思》篇，更是提出了"意象"这个概念，所谓"窥意象而运斤"。那什么是"意象"呢？"意象"就是外在物象与作家主观情感相互交融所产生的"心象"。

在中国古代的诗学理论中，"意象"这个概念有着非常重要的地位，它可以说是中国古代文学创作与文学欣赏的核心概念。以至于从"意象"问题出发，中国古代的艺术家、理论家不断地努力探讨文学创作是如何从"眼中之竹"到"胸中之竹"，再到"手中之竹"的。而从"意象"角度分析文学创作问题，要比"形象思维"这个概念更加具体，也更加准确，可谓是找到了一个较为清晰的研究路径。

参考阅读

著作类

1. 高建平等著：《当代中国文论热点研究》，中国社会科学出版社2016

年版。

2. 朱光潜：《文艺心理学》，复旦大学出版社 2011 年版。

3. ［法］列维－斯特劳斯：《野性的思维》，李幼蒸译，中国人民大学出版社 2006 年版。

4. ［俄］B. T. 别林斯基：《别林斯基文学论文选》，满涛、辛未艾译，上海译文出版社 2000 年版。

5. ［美］鲁道夫·阿恩海姆：《艺术与视知觉》，滕守尧、朱疆源译，四川人民出版社 1998 年版。

6. ［意］维柯：《新科学》，朱光潜译，人民文学出版社 1997 年版。

7. 蔡仪：《新艺术论》，上海书店 1992 年版。

8. ［美］鲁道夫·阿恩海姆：《视觉思维：审美直觉心理学》，滕守尧译，光明日报出版社 1987 年版。

9. 金开诚：《文艺心理学论稿》，北京大学出版社 1982 年版。

10. ［法］列维－布留尔：《原始思维》，丁由译，商务印书馆 1981 年版。

11. 复旦大学中文系文艺理论教研组编：《形象思维问题参考资料》，上海文艺出版社 1979 年版。

12. 中国社会科学院外国文学研究所外国文学研究资料丛刊编辑委员会编：《外国理论家、作家论形象思维》，中国社会科学出版社 1979 年版。

论文类

1. 高建平：《"形象思维"的发展、终结与变容》，《社会科学战线》2010 年第 1 期。

2. 贺善侃：《形象思维·抽象思维·科学认识》，《复旦学报》（社会科学版）1998 年第 4 期。

3. 邹建军：《"意象思维"的五大特性》，《中南民族学院学报》（哲学社会科学版）1998 年第 3 期。

4. 刘欣大：《"形象思维"的两次大论争》，《文学评论》1996 年第 6 期。

5. 钱学森：《关于形象思维问题的一封信》，《中国社会科学》1980 年第 6 期。

6. 朱光潜：《形象思维在文艺中的作用和思想性》，《中国社会科学》1980 年第 2 期。

7. 郭绍虞、王文生：《论比兴》，《文学评论》1978 年第 4 期。

8. 李泽厚：《形象思维续谈》，《学术研究》1978 年第 1 期。

9. 李泽厚：《试论形象思维》，《文学评论》1959 年第 2 期。

第八章
精神分析及其批评有效性问题

一 陀思妥耶夫斯基与弑父问题

谈到精神分析理论，就不得不提弗洛伊德（Sigmund Freud），谈到弗洛伊德，就不得不提他所提出的一个个惊世骇俗的理论，比如：潜意识理论、人格结构理论、梦的理论和恋父恋母情结论。弗洛伊德的精神分析理论在整个20世纪产生了非常重要的影响，直到今天依旧有很多研究精神分析理论的学派和学者。但与此同时，精神分析理论自从诞生以来就饱受争议，以至于虽然精神分析探究的是人类的内心世界，但却始终不被现代心理学所认可。而运用精神分析理论对文学艺术作品进行的分析，也经常会遭到人们的质疑。

很多质疑者都认为：精神分析理论对作品的解读完全是胡扯，因为它毫无根据，基本都是主观臆断，甚至很多推论互相之间都是矛盾的。所以很多人一提到精神分析理论就嗤之以鼻，认为这是一种完全不靠谱的理论，而且完全搞不明白为什么这么不靠谱的理论居然会有这么大的影响力。同样，在文学理论和文学批评中，作为一种批评方法的精神分析理论也往往会被"另眼相看"。很多老师在指导学生写论文的时候，都会提醒学生要慎用精神分析理论。那么，精神分析理论真的有这么可怕吗？用精神分析解读文学作品，到底是不是胡扯呢？

1928年，著名精神分析学家弗洛伊德发表了一篇文章，题为"陀思妥耶夫斯基与弑父者"（"Dostoevsky and Parricide"）。在这篇文章中，弗洛伊德运用"恋母情结"理论对陀思妥耶夫斯基（Fyodor Mikhailovich Dostoevsky）的创作心理和作品特征进行了分析。这篇文章被誉为用精神分析理论分析作家作品的一个范例。接下来我们先看看弗洛伊德到底是怎么进行分析的，然后再看看他的分析到底靠谱不靠谱。

陀思妥耶夫斯基是19世纪俄国著名作家，非常擅长病态的心理描写，尤其是对那些不自觉的反常状态的描写，可谓是深邃至极。就连鲁迅都称他是"人类灵魂的伟大审问者"。关于陀思妥耶夫斯基的心理描写，传统的解读是：陀思妥耶夫斯基写出了病态社会中人性的堕落，写出了在沙皇专制统治之下的俄国社会的阴暗面。然而弗洛伊德却并不这么看，他认为陀思妥耶夫斯基的这种对病态心理的描写与他本人的独特经历有关。恰恰是作家本人在心理方面的某些问题造就了他独特的人格，而这种独特的人格又促使他写出了独特的作品。这是弗洛伊德对陀思妥耶夫斯基研究的出发点。

弗洛伊德的论述是怎样具体展开的？在《陀思妥耶夫斯基与弑父者》这篇文章中，弗洛伊德一上来就指出了陀思妥耶夫斯基丰富人格中的四个方面："富有创造性的艺术家、神经症者、道德家和罪人。"① 而且在这四个方面中，最为关键的是陀思妥耶夫斯基的神经症人格。因为通过研究陀思妥耶夫斯基的生平传记，弗洛伊德发现陀思妥耶夫斯基从小就有癫痫病，而且时常发作。所谓癫痫病，就是一种反复发作的脑部疾病，主要症状是咬舌头、小便失禁、晕眩等。弗洛伊德认为有些癫痫病是器质性的，是由某种生理问题导致的，而陀思妥耶夫斯基的癫痫病则是精神上的，是由某种心理问题所导致的。

那陀思妥耶夫斯基出现了什么心理问题？弗洛伊德发现陀思妥耶夫斯基幼年时代的癫痫症状本来并不严重，但是从 18 岁开始就变得十分严重了。他经常会感到一种突如其来的忧郁和恐惧，仿佛要当场死去一样，而且往往伴随着昏睡和眩晕。弗洛伊德认为陀思妥耶夫斯基的这些症状，其实都源于他的某种心理诉求：希望某个人死去。正是因为他希望某人死去，但是他又没办法在现实中让这个人死去，便只能把自己想象为这个人、代替为这个人，通过让自己死去完成了让那个人死去的愿望。那陀思妥耶夫斯基想要让谁死去呢？弗洛伊德发现陀思妥耶夫斯基 18 岁的时候经历了一个非常重要的事件：父亲被杀。陀思妥耶夫斯基之所以癫痫病加重很可能跟父亲的死有关。这时候用到经典的"恋母情结"理论，弗洛伊德认为每个小男孩在出生成长的过程中，都会有这样的一种潜意识心理：将母亲视为自己的欲望对象，而将父亲视为自己的仇恨对象。

男孩之所以"恋母"是因为男孩和母亲是异性，异性之间

---

① ［奥］弗洛伊德：《陀思妥耶夫斯基与弑父者》，孙庆民、廖凤林译，载车文博主编《弗洛伊德文集》第 7 卷，长春出版社 2004 年版，第 145 页。

本能地就会互相吸引。而儿子出生以来就跟母亲生活在一起，自然会将母亲作为自己的第一个欲望投射对象。男孩之所以"仇父"，是因为当男孩发现母亲和父亲的亲密关系后，会认为是父亲"夺走"了母亲，于是就会本能地仇恨父亲。用弗洛伊德的话说："弑父是人类，也是个人的原始的基本的罪恶倾向。在任何情况下它都是犯罪感的主要根源，尽管我们不知道它是否是惟一的根源。……男孩子和他父亲间的关系是一种'既爱又恨'的矛盾关系。"①

所以，正是在这样一种"恋母"与"弑父"双重情结的驱使下，男孩潜意识中就有了想要取代父亲进而像父亲一样拥有母亲的愿望。但是父亲在家中往往是占据着统治地位的，这就导致男孩会非常害怕父亲，害怕一旦自己哪天不听话父亲就会惩罚他——把自己变成了一个"女孩"，这就是所谓的"阉割焦虑"。再加上亲情和伦理的束缚，导致男孩的这种"弑父"的欲望只能处在被压抑的状态。这种被压抑的"弑父"冲动并没有因压抑而完全消失，相反它会沉淀在自己的无意识之中，成为一种连他自己也意识不到的情结，即所谓的"俄狄浦斯情结"。这种情结让他经常会产生一种负疚感和犯罪感。

弗洛伊德认为，陀思妥耶夫斯基的癫痫症正是这种欲望与压抑之下的产物。陀思妥耶夫斯基早年的人格中存在着"自我"与"超我"两个层面，在"自我"层面，陀思妥耶夫斯基通过让自己变成父亲进而代替父亲；在"超我"层面，陀思妥

---

① ［奥］弗洛伊德：《陀思妥耶夫斯基与弑父者》，孙庆民、廖凤林译，载车文博主编《弗洛伊德文集》第 7 卷，长春出版社 2004 年版，第 149 页。

耶夫斯基则是代表父亲对这种"弑父"的冲动予以惩罚。而18岁时父亲去世,导致"超我"压倒了"自我",于是潜意识中的负疚感和犯罪感就涌现了出来。弗洛伊德描绘这种状态的时候说:"为了使你自己能成为你父亲而想要杀死你的父亲。现在,你就是你的父亲,但是,却是一个死去的父亲。"① 所以,弗洛伊德认为,陀思妥耶夫斯基之所以会18岁后癫痫症状加重,是因为在无意识层面,这是一种对他希望父亲死去的冲动的自我惩罚。

弗洛伊德还给自己的这番解释找到了相关的支撑材料,弗洛伊德发现在陀思妥耶夫斯基28岁时曾经因为牵涉反沙皇的革命活动而被捕,之后他被流放西伯利亚。据有些资料显示,陀思妥耶夫斯基在被放逐西伯利亚的时候,癫痫症状完全消失了。弗洛伊德解释道,这恰恰从侧面印证了他的癫痫症与父权象征及压抑有密切关系。陀思妥耶夫斯基之所以在流放期间症状减轻,是因为他把沙皇当成了父亲的象征,而流放本身就是一种对自我的惩罚,所以他就不需要通过癫痫进行自我惩罚了,这恰好是弗洛伊德所说的"替换机制"起作用的结果。

二 精神分析的理论问题

弗洛伊德对于陀思妥耶夫斯基创作心理的这番解读,有道理吗?

---

① [奥]弗洛伊德:《陀思妥耶夫斯基与弑父者》,孙庆民、廖凤林译,载车文博主编《弗洛伊德文集》第7卷,长春出版社2004年版,第150页。

如果我们跟着弗洛伊德的逻辑走，会感觉好像他的解释有一定道理。不过一旦稍微跳出弗洛伊德的逻辑就会发现，弗洛伊德解读过程中的很多环节有禁不起推敲的地方。比如，在刚刚的分析中，弗洛伊德重点关注的是陀思妥耶夫斯基 18 岁以后癫痫病加重的问题，然而很多资料已经提到，陀思妥耶夫斯基的癫痫症从 9 岁就开始有了，那如果 18 岁的病症跟父亲去世有关，那么幼年时期的癫痫病又是从何而来呢？

另外，关于陀思妥耶夫斯基流放西伯利亚期间癫痫症到底是消失了还是加重了，其实一直都有不同说法。有很多研究陀氏的学者都提到，陀思妥耶夫斯基流放期间癫痫病更加严重了。而弗洛伊德对这些材料视而不见，说明他仅仅是挑选了对自己有利的材料来进行论述，这样得出来的结论是难以令人信服的。

精神分析之所以会给人一种胡扯、不靠谱的感觉，原因之一就在于用精神分析理论解读文学作品的时候，往往是用文学作品来印证理论的正确性，而非是在用理论解决文本内部的问题。这就导致精神分析批评往往有预设结论之嫌疑。因为结论是预设的，所以在分析文本的时候就会挑选那些有利于证明文本正确性的事实，而忽略那些与结论相悖或者无关的要素。

比如在《陀思妥耶夫斯基与弑父者》这篇论文中，为了说明"恋母情结"与"弑父情结"在文学作品中的普遍性，弗洛伊德指出世界上很多伟大的作品背后都存在"弑父"的主题："这几乎不能说成是巧合：文学史上的三部杰作——索福克勒斯（Sophocles）的《俄狄浦斯王》（*Oedipus the King*）、莎士比亚的《哈姆雷特》和陀思妥耶夫斯基的《卡拉马佐夫兄弟》（*The*

Brothers Karamazov)——都谈及了同一主题：弑父。而在这三部作品中，十分明显的是，弑父行为的动机都是与情敌争夺一个女人。"① 弗洛伊德的意思是，如果"弑父"仅仅存在于一两部文学作品中，那可能只是个偶然现象，但如此众多的作品中都存在"弑父"情节，那就不能说是偶然了。

弗洛伊德的这个结论听上去好像挺有道理，但是弗洛伊德在举例证明的时候，仅仅举了三个例子（《俄狄浦斯王》《哈姆雷特》《卡拉马佐夫兄弟》）。很显然，这三部文学作品是弗洛伊德精心挑选的结果，这三部作品虽然确实存在"弑父"的主题，也是文学史上的经典，但文学史上还有很多其他经典作品跟"弑父"没有直接关系，比如但丁（Dante Alighieri）的《神曲》（*Divine Comedy*）、塞万提斯的《堂吉诃德》、歌德的《浮士德》（*Faust*），等等。如果所谓"弑父"主题是一个普遍结论的话，那至少不能仅仅只有三部典型代表。可见弗洛伊德所说的经典作品背后都存在的弑父主题并不具有普遍的必然性。这种预设结论而自圆其说的分析过程，是缺乏足够的说服力和有效性的。

不仅如此，对于精神分析理论更为致命的打击是，精神分析具有不可证伪性。这也是它被现代科学所否定的关键原因。所谓"可证伪"，简言之就是"我有办法证明你是错的"。如果一个人提出一个科学的理论，这个理论不能永远都是正确的，不能宣称自己可以解决任何问题。

---

① ［奥］弗洛伊德：《陀思妥耶夫斯基与弑父者》，孙庆民、廖凤林译，载车文博主编《弗洛伊德文集》第7卷，长春出版社2004年版，第152页。

波普尔（Sir Karl Raimund Poppe）就曾经在《猜想与反驳》(*Conjectures and Refutations*)中指出："可证伪性……是在经验科学的陈述或陈述系统与一切其他陈述（不论是宗教性的、形而上学性的或干脆是伪科学的）之间划一条线的问题。"[①] 换句话说，科学的理论必须在一定的范围才能被称之为科学。如果一种理论宣称自己能解释一切，那就是伪科学。而精神分析就有这样一种好像能够解释一切的倾向，因为精神分析有一整套复杂的理论体系，它甚至可以把与它的理论不相符的范例都解释为自己的理论和理性的证据。

比如就"恋母情结"而言，如果一个男孩确实讨厌父亲、亲近母亲，弗洛伊德说这当然是"恋母情结"的例证。但是如果一个男孩讨厌母亲、亲近父亲，弗洛伊德依旧有办法解释，他会说：这是因为他的恋母情结被压抑得太深了，他之所以亲近父亲是为了模仿父亲，而模仿父亲是为了取代父亲，取代父亲是为了满足他内心的"恋母情结"。这不就是想解释什么都可以吗？所以很多人说，从科学角度看，弗洛伊德的理论根本不是科学，因为没办法验证它的对错，它看似科学，实际上是伪科学。

如果进一步分析的话，会发现导致精神分析具有不可证伪性的原因就在于，它所针对的对象是人的潜意识而非意识。而所谓的潜意识又是人类无法意识到的那个部分，这就使得精神分析理论的所有基础，建筑在了某种"可知/不可知"的悖论

---

① ［英］卡尔·波普尔：《猜想与反驳——科学知识的增长》，傅季重等译，上海译文出版社2005年版，第55页。

上：既然潜意识无法被感知，那么又如何确定它的存在？既然潜意识始终被压抑，那么如何对潜意识进行客观的观测和研究？这一问题始终是精神分析理论的内在矛盾。于是精神分析理论只能将某种外在性的意象视为某种内在潜意识的表征。比如在对梦的分析中，弗洛伊德将梦中出现的诸如枪、雨伞、钢笔、棍棒等视为男性生殖器的象征。

这种通过某种外在意象去揭示潜意识的方式，仅仅具有形式上的相似性，却难以从逻辑上说明其内在联系的必然性。再加上潜意识的某种不可认知性，导致阐释者完全可以根据自己的预设判断去对问题进行自认为是合理的阐释，这种阐释的有效性也就大打折扣了。

事实上，精神分析理论的这些问题不仅经常被其他理论派系所攻击，在精神分析学派的内部，也对很多问题产生了严重的分歧。很多人跟弗洛伊德的理念不合而最终分道扬镳，比如弗洛伊德早期合作者布洛伊尔，还有弗洛伊德的学生荣格、阿德勒、埃里克森等。这也从另外一个侧面说明了精神分析理论确实存在着诸多问题。

那接下来的问题是：既然精神分析如此不靠谱，那是不是就应该完全抛弃精神分析呢？精神分析是不是就真的如很多人诟病的那样一无是处呢？这个问题，或许没有那么简单。

三　精神分析的科学性问题

其实，当讨论精神分析解读作品是否科学、是否有效的时候，这一讨论本身就已经触及了文学理论中的很多复杂问题。

可以说，这个问题之所以能够被提出，其背后就已经预设了一个前提：对文学作品的解读和分析是存在着科学与不科学之分的。正是因为存在这种区分，于是在科学的标准下，精神分析由于缺乏事实证据和不可证伪性，而对文学作品的解读也就不具有科学性。

然而需要追问的是：对文学作品的解读，能用科学与不科学来衡量吗？什么叫科学的解读？什么叫不科学的解读？专业的文学理论中是根本不存在这样的区分的。无论是文学评论还是文学批评，其本质都是一种对于文本的阐释，阐释没有科学与不科学之分，只有合理与不合理之分。人们之所以会有解读的科学与不科学之分，基本凭借的都是自己的主观经验。往往是"我觉得这种解读很有道理"，就认为这种解读是科学的。相反如果某种解读跟自己的经验"不相符"，就会说这种解读不靠谱。

事实上，如果非要在文学解读过程中找到一个衡量科学与否的客观标准，会发现这个标准很难被找到。举个简单的例子，孟浩然的《春晓》这首诗到底表达的是什么情感？有科学的结论吗？难道真的像是小学老师告诉我们的那样，这首诗表达的是诗人热爱春天、珍惜时光的美好感情吗？从科学的角度来讲，一个结论的得出首先要靠的是证据，但是有什么证据能够证明孟浩然在写这首诗的时候抒发的是一种美好心情呢？诗中的一句"花落知多少"为什么表达的就不能是诗人的某种失落呢？

当然，有人会说，既然诗里面没有证据，就从诗外面找证据。但事实上，无论从诗歌外面怎么找证据，也很难证明这首诗的真正主题思想。就算把诗人叫到眼前去问他也证明不了什么,因为我们没办法证明诗人说的是真话。所以,如果我们追求文学解读的绝对科学性,到最后的结果往往都是徒劳。文学解读是不能简单地用科学与不科学的标准来进行衡量的。

既然文学解读跟科学没关系,就有了另外一种观点:文学解读的目的不是为了得出什么科学的、正确的结论,而是为了能够自圆其说。只要能自圆其说,就有其存在的意义和价值。这种说法当然有道理。但是问题是,到底什么叫自圆其说?按照字面的意思,所谓自圆其说,就是自己的前后说法是一致的,没有自相矛盾的地方。把这个标准放到精神分析理论中,比如弗洛伊德的《论陀思妥耶夫斯基与弑父者》这篇文章,算不算是做到了自圆其说呢?从表面上看,弗洛伊德确实做到了自圆其说。但是为什么人们还会有一种不太靠谱的感觉呢?这恐怕跟精神分析的理论基础有关系。

如前所述,精神分析的理论基础往往都是一种未经证实的假说。如果这些假说本身无法从理论上被证实,人们就不太可能相信用这种理论所解读的作品是有效的。更关键的是,精神分析的理论基础是包裹在科学的外衣下的,这就使人们不得不从科学的角度来看待精神分析的可信性。而精神分析的基本理论又大多不被主流科学界所认可,这就导致用精神分析进行文学解读的路径也很难被文学界所接受。就这样,精神分析陷入了"姥姥不疼,舅舅不爱"的尴尬局面。

既然精神分析的理论基础不牢靠,那用来进行文学解读的其他理论基础就一定牢靠吗?如果我们翻开任何一本文学批评教材,教材里会给我们介绍各种各样的批评理论,比如"结构主义批评""传记式批评""社会学批评""后殖民主义批评"

"意识形态批评""女性主义批评",等等。仔细分析这些理论流派会发现,严格意义上所有的批评理论都存在着合法性的危机。比如关于后殖民主义问题就在学术界产生了很多的争论,而女性主义理论又分化成了很多不同流派,等等。

其实很多用来解读文学作品的基础都是不那么牢靠的。它们的命运之所以比精神分析要好一些、受到的相关质疑少一些,其中一个重要的原因在于这些理论的理论基础基本上都是源于人文社会科学的理论,比如社会学、人类学、政治学、语言学,等等。这其中很多学科和理论本身就不需要经受可证伪性的检验,因而也就逃过了科学检验这一劫,具有了某种合法性。而精神分析的理论被包裹在科学的外衣之下,势必要经过科学的检验,这就导致精神分析不得不在"科学/非科学"的界限之间来回试探。所以,从这个角度上看,精神分析的命运或许确实有些悲惨。

四 如何看待精神分析理论

那么,接下来的问题是,到底应该如何对待精神分析理论呢?

美国著名批评家哈罗德·布鲁姆在 1994 年出版的《西方正典:伟大作家和不朽作品》(*The Western Canon: The Books and School of the Ages*)这本书中,研究了西方文学史上 26 位经典作家,进而分析他们之所以成为经典的独特性。这 26 位作家中,弗洛伊德的名字赫然在列。这让很多人感到非常意外,弗洛伊德写过什么有名的文学作品吗?印象中弗洛伊德顶多算是个精神分析医师，什么时候成为西方著名的伟大作家了？

显然在《西方正典：伟大作家和不朽作品》这本书中，布鲁姆将弗洛伊德视为了一位作家，并且将精神分析视同了文学。布鲁姆说："作为一种疗法，精神分析学已经是穷途末路，或许已经消亡。"但是，"弗洛伊德在精神分析学消亡之后仍会作为一个作家而长存于世"。① 布鲁姆之所以会认为弗洛伊德是一个作家，是因为"弗洛伊德实质上就是散文化了的莎士比亚"②。与其说弗洛伊德发现了莎士比亚作品中的"恋母情结"，不如说弗洛伊德心中永远有一个"哈姆雷特情结"。

在布鲁姆看来，弗洛伊德的精神分析理论完全是受莎士比亚（具体说是哈姆雷特）影响的产物。莎士比亚是审美自由与原创性的典范，而弗洛伊德因为莎士比亚而感到不安，所以就产生了某种焦虑，于是建构起了精神分析的大厦。虽然布鲁姆的解读也确实缺乏足够的说服力，而且布鲁姆的这一观点建立在其"影响的焦虑"结论的基础之上。但布鲁姆从另外一个侧面不期然地为我们理解精神分析、看待弗洛伊德提供了新的视角：将弗洛伊德看作一位作家，将精神分析视为一种文学。

精神分析在文学理论中经常被用于进行作者研究，而作者研究往往聚焦于对作者本人生平传记的研究。于是精神分析非常关注作者的人生经历、日记笔记、书信手稿等作品之外的材料，试图通过对作者本人的研究发掘出作品背后的潜在意义。

---

① ［美］哈罗德·布鲁姆：《西方正典：伟大作家和不朽作品》，江宁康译，林出版社 2015 年版，第 331 页。

② ［美］哈罗德·布鲁姆：《西方正典：伟大作家和不朽作品》，江宁康译，译林出版社 2015 年版，第 327 页。

这就导致精神分析与其说是对作品的研究，不如说是对作者的研究。而精神分析对作者的研究，往往是基于其理论基础对作者的某一方面进行的分析，这种分析所能体现出的仅仅是作者的某一个侧面。于是精神分析的作者研究，更像是从某一特定角度对作者本人的"再现"或"重写"，进而展现出作者某些独特性。正是在这一点上，精神分析与文学有了某种共通性：文学从某种程度上也可以视为对作者本人的一种"再现"或"重写"，只不过文学更感性、更形象也更具体，而精神分析更理性、更抽象。

其实，很多文学批评流派的理论基础都不源于文学本身，它们要么是从社会学领域出发，要么是从历史学领域出发，要么是从心理学出发，对文学进行不同角度的阐释。如果将文学视为一个整体的话，那么每种文学批评理论本质上就是对文学某一"切面"的分析。基本上没有哪种文学批评方法可以把握文学作品所呈现的所有内容。甚至离文学文本最近的批评流派，比如"形式主义""新批评""结构主义"，都借用的是语言学、人类学的相关理论。这说明可能根本不存在一个绝对属于文学本身的批评方法。

文学批评所采用的理论不是原发性的理论，而是某种继发性的理论，是从非文学领域中借用过来的某种理论体系。之所以会出现这种现象，归根结底还是由文学本质的复杂性决定的：文学包罗万象，文学里面有历史但文学又不是历史，文学里面有政治但文学又不是政治，文学里面有社会但文学又不是社会。文学里面什么都有，但文学又什么都不是。所以借助其他学科的理论进行的分析是文学批评题中应有之义。这也就意味着不同的批评流派，都会从不同侧面提供一个切入文学作品的视角。同样地，精神分析也仅仅是给我们提供了一个从内心意识、人性欲望角度看待文学作品的可能性。

与其讨论精神分析到底对不对、科学不科学，不如将精神分析视为理解世界、把握人性的一种视角。虽然精神分析理论存在很多问题，但不可否认的是，精神分析理论作为一种对人类精神活动的阐释，作为一种哲学或者文化理论，已然将一种新的关于人性的观念深刻地植入人文社会科学之中。

从弗洛伊德开始，人们对于精神层面的理解就不再仅仅局限于理性层面，人们开始意识到人性之中还有着另外一个与理性不断冲突的欲望层面。这是一次重要的观念上的革命，在当今的文学、艺术学、人类学、社会学等领域中，处处充斥着精神分析的影子，它已经改变了我们每一个人理解人性的方式。从这个意义上讲，与其说精神分析是一种科学和方法论，不如说精神分析就是一种文学，它通过真真假假的虚幻世界为我们揭开了现实生活更为真实的面纱。

参考阅读

著作类

1. ［美］伊利·扎列茨基：《灵魂的秘密：精神分析的社会史和文化史》，季广茂译，金城出版社2013年版。

2. ［荷］亨克·德·贝格：《被误读百年的弗洛伊德》，季广茂译，金城出版社2010年版。

3. ［美］哈罗德·布鲁姆：《西方正典：伟大作家和不朽作品》，江宁康译,译林出版社 2005 年版。

4. [奥] 弗洛伊德:《精神分析引论》,高觉敷译,商务印书馆 1984 年版。

论文类

1. 郭本禹:《精神分析运动的发展逻辑》,《南京师大学报》(社会科学版) 2006 年第 5 期。

2. 贾晓明:《现代精神分析与人本主义的融合——对共情的理解与应用》,《北京理工大学学报》(社会科学版) 2004 年第 5 期。

3. 高远东:《〈荷塘月色〉:一个精神分析的文本》,《中国现代文学研究丛刊》2001 年第 1 期。

第三编

文学与读者

第九章

文学经典：本质主义与建构主义

一 莎士比亚到底好不好？

平心而论，莎士比亚的作品，到底好不好？

从小到大的教育告诉我们，莎士比亚毫无疑问是个伟大的作家，似乎只要一个稍微接受过教育的人就必须承认莎士比亚的伟大。然而问题是：莎士比亚作品到底好在哪儿呢？目前全世界研究莎士比亚的著作和论文可谓汗牛充栋，但是翻开这些著作和文章，会发现明确给出评判标准并进行详细文本分析的著作和文章少之又少；即便是给出了莎士比亚作品"好"的理由，又会发现不同的研究给出的理由又不尽相同。所以莎士比亚到底好不好？这个问题变成了一个普通读者想问但不敢问，专业批评家想谈却欲言又止的问题。尤其是当下的文学研究领域，关于莎士比亚作品的质量和水平，似乎已经很少有人进行专业性的分析。大家似乎已经默认了莎士比亚是一个能够写出高水平作品的伟大作家。至于莎士比亚是如何登上文学桂冠宝座的，这背后参照着什么标准，这些问题在专业的研究中已经很少涉及。

一部作品到底好不好，本来是读者最为关心的问题，但是却成了当下文学研究最视而不见的问题。而专业的学者们也很少去探讨文学作品的艺术价值和评判标准，只是转而探讨文学作品的意义、社会历史背景或者是进行纯理论的游戏。作品的好坏问题被悬置了起来。对于这一现象，英语文学教授理查德·布拉德福德（Richard Bradford）于2015年出版了专著《莎士比亚好不好？——论文学质量评判》（*Is Shakespeare any Good? And Other Questions on How to Evaluate Literature*），在这本书中布拉德福德教授一针见血地指出：当代文学研究规避了对文学作品质量的评判问题，这直接导致了文学批评的标准呈现出某种虚无主义倾向。他预言，长此以往将导致文学艺术和文学批评的退化。

无独有偶，中国古典文学名著《红楼梦》似乎也遭遇了同样的尴尬局面。只要随便翻翻近些年关于《红楼梦》研究的著作和论文就会发现：当今的"红"学研究似乎已经不再去探讨"《红楼梦》到底好不好"这样的问题了，而是将焦点转向《红楼梦》的版本、作者、传播以及思想主题等诸多细节问题的考证。价值分析让位给了历史研究，美学评判让位给了文学考证。

平心而论，布拉德福德的观点或许多多少少有些危言耸听，但是类似的问题和困惑确实越来越普遍。在大学文学专业的课堂上，老师经常会遇到学生问类似这样的问题：为什么很多文学史上赫赫有名的文学作品，我却读不出其中的"好"呢？为什么一些我觉得写得挺好的作家和作品却在文学史上评价不高？到底是我的问题还是作品的问题？文学史上的经典作品到底何以成为经典?

事实上,很多文学理论家和批评家都曾质疑过经典作品的经典性。俄国著名作家托尔斯泰就曾质疑过莎士比亚的文学地位。他在同很多莎士比亚崇拜者交谈之后发现,许多读者之所以崇拜莎士比亚:"不是通过理性来评判莎士比亚,而是出于一种对他的盲目信仰。换言之,这些人都是受到一种流行观念的蛊惑。这种缺乏理性的蛊惑,在人类生活的各个领域都出现过,而且现在仍然存在。只有彻底摆脱这些蛊惑,才会发现其荒谬性,而在此之前是将其视为无可争辩的真理,不必加以任何讨论。报刊的大量发行又进一步扩大了这种错误观点的流行。"①

那么,莎士比亚为什么会获得如此高的文学地位呢?托尔斯泰将其主要归结为了外部原因:"首先是德国人厌倦了虚假平庸的法国戏剧,转而寻求更有生气的戏剧;其次,德国的年轻作家在写作戏剧时需要找到一个可以仿效的典型;最后也是最主要的,德国那些缺乏审美意识的评论家对莎士比亚的狂热吹捧。与这些外在原因相对应的,是莎士比亚作品获得巨大名声的内在原因:它们完全符合当时社会上等阶层那种厌弃宗教和道德的情感要求。"②

无独有偶,法国著名作家维克多·雨果(Victor Marie Hugo)也曾经撰写过一篇散文《莎士比亚的才赋》("Shakespeare's Genius"),文章一开始就列举了众多作家、批评家对莎士比亚作品

---

① [俄]托尔斯泰:《我看莎士比亚》,载黄忠晶编译《托尔斯泰自述》,天津人民出版社2018年版,第307页。

② [俄]托尔斯泰:《我看莎士比亚》,载黄忠晶编译《托尔斯泰自述》,天津人民出版社2018年版,第308页。

的怀疑态度,这其中包括苏格兰律师福伯斯、英国批评家约翰逊、英国戏剧家格林、本·琼森,等等。之后雨果总结道:"以下是对莎士比亚众口一词的指责:胡思乱想,文字游戏,无聊的双关语;虚假,荒唐,不合逻辑;猥亵,幼稚,铺张,浮夸,过分;装假,矫情,故作深奥,矫揉造作;滥用对照和比喻,繁复啰嗦;不道德,写给群氓看的,甘愿讨好流氓;以恐怖为乐,不讲究文雅,毫无动人之处;过犹不及,文山辞藻,缺乏内涵,故弄玄虚,狐假虎威。"①

可见,至少在文学领域内,学术界对于莎士比亚的艺术水平和文学地位是有很大争议的。当然,雨果在罗列了如此众多关于莎士比亚的诘难之后,依旧对莎士比亚给出了肯定性的评价。雨果认为莎士比亚之所以具有如此高的文学地位,原因在于其具有独一无二的"天赋":"诗人是哲学家,因为他在想象。这就是莎士比亚能以现实为基础而随心所欲地进行创作的原因。"②

英国理论家保罗·埃德蒙森(Paul Edmondson)在《如何邂逅莎士比亚》(*Shakespeare: Ideas in Profile*)一书中,曾引用了莎士比亚学者加里·泰勒(Gary Taylor)和著名作家伍尔夫对于莎士比亚的评论。前者将莎士比亚的作品比作"黑洞",而后者则提出根本"没有什么莎士比亚"。③ 这两个观点的一致

---

① [法]维克多·雨果:《莎士比亚的才赋》,梁李译,载《愿你爱的人恰好也爱着你》,江苏凤凰文艺出版社2019年版,第159页。
② [法]维克多·雨果:《莎士比亚的才赋》,梁李译,载《愿你爱的人恰好也爱着你》,江苏凤凰文艺出版社2019年版,第165—166页。
③ [英]保罗·埃德蒙森:《如何邂逅莎士比亚》,王艳译,四川人民出版社2017年版,第179—180页。

性在于，他们都认为艺术作品本身不存在任何内在的、深刻的、独特的意义，而我们之所以将莎士比亚视为伟大作家，只是因为我们在莎士比亚作品中找到了通向伟大的可能性。

换句话说，与其说我们在解读莎士比亚，不如说我们是在借莎士比亚"言志"。这一观点可谓是给以往的文学经典观浇了一盆冷水。文学经典之所以能够成为经典，到底凭借的是什么呢？为什么关于经典作品的评价依旧存在如此众多的争议呢？

这一连串的问题想必是让每个读者内心都感到困惑的问题，这些问题不光令普通读者困惑，即便是专业的文学研究者，一时半会儿也很难给出明确的答案。然而，讨论文学、研究文学又不可能绕过这些问题。那么文学经典到底是谁决定的？

二 审美标准：在少数与多数之间

按照一般的逻辑，如果要问一部文学作品到底"好不好"，首先要看这个所谓"好"到底是如何定义的。关于"好"的定义不同，对作品的价值评价自然也就不同。所以第一个问题就是：文学作品有好坏之分吗？

关于这个问题，凭借阅读经验就会明白，只要阅读文学作品就会形成对文学作品的感受和印象。而推动读者形成这种印象的，就是每个人内心的评判标准。从这个意义上讲，文学阅读的过程始终伴随着对作品的评价，而对作品评价的背后始终参照着某个特定的标准。所以评价文学作品好坏的标准肯定是存在的。

然而问题是，现实生活中人们经常遇到这样的情况：我认为好的作品，却未必在别人眼中是好的；能够感动我的故事，却未必能够同样感动别人。这说明每个人在评判文学作品好坏时参照了不同的标准。而所谓的经典作品理应是一个时代中被挑选出来的最优秀的作家作品。接下来的问题是：这个挑选的机制是什么？参照的是什么标准？谁有权利制定这个标准？

按照一般的观念，评判经典作品的标准不应该是由某个人来决定的，而应该是某一特定时代集体的共识。换句话说，只有一部作品被更多更广泛的人认可，这部作品才越有可能成为经典，而所谓经典似乎应该是经过历史沉淀之后被绝大多数人称赞的作品。多数人的评判标准看上去总是要比某个人的评判标准更靠谱一些。然而事实真的是这样吗？

在古代社会经常会听到这样的故事，皇帝认可的好诗那就一定是好诗，国王的御用画家就一定代表着最高的艺术水准。在这样的社会结构中，少数社会精英决定了大众审美。不光是审美，甚至是穿着打扮和生活习惯都会被世人效仿。比如东汉名士郭泰有一次在下雨天时走在路上，为了不把头巾沾湿，就将头巾折了一角，于是世人纷纷效仿，被称为"林宗巾"。可见，古代社会中，政治权力、文化资本的掌控者就是最为重要的意见领袖，少数精英的审美偏好会影响到整个社会。于是，只要被精英们认可的艺术作品，就能够拿到进入经典殿堂的"入场券"，甚至这一过程并不需要有太多的群众基础。因为只要有了精英的认可，大众自然就会认可甚至追捧。

以往人们往往习惯性以为群体标准是无数个体标准的平均或集合，而现实很有可能是某个精英的个体评判标准决定了群体的评判标准。群体标准是结果而非原因。这听上去确实令人难以接受：凭什么普罗大众的审美要被少数精英的审美决定呢？凭什么审美标准掌握在少数人的手里呢？关于这个问题，休谟（David Hume）曾经写过一篇文章，题为"论趣味标准"（"Of the Standard of Taste"）①。在休谟看来，虽然不同的人有着不同的审美趣味，但是这不同的审美趣味是有着高下之别的。决定审美趣味高下的，是那些能够对伟大作品表现出更强鉴赏力的鉴赏者，毕竟只有这样的人才具备更加高级的审美趣味，才有资格将自己的审美趣味推广为某种普世化的标准和榜样。

其实从更深层面看，这种"多数服从少数"的现象多多少少体现出了社会的某种"慕强"心理。毕竟，人是社会关系的总和，而社会中的强者往往集中了更多的优势资源，这就导致强者能够吸引更多的人向他靠拢，审美观念也就一起跟着向强者靠拢。于是无论是艺术作品还是审美风格，它本身到底如何似乎并不重要。从社会学的角度看，只要它被上层追捧，自然就会对全社会产生影响力。甚至普通百姓心里不肯接受，但嘴上还是要说它好。上层的人总想拔高准入门槛，把自己和下层的距离拉得更远；下层的人刚好相反，总会模仿上层，至少让自己看上去更有上层的特点。这就是"多数服从少数"现象背后的心理动因。

如果仅仅把审美标准的问题解释为由少数精英审美决定的，相信很多人都会不甘心，因为这个逻辑的背后存在着几个方面的问题。

---

① ［英］休谟：《论趣味标准》，吴兴华译，载马奇主编《西方美学史资料选编》上卷，上海人民出版社1987年版，第518页。

第一，如果审美标准是由精英决定的，姑且不论精英的审美会不会"夹带私货"，就算是精英的审美足够权威、足够客观，那么精英的审美标准又是从何而来的呢？

第二，当讨论审美标准的问题时，本应讨论的是客观标准如何界定的问题，而这种"精英决定论"把问题转换为了什么样的鉴赏者才能具备确立审美标准资格的问题，这等于是把客观标准转换为了主观能力问题。难道审美真的不存在客观标准吗？很多经典作品不被它所诞生的时代所接纳，却在后世产生了非凡的影响力，很多作家和艺术家生前穷困潦倒，却在死后名声大噪。这不恰恰是说明了它们的作品有了穿越时空的生命力和艺术价值吗？

第三，就算"精英决定论"是正确的，那么这很有可能仅仅是古代社会的特点，到了现代社会，尤其是市场经济中，销量、流量变得越来越重要。艺术家的生存方式从取悦个别人转变为了尽可能取悦更多的人。这就导致某个人的特定的审美偏好已经不能决定作品的审美了，一个作家要想方设法把作品放到更好的平台，让更多的人看到，因为只有更多的人喜欢，作家的日子才会更好过。这是不是意味着，在现代社会中，审美的标准其实还是由多数人决定的呢？

这些问题确实非常值得探究。经典之所以成为经典，绝不仅仅是因为作品被少数"精英"们认可而已，而是因为这部作品符合了某一特定历史阶段的主流审美观念。当然决定这一主流审美观念的因素非常复杂，掺杂着诸如经济基础、社会结构、文化风尚、强者偏好等诸多客观的和主观的因素。但不得不承认，来自群体的审美观念一定要比来自个体的审美观念更靠谱。

这是因为，来自群体的审美观念是在一个更大的尺度上考量文学作品。

举个例子，如果一个人从小到大只读过 19 世纪的现实主义文学的话，那么当他读到普鲁斯特（Valentin Louis Georges Eugène Marcel Proust）的《追忆逝水年华》（In Search of Lost Time）时大概率会感到十分震惊，因为这部作品突破了其以往的审美经验。但如果一个人经常阅读意识流小说，深谙意识流小说的写作技巧的话，他再读诸如福克纳的《喧哗与骚动》（The Sound and the Fury）之类的意识流作品可能会觉得索然无味。

阅读经验的多少往往决定了我们对作品评判的标准，而阅读经验越多、见识越广，对作品的评判也就越准确到位。所以相比较而言，群体的审美标准一定要比个体的审美标准更具有可信度和说服力，群体所掌握的阅读经验要远大于个体。这个逻辑也能间接地说明，为什么历史上精英的审美更容易决定社会的主流审美。因为精英一般掌握了大量的文化资本，在评判文学作品的时候能够把作品放到更为深远的历史尺度中，而普通读者往往不具备这样的能力，这就造成了精英审美与大众审美标准的差异。

但是在这里必须要强调的是，从本质上讲，决定社会主流审美观念的不是个人，而是社会整体的文化资本。谁掌握的文化资本更多，谁具有更为丰富的阅读经验和文化储备，谁就更具有决定审美标准的资格，这跟"多数与少数"无关，这也跟"精英与大众"无关，是社会诸多个体形成的某种审美观念在暗中掌握这一标准。

1999年在德国贝塔斯曼文学家和慕尼黑文学之家的要求下,由作家、评论家和日尔曼文学家各33人组成的评委会对20世纪最重要的德语长篇小说进行了一次大排名。其中奥地利作家罗伯特·穆齐尔(Robert Musil)《没有个性的人》(*The Man Without Qualities*)以35票的得分位列第一。[①]而这部小说对于很多读者,尤其是非专业的读者而言,可能是闻所未闻。那么这部小说到底"好"在哪里呢?

法国著名小说家乔治·杜亚美(Georges Duhamel)在《长篇小说探讨》中曾经指出:"现代小说就其本质而言,是精神长篇小说。"[②]而穆齐尔的《没有个性的人》往往被誉为是"精神长篇小说"的典范之作。在小说中译本的"译者后记"中,张荣昌这样说道:"有人在描述长篇小说从十九世纪到二十世纪发展的历程时,指出其主要的变化即以情节长篇小说向精神长篇小说的转化,现代小说家想了解和剖析的是人的心灵,它被认为是基本的最高尚的现实,决定着其余的一切。所以,穆齐尔在《没有个性的人》中不是描绘了一个过去的时代的肖像,而是试图把握住第一次世界大战前奥地利社会精神状态中的典型特征并将其突出表现出来。"[③]

米兰·昆德拉在《小说的智慧》中也做出了类似的评价,

[①] 参见傅小平《与卡夫卡、普鲁斯特、乔伊斯齐名,被米兰·昆德拉(Milan Kundera)盛赞,140年来他为何难以"出圈"?》,https://www.sohu.com/a/413931797_174810,2020年8月19日。

[②] [法]乔治·杜亚美:《长篇小说探讨》,载王忠琪等译《法国作家论文学》,人民文学出版社1979年版,第112页。

[③] [奥]罗伯特·穆齐尔:《没有个性的人》(下),张荣昌译,上海译文出版社2015年版,第980页。

他说:"穆齐尔和布洛赫将卓越的、光芒四射的智慧赋予了小说,不是把小说转化成哲学,而是围绕着故事调动所有的手段——理性的非理性的、叙述的和深思的,这些手段能阐明人的存在;能使小说成为绝妙的理性的综合。他们的成就是小说史的完成吗?或者说更是一个通向漫长旅程的邀请?"[1] 于是,在评论家们眼中,穆齐尔的这部《没有个性的人》是与詹姆斯·乔伊斯(James Augustine Aloysius Joyce)的《尤利西斯》(*Ulysses*)、马塞尔·普鲁斯特的《追忆逝水年华》和托马斯·曼(Paul Thomas Mann)的《魔山》(*The Magic Mountain*)并驾齐驱的现代派巨著。穆齐尔则与卡夫卡、普鲁斯特、乔伊斯一同被认为是 20 世纪最重要的伟大作家。

可见一部作品之所以成为经典,就是因为它实现了某个方向上的突破,或者是在语言表达上,或者是在叙事方式上,或者是提出了新的时代问题,等等。这也就意味着决定作品是否伟大的,不是精英也不是大众,而是把作品放置在整个文学历史长河中,在一个人类文明发展史的尺度下进行全方位考量的结果。这是一种美学的考量,也是一种历史的考量。这也就意味着很多作品之所以经典,不在于它满足了读者的需求,恰恰相反,它要不断挑战读者的某种既定认知,让读者走出原有的舒适圈去尝试探索艺术所带来的新的可能性。因为只有这样,才会真正在文学史长河中体现出它的艺术价值。

所以尤其是当代社会,很多经典作品都不够通俗,而且很

---

[1] [捷]米兰·昆德拉:《小说的智慧——认识·米兰昆德拉》,艾晓明编译,时代文艺出版社 1992 年版,第 21—22 页。

多人表示看不懂，这很大程度上是因为这些作品本来就不是为了迎合大众而写作的。对于这样"冒犯观众"的作品，必须要将其放置在历史的发展进程中考察，而作为鉴赏者也必须具备相应的知识储备和文化素养才能读出作品的价值和意义。否则，一味地迎合大众，遴选出来的艺术作品很有可能永远是那些符合既定标准的程式化的作品，难以实现艺术上的突破和创新。

关于评判作品的审美标准，简单概括一下就是：审美标准不是精英决定的，也不是大众决定的，是历史决定的，是特定的历史背景下的特定审美观决定了作品能否成为经典。那接下来需要再追问一下，导致一部作品成为经典的都有哪些具体的因素呢？

三　两种经典观：建构主义与本质主义

关于经典作品为什么是经典的，一直以来至少有两派观点：一种是本质主义的经典观，另一种是建构主义的经典观。

本质主义经典观认为，经典作品之所以能够成为经典，是因为它具备了某种本质特征，而这些本质特征就是其成为经典的原因。例如1944年英国诗人艾略特写了一篇文章《什么是经典作品》（"What is a Classic?"），他列举出了成为经典作品的四个重要标准：心智的成熟、习俗的成熟、语言的成熟、共同文体的完善。半个世纪后，1994年美国学者布鲁姆出版《西方正典：伟大作家和不朽作品》，在书中他列举出了26位在西方最为典范的伟大作家，认为他们之所以伟大，原因就在于他们的作品体现出了高度的原创性和陌生性。从艾略特到布鲁姆，他们都特别强调经典作品背后的某种永恒本质特征。也正是因为经典作品背后的某种共同的本质属性，导致经典作品成了后世文学作品的价值裁决者，成了评判后世作品好坏优劣的一块"试金石"。

当然，这种本质主义经典观也会带来一个问题，那就是：它无法解释同样一部文学作品，其地位为什么会在不同时期发生变化。有些作品早期时候无人问津，却在若干年后名声大振，进入了经典序列，例如我国魏晋诗人陶渊明的作品。而有些作品早期红极一时，但若干年后却门可罗雀、无人问津，比如19世纪美国诗人朗费罗的作品。这很有可能说明文学经典是不断变动的，经典不具有某种永恒性。

建构主义的经典观正是针对这一问题进行了反驳。建构主义的经典观认为文学经典是被赋予的结果，经典作品只是在特定的历史背景下出于特定的视角才被视为经典。经典作品一旦失去了诞生它的土壤，就会立马失去经典的神圣光环。简言之，经典是历史的产物。

在建构主义的经典观下，文学研究的侧重点也会发生变化，因为经典是在特定历史视野中具有特定历史价值的作品，对经典的研究也就从传统的对经典本质性特征的探讨，转移到对经典形成过程中的社会历史背景因素的探讨，更加关注作品是如何被"追认"为经典的，这种"追认"过程又与怎样的社会历史背景有着密切的联系。

例如沈从文的作品《边城》，如今我们往往将这部作品视为中国现代文学的经典，但曾几何时这部作品并未被纳入经典序列中。原因在于《边城》所体现出的思想内容和审美风格具有某种理想化色彩,与社会政治距离较远。所以在非常强调政治正确的时代中,沈从文很难被视为经典作家。而当今时代文学观念发生了审美转向,文学的本质特征被定位在了审美上,导致沈从文作品的审美价值被重新挖掘出来,进入了文学经典的序列。可见在很多时候,作品本身是什么并不重要,重要的是作品与地域、语言、社会、历史的互动关系,是这种互动关系决定了作品的价值。

如此看来,建构主义的经典观确实有道理,但是它也依旧很难解决一个现象,那就是:为什么有些经典作品经历几千年的"权力斗争"而仍然保持其牢固的经典地位?这里面难道没有一点"内在的"(本质的)因素在起作用吗?肯定是有的,虽然经典有可能是被建构的,但这绝不意味着任何作品都具备了被建构为经典的潜质,所以也还必须要承认文学经典之所以成为经典,一定也有其自身的特质。

那么哪种经典观才更加合理呢?事实上,在本质主义和建构主义之间,应该采取一种中和态度,既要承认经典是被建构的,也要承认经典之所以成为经典的某些本质属性。这就好比明星之所以成为明星,肯定有炒作的因素在,但同时也必须要承认明星的某些自身特质为他的成名奠定了非常重要的基础。

关于文学经典问题,童庆炳教授曾经发表《文学经典结构诸因素及其关系》一文,专门探讨了构成文学经典的六种要素并进行了具体分析。在童庆炳看来,决定文学作品能否进入文学经典序列的,一共有六个方面的要素。

构成文学经典的第一个要素,是作品本身的艺术价值。这可以说是文学经典建立的基础。童庆炳教授认为,文学经典往往能够写出人类共通的"人性心理结构"和"共同美",说白了就是读完了能够让人引发共鸣。如果一部作品仅仅抒发的是个人在某一特定时空之内的感受和情感,是很难有穿越时空的艺术魅力的。

文学经典之所以能够引发如此广泛的读者认同,一个很重要的原因就在于读者从作品中找到了"自我"。比如莎士比亚的经典作品《哈姆雷特》,这部作品所写的内容虽然离我们今天的现实生活非常遥远,但是它背后揭示出的主人公"理智与情感"的矛盾冲突,对我们而言却并不陌生。我们很容易在一个经典的人物形象面前,读到自己内心存在过的那种相似的情感纠结。

构成文学经典的第二个要素,是作品的可阐释空间。如果一部作品所表现出的主题较为单一,较为明确,那么这部作品就缺乏可阐释的空间,就会使得这部作品缺乏了被重读的机会和可能性。而正如卡尔维诺(Italo Calvino)所说:"经典是那些你经常听人家说'我正在重读……'而不是'我正在读……'的书。"[1] 这就要求经典作品能够让不同时代的不同读者读出不同的意义和感受。例如鲁迅先生在论述《红楼梦》的小说主题时就说:"经学家看见《易》,道学家看见淫,才子看见缠绵,革命家看见排满,流言家看见宫闱秘事。"[2] 可见《红楼梦》就是一个万花筒,从不同的角度可以照出不同的世界。作品具有了丰富可阐释的空间也就为作品世世代代流传奠定了基础。所以

---

[1] [意]伊塔洛·卡尔维诺:《为什么读经典》,黄灿然、李桂蜜译,译林出版社2016年版,第1页。
[2] 鲁迅:《〈绛洞花主〉小引》,载《集外集拾遗补编》,人民文学出版社2006年版,第117页。

作品的可阐释空间，是构成文学经典的另外一个必不可少的要素。

前两个要素都是着眼于文学作品本身而言，可以说是建构文学经典的内部因素。接下来的四个要素是建构文学经典的外部要素。

构成文学经典的第三个要素，是意识形态和文化权力的变动，这是文学经典之所以产生的社会历史条件。考察一下不同版本的文学史教材对于作家论述所占的篇幅会发现，有的作家之所以占的篇幅多，往往是因为作家迎合了教材编写者的意识形态。特定的意识形态和文化权力，往往能够决定文学经典的命运。

构成文学经典的第四个要素，是文学理论和文学批评的价值取向。这个要素往往决定了作品的价值高低。不同的历史时期有着不同的文学观念，有的时期强调作品内部的语言文字意义，于是就会侧重肯定那些语言华美、辞藻华丽的作品。有的时期则强调作品外部的社会意义，于是就会更倾向于肯定那些能够体现出思想内容和社会价值的作品。比如中华人民共和国成立后的十七年，由于我们的文学理论和批评以所谓的"社会主义现实主义"理论体系为正统，于是在对待外国文学作品时更倾向于把那些批判现实主义的作品视为文学经典。而改革开放以后，由于文学理论观念的多元化，西方的现代派作品逐渐被我们所认识，导致我们也逐渐将很多现代主义作品视为文学经典。这就是文学理论观念及其价值取向对文学经典的建构作用。

不仅如此，童庆炳教授提出，文学经典的建构往往还需要一个最早发现文学经典的人。这个人必须有一定的发现能力，同时还要有较大的权威性。发现人，就是指最早发现某个文学经典的那个人，也即第五个要素。

最典型的例子是陶渊明及其作品的发现。东晋时期陶渊明的文学地位并不高，刘勰的《文心雕龙》中甚至没有提到过陶渊明。而陶渊明真正被发现，很大程度上归功于昭明太子萧统，萧统在《昭明文选》中特地给陶渊明作"传"，陶渊明这才在文学史上有了一席之地，但地位仍不是很高。唐代李白、杜甫、白居易等人虽然都对陶渊明做出了较好的评价，但评价也都较为平淡。直到宋代，陶渊明有了第二个"发现人"——苏轼。苏轼特别推崇陶渊明，认为陶渊明的诗歌"质而实绮，癯而实腴"，表面上质朴，实际上华美，表面上单一，实际上非常丰富。从此之后，陶渊明被各路名家所推崇，终于进入了经典作家的行列。而这其中，萧统和苏轼这两个"发现人"可谓是功不可没。

最后还必须要提到的是，特定时期读者的期待视野，是建构文学经典的重要力量，也即第六个要素。"作家和作品得到了权威的赏识和推荐之后，能不能真正地成为文学经典，还有待广大读者和批评者的主动阅读和欣赏。"[①] 只有作家作品、发现人与读者三方面都达成共识和认同的作品才有可能成为文学经典，这也就意味着文学作品必须符合特定时期的读者期待，文学经典的建构才能最终得以实现。

---

① 童庆炳、陶东风主编：《文学经典的建构、解构和重构》，北京大学出版社2007年版，第85页。

参考阅读

著作类

1. 詹福瑞：《论经典》，人民文学出版社2015年版。

2. 林精华等主编：《文学经典化问题研究》，人民文学出版社2010年版。

3. 童庆炳、陶东风主编：《文学经典的建构、解构和重构》，北京大学出版社2007年版。

4. ［意］伊塔洛·卡尔维诺：《为什么读经典》，黄灿然、李桂蜜译，译林出版社2006年版。

论文类

1. 邵燕君：《网络文学的"断代史"与"传统网文"的经典化》，《中国现代文学研究丛刊》2019年第2期。

2. 聂珍钊：《文学经典的阅读、阐释和价值发现》，《文艺研究》2013年第5期。

3. 南帆：《文学经典、审美与文化权力博弈》，《学术月刊》2012年第1期。

4. 郑惠生：《论文学经典的生成、意义和特性——兼与王确〈文学经典的历史合法性和存在方式〉商榷》，《社会科学评论》2009年第1期。

5. 王确：《文学经典的历史合法性和存在方式》，《文学评论》2007年第2期。

6. ［美］大卫·达姆罗什、汪小玲：《后经典、超经典时代的世界文学》，《中国比较文学》2007年第1期。

7. 黄大宏：《重写：文学文本的经典化途径》，《陕西师范大学学报》

（哲学社会科学版）2006 年第 6 期。

8. 王宁：《经典化、非经典化与经典的重构》，《南方文坛》2006 年第 5 期。

9. 赵学勇：《消费时代的"文学经典"》，《文学评论》2006 年第 5 期。

10. 朱国华：《文学"经典化"的可能性》，《文艺理论研究》2006 年第 2 期。

11. 高楠：《文学经典的危言与大众趣味权力化》，《文学评论》2005 年第 6 期。

12. 孟繁华：《新世纪：文学经典的终结》，《文艺争鸣》2005 年第 5 期。

13. 童庆炳：《文学经典建构诸因素及其关系》，《北京大学学报》（哲学社会科学版）2005 年第 5 期。

14. 方忠：《论文学的经典化与中国现代文学史的重构》，《江海学刊》2005 年第 3 期。

15. 程光炜：《经典的颠覆与再建——重返八十年代文学史之二》，《当代作家评论》2005 年第 3 期。

16. 李春青：《文学经典面临挑战》，《天津社会科学》2005 年第 3 期。

17. 黄曼君：《中国现代文学经典的诞生与延传》，《中国社会科学》2004 年第 3 期。

18. 刘晗：《文学经典的建构及其在当下的命运》，《吉首大学学报》（社会科学版）2003 年第 4 期。

19. 洪子诚：《中国当代的"文学经典"问题》，《中国比较文学》2003 年第 3 期。

20. 王宁：《文学的文化阐释与经典的形成》，《天津社会科学》2003 年第 1 期。

21. 王宁：《文学经典的构成和重铸》，《当代外国文学》2002 年第 3 期。

22. 孙绍振:《西方文论的引进和我国文学经典的解读》,《文学评论》1999 年第 5 期。

23. 张荣翼:《文学史,文学经典化的历史》,《河北学刊》1997 年第 4 期。

24. 王宁:《"文化研究"与经典文学研究》,《天津社会科学》1996 年第 5 期。

25. 张荣翼:《文学经典机制的失落与后文学经典机制的崛起》,《四川大学学报》(哲学社会科学版)1996 年第 3 期。

第十章
文学批评标准与伦理道德之关系

一 《洛丽塔》是道德的吗？

1998年,美国兰登书屋"当代文库"编辑部举行了一次20世纪百部英文小说和非英文小说的评选,其中美国作家纳博科夫(Vladimir Vladimirovich Nabokov)的长篇小说《洛丽塔》(*Lolita*)高居第四名。然而这部如此受欢迎的小说却在最初发表时屡次遭禁,美国、英国、阿根廷、南非都曾经禁止这部小说出版。禁止的原因也很简单,这部小说中确实有一些涉及性行为、性意识的描写,这在很大程度上挑战了大众的道德底线。

这部小说的故事大致是:一位从法国移民美国的中年男子亨伯特在少年时期与一位14岁的少女安娜贝儿发生了一段初恋,最后安娜贝儿因伤寒而早夭,导致了亨伯特的恋童癖。从此以后只对"九到十四岁"的女孩感兴趣。他先是被一名富有的寡妇抛弃,后来又迷恋上女房东的12岁女儿洛丽塔。为了接近这个小女孩,亨伯特先娶女房东为妻,成为洛丽塔的继父,之后对洛丽塔展开了追求。当然小说最终的结局是17岁的洛丽塔因难产于圣诞夜死去,而亨伯特因杀人入狱,最终病死狱中。整部小说主要就是死囚亨伯特的独白。

这样一部小说,俨然就是一个恋童癖的自传,对于绝大多数读者来说是无法接受的。然而,这部小说发表之后虽然屡次被禁,但小说的命运却并未因其被禁而淹没在历史中。1955年英国著名作家格雷厄姆·格林(Henry Graham Greene)在伦敦《泰晤士报》上发表文章,将《洛丽塔》列为年度最佳作品之一。虽然他的这一观点立刻遭到了很多学者反驳,但由这部小说内容所引发的文坛争论引起了美国同行的注意。

约翰·霍兰德(John Hollander)在1956年秋季的《党派评论》上发表文章说,这是他读到过的"最有趣的小说"[1]。之后霍华德·勒梅洛夫(Howard Nemerov)在1957年春季的《肯扬评论》上肯定了格雷厄姆·格林的观点,认为这部小说的重点与其说是在于"性"不如说是"道德",这部小说让我们看到了"欲望"与"痛苦"的关联。[2]

1958年,美国普特南书局正式出版了《洛丽塔》,小说一经出版就登上了全美畅销书榜首,并独霸榜首六个月。随即也就引发了更大范围的争议和讨论,有人认为这部小说"无聊""恶心"[3],也有认为这是"绝妙的讽刺之作"[4],是"对美国生

---

[1] Norman Page, *Vladimir Nabokov: The Critical Heritage*, London: Routledge, 1982, p. 83.

[2] Norman Page, *Vladimir Nabokov: The Critical Heritage*, London: Routledge, 1982, pp. 91-92.

[3] Norman Page, *Vladimir Nabokov: The Critical Heritage*, London: Routledge, 1982, p. 17.

[4] Norman Page, *Vladimir Nabokov: The Critical Heritage*, London: Routledge, 1982, p. 83.

活的喜剧性洞察"①,甚至有人说这是一部"伟大的作品"②。后来,小说影响力逐步扩大,曾两次被改编为电影。而"洛丽塔"一个词后来衍生出了"萝莉(loli)"一词,被引申发展成一种次文化,用来表示可爱的小女孩。

纵观对《洛丽塔》及其所引发的争议,有一个非常关键的问题:《洛丽塔》是道德的吗?如果其不道德,为什么后来它在文学界会有如此高的地位并且获得了如此多的殊荣?而在文学史中类似这样的现象并非个例,很多知名文学作品经常会出现一些"三观不正"的情节。例如法国著名女作家杜拉斯(Marguerite Germaine Marie Donnadieu)的《情人》(The Lover)讲的是一个中年中国男人与15岁法国少女之间金钱和身体交易的故事。英国作家毛姆(William Somerset Maugham)创作的长篇小说《月亮与六便士》(The Moon and Sixpence),讲的是一个男人到中年抛妻弃子还勾引自己恩人的老婆并最终将她逼死的故事。俄国著名作家列夫·托尔斯泰的《安娜·卡列尼娜》讲的就是安娜婚内出轨,最后卧轨自杀的故事。这些作品都是西方文学史上的名著,但里面的内容对于有些人而言可能真的不忍直视。当然不光是西方文学,中国文学作品中也会有很多"三观不正"的内容,《金瓶梅》中的色情描写自然不必谈,就连大名鼎鼎的《红楼梦》中也有很多让人难以直视的不堪内容:比如秦可卿和贾珍之间、贾宝玉和秦钟之间说不清道不明

---

① Norman Page, *Vladimir Nabokov: The Critical Heritage*, London: Routledge, 1982, p. 16.
② Norman Page, *Vladimir Nabokov: The Critical Heritage*, London: Routledge, 1982, p. 17.

的关系。

如此众多的文学现象使我们不得不去重新反思文学与道德的关系问题。在当今时代，随着人们思想观念愈加开放和多元，道德伦理等概念似乎渐渐成为艺术、审美领域所鄙夷的对象。其背后的观念是，对文学进行道德方面的分析会降低艺术的审美特征，道德标准不应该成为评判作品的标准。原因在于，一方面，当道德标准介入文学艺术中时，往往会让人联想到某种专断式的评价，这种专断式的评价往往出自某种狭隘的、预设结论的道德立场，这导致文学作品成为对某种道德立场的印证而丧失了其独立性。

另一方面，西方启蒙运动以来对审美独立性的强调早已深入人心，道德与审美早已被视为两种完全不相交的领域。这导致任何试图从道德角度对艺术作品进行审美分析的观念和做法多少显得有些"幼稚"和"外行"。毕竟艺术世界是一个虚拟世界，任何将虚拟世界与现实世界相等同的做法都是无视艺术世界复杂性和自主性的表现，是对艺术的一种过于简单化的处理。

然而，有一个不容忽视的现象是，直到今天依旧有专业的文学研究者强调伦理道德对于文学批评和文学理论的重要地位。很多学者都意识到，虽然伦理道德不是文学艺术的全部内容，但它一定存在于作品中，是文学艺术所建构的虚拟世界的一部分。这也就意味着，忽视文学艺术的道德因素会造成对文学分析的某种缺失。

另外，从道德角度分析文学作品并不等于拿作品与读者的道德观念去印证。道德观念在文学作品中占据很重要的地位，对道德观念的分析并非是简单的评判，而是要结合作品内容分析其产生原因，进而结合时代背景分析其社会内涵。从这个意义上讲，对文学作品道德伦理因素的分析和反思，有助于拉近文学与现实的关系。

可见，文学与道德的关系非常复杂，它至少关涉到以下三个问题：第一，文学作品中是否存在道德因素，如何对待作品中的道德问题？第二，对文学作品进行道德伦理分析与日常生活中的道德伦理评价有何区别？第三，应该如何看待文学作品的审美性与道德性之间的关系？

其实，早在20世纪90年代末，就已经有研究者对"文学与道德的关系"展开了激烈的论辩。1998年，美国芝加哥大学法学院教授、美国联邦上诉法院法官理查德·波斯纳（Richard Allen Posner）发表论文《反对伦理批评》（"Against Ethical Criticism"），旗帜鲜明地"反对从伦理道德角度评判文学作品"。波斯纳在文章当中首先就引用了王尔德（Oscar Wilde）的唯美主义观念："书没有道德和不道德一说，只有写得好和写得差之分，仅此而已。"[①]

在波斯纳看来，第一，无论作家本人的品质如何，都不应该影响我们对其作品的评价。第二，评价文学的正确标准是美学标准，而不是道德标准。第三，我们之所以去阅读文学作品，目的也不是为了获得关于政治、经济、道德等方面的观点，而是为了学会阅读，学会表达，远离我们的现实经验。波斯纳对

[①] ［英］奥斯卡·王尔德：《道林·格雷的画像·自序》，江苏凤凰文艺出版2018年版，第1页。

很多作品进行了分析,发现我们越是沉浸于文学本身,就越不关心作者或者隐含作者的道德信念。

波斯纳的这篇文章直接针对的是当时美国伦理批评的两个重要代表人物——韦恩·布斯(Wayne Clayson Booth)和玛莎·努斯鲍姆(Martha Craven Nussbaum)。针对波斯纳的观点,布斯发表论文予以反驳,而且语气也毫不客气。他认为从美学话语的立场谴责伦理的观点是一个严重错误。读者对作品人物的品评鉴赏与喜厌好恶在一定程度上依凭该人物在故事中的伦理行为,读者对作品人物投射出的一切情感回应也需基于现实伦理道德规范,因而这种以作品人物为衔接点的主观能动阅读行为本身就是一种伦理活动。

努斯鲍姆也发表文章《为伦理批评一辩》("Exactly and Responsibly: A Defense of Ethical Criticism")参与争论。她在论文中把波斯纳反对伦理批评的观点称之为"多情的拷问官的观点、臭文人的观点、有害的文学观点、美学自治的观点"[①],并结合自己发表在《理想正义》上的论文的观点,对波斯纳进行反驳。

从布斯和努斯鲍姆同波斯纳针锋相对的争论可以看出,文学与道德的关系问题一直到20世纪末依旧存在很大的争议。而关于文学与道德的关系,在专业的文学批评领域依旧没有得到较为清晰的解答。

于是回到最开始那个问题:道德到底应不应该成为评判文

---

① Martha C. Nussbaum, "Exactly and Responsibly: A Defense of Ethical Criticism", *Philosophy and Literature*, Vol. 22, No. 2, 1998, pp. 343–365.

学作品好坏的标准？作家在进行文学创作的时候是否要考虑道德问题？道德约束在文学世界中还是否存在？文学创作是否是"法外之地"？关于这个问题，要分几个层面来谈。

二 "审美派"与"道德派"

如果将道德作为评判文学的标准，那么实际上就是预设了一个前提：文学作品是具有道德功能的。只有当文学创作具有了某种道德属性时，从道德角度评判文学才有可能。如果文学与道德不存在任何关系的话，那么从道德角度去评判文学作品就根本无法成立。所以接下来的问题是：文学本身是否必然地具备某种道德属性呢？对这一问题的回答，至少有两派观点。

其中一派观点认为：文学的本质是审美的，而审美的本质是超功利的，道德是具有功利性的。因而从根本上看，文学的本质与道德的本质是矛盾的，文学不具有道德属性。这种观点在西方一直就有着非常深厚的生长土壤。著名的哲学家、美学家康德，就在其复杂的思想体系中，把道德判断与审美判断划分为了两种截然不同的类型，这就从哲学高度把审美活动与道德活动区分开来。后来很多伟大作家，尤其是浪漫主义作家都将道德排除在文学世界之外。

比如雪莱（Percy Bysshe Shelley）曾经写过一本《为诗辩护》（*A Defence of Poetry*），书里他就说道："果若诗人把他自己往往受时空限制的是非观念，具体表现在不受时空限制的诗作中，他便犯了错误。即承担说明事物后果这个卑微职责，诗人便会失掉参与事物起因的光荣，何况他也许到底未必是完满地尽职。荷马或任何一个不朽的诗人,却不会如此自误,以致放弃自己的泱泱大国的宝座;这种危险是少有的。至于诗才虽大但比较浅薄的诗人们,例如,欧里庇得斯,琉坎,塔索,斯宾塞,他们常常抱有一种道德目的,结果他们越是强迫读者顾念这目的,他们的诗的效果也以同样程度越为减弱。"①

在这一派看来,审美世界与现实生活世界是不同的,因而不能简单地用现实生活的道德准则去约束文学作品。而审美的本质就在于其无功利性,相比之下,道德具有极强的功利属性,这也就导致了文学作品的道德性与审美性形成了"此消彼长"的关系。作家创作时越是强调作品的道德属性和说教意味,作品的审美性就越低,作品的艺术价值也就越低。

如果将这种观点姑且称之为"审美派",那么另外一派就是典型的"道德派"。在"道德派"看来,文学作品之所以被创作就是意味着作家有话要说,那么这其中就自然地蕴含了作家的某种道德立场。文学作品归根到底都是书写与人有关的内容,无论作品内容怎样被虚拟,人的因素始终存在于作品中。而人作为社会关系的总和,其精神世界不可避免地会带上道德因素的印记。所以无论文学是否具有审美属性,都不能否认文学作品所天然就携带的道德属性。道德属性是文学作品中的客观存在。

如果这一观点成立的话,接下来的问题是:既然我们承认文学作品携带了道德属性,那么这个道德属性应该以什么样的

---

① [英]雪莱:《为诗辩护》,缪灵珠译,载中国社会科学院文学研究所编著《古典文艺理论译丛》卷1,知识产权出版社2010年版,第88页。

面貌出现呢？换句话说，什么样的道德观念才更有利于文学作品提升其艺术价值呢？对这个问题的回答又会有不同的观点，比如古希腊著名哲学家柏拉图，他就认为艺术作品会引发人内心中最为低劣的情感，因而艺术作品的价值都是比较低的，所以柏拉图要把诗人从理想国中驱逐出去。柏拉图这一观点将艺术摆在了道德的对立面，认为艺术作品所呈现的内容无法展现出美好的道德。

另外一种观点则认为，文学艺术所带有的道德倾向应该指导人们在现实生活中向善，要具有一定的道德教化作用。尤其是中国先秦时期儒家对于"诗教"的强调，形成了中国文学鲜明的"文以载道"的传统，例如白居易就提出诗歌"上可裨教化，舒之济万民；下可理情性，卷之善一身"[①] 的观点。

那么，一边是"审美派"，一边是"道德派"，到底哪个更有道理呢？

从本质上看，文学创作就是在现实之外，再造了另外一个世界。那么文学为什么非要再造一个世界？难道现实生活还不能满足我们的需要吗？仔细想想好像是的。现实生活能满足人们的一切梦想吗？肯定不能。人在现实生活中一定有很多想做但限于各种因素而不能做的事情。当然了这里面既包括道德的事情，也包括不道德的事情。这时候人就要想办法去超越现实，在不违反现实约束的情况下，体验到现实无法满足的幻想，此时文学就派上了用场。

[①] （唐）白居易：《读张籍古乐府诗》，载郭绍虞、王文生主编《中国历代文论选》第 2 册，上海古籍出版社 1979 年版，第 108 页。

比如文学可以让人们体验高尚的魅力——我们每个人现实生活中可能没那么高尚，但文学作品通过塑造一个个英雄人物的形象帮人们代入角色，从而实现了成为一个高尚的人的梦想。同样地，现实生活中也有一些禁忌，人们想要去触碰但不敢去触碰，那么文学作品以一种虚拟的方式帮助我们试探了一下这种可能性，过了一把瘾。不过在这里需要强调的是，这种过瘾并不是教我们学坏。按照精神分析的观点，过瘾同时也是一种宣泄，给现实生活中压抑许久的欲望提供了一个释放的出口，只有这样我们才能以更健康的姿态来面对现实生活。如果文学世界所遵循的逻辑跟现实生活中所遵循的逻辑是完全一样的，那么文学存在的意义和价值就会大打折扣。

可见，文学乃至一切艺术，其一个重要的存在价值，就是通过再造一个世界，满足人们的一种超越性的需求。而这种超越性的需求既包括对美的追求，也包括对善的追求，而这一切追求的核心，都是让我们超越现实功利性的各种束缚，去寻找真正的自我。所以，文学作品既具有审美属性，也具有道德属性，但归根到底都在于文学的超越性。无论是审美还是道德，文学作品所追求的都不是现实生活中庸常的审美与世俗的道德，而是在超越现实的基础上令读者完成一次灵魂的升华。

再回到刚刚的问题，是否可以从道德角度评判文学作品呢？其实评判文学作品，可以从道德角度切入，但这种切入方式绝不是我们一般想象的那种日常生活中道德评判的方式。而是要考虑到文学与现实的某种关联又疏离的紧张关系。从道德角度考量文学，并不是对文学进行道德价值上的评判，而是要进入文学作品的内部，去分析作品的内容安排、形象设计体现出了何种道德意蕴。换句话说，道德不是天然的文学评价尺度和批评标准，文学作品中的道德分析要具体问题具体分析。

由此我们可以进入对文学与道德关系的第二个层面的探讨。在这个层面需要思考一个问题：当我们在说作品"不道德""三观不正"的时候，到底是在说作者本人三观不正，还是在说作品里的某个人物或者事件三观不正？作品内容背后的道德观与作者本人的道德观之间到底是什么关系？

文学作品是对现实世界的某种重塑，这也就意味着作家，尤其是伟大作家创作文学作品的最终目的，并不是输出某种道德观。即便道德立场是作者永远无法彻底避开的，但至少作者进行创作的主观目的并不在道德，而是表达作家本人的某种审美理想。这种审美理想虽然也包括道德，但一定比道德的范围更广，这种审美理想不仅包括美，也包括丑。

在美学上，审美这个词并不简单地等同于对美好的事物的欣赏。对丑的事物的呈现，也是审美活动的一部分。可能有人就会有疑问：审美不应该是一种令人愉悦的活动吗？丑的事物让人难受，怎么还能是美的呢？确实，丑的事物不会让我们感到愉悦，但是对丑的事物的痛斥会让我们感到愉悦。对丑的事物的呈现会让我们更加渴望美。这就是著名的"美丑对照"原则。这也就是说，作者通过对丑的事物的呈现更能让我们思考到底什么才是真正的美，我们的世界到底应该是什么样子的。

无论是审美也好，道德也好，其背后都是一种价值，而价值的高低往往需要在比较中得以彰显，正如老子所说："有无相生，难易相成，长短相形，高下相倾。"（《道德经》）对美的追求，恰恰需要丑的映照。那么再回到刚刚所谈的道德问题——

作品对不道德内容的呈现到底是否代表着作者本人的态度？这一问题可能未必那么简单：文学作品中呈现出不道德的内容与文学的审美性、超越性不仅不冲突，甚至会形成内在的联系，恰恰是通过对不道德乃至丑陋的内容的呈现，作品会引发我们对什么是美的更深层次的思考。

这也就意味着作品中的人物和事件所体现出的道德观念，未必是作品叙述者所认同的道德观念。很有可能作品对不道德内容的呈现，目的是为了让人们看到这个世界应该有的样子，通过对丑的揭露来引发读者对美的渴望。例如我们耳熟能详的闻一多的诗《死水》，通过大量呈现丑陋的意象，表达了对腐败不堪的旧社会的批判，通过对丑恶极致的描写，表达出作者迫切的改变现实的愿望。同样的道理，文学作品中呈现出了不道德的内容，并不意味着作者就一定是在引导着读者认同这些不道德的内容，很多时候作者是想通过对这些不道德内容的呈现，激发读者对真善美的渴望。

分析到这里可能就又会有人说：这"美丑对照"原则很简单啊，那就是写坏人是为了突出好人。那为了突出好人的高尚就不能让坏人有好下场。那么我们如何解释在有些作品中，即便是坏人也依旧逍遥法外的情况呢？如果文学呈现丑的事物、不道德的事物仅仅是对美的衬托，那么如何解释诸如《洛丽塔》之类的作品，不道德的内容似乎成了作品的主要内容，即便最后男女主人公都没有好下场，但如此大篇幅对不道德故事的描写，是不是多多少少让人感觉喧宾夺主了呢？

确实，即便是在专业的文学评论界，关于《洛丽塔》的评价也依旧存在很大的争议。比如布斯在《小说修辞学》（*The*

Rhetoric of Fiction）中就指出，在《洛丽塔》中读者似乎很难看出作者本人对其笔下的人物是批判还是赞扬。当读者顺着作者描绘的故事，被邀请去设身处地想象亨伯特的处境然后理解其欲望的本质时，读者很容易走进危险的陷阱，最终不由自主地认同他的行为，从而在某种意义上成为他的"帮凶"。

三　道德体系的建构方式

我们进入对文学与道德关系的第三个层面的探讨。到底什么是道德？为什么要有道德？道德存在的意义是什么？这些问题自古以来就不断有人进行探讨和反思，按照我们现在的基本观点，所谓道德，就是人们生活在这个社会中的一种基本的行为准则和行为规范。道德决定了人们应该做什么、不该做什么，而且这种约束并非以类似法律的那种外在强加的方式进行，而是通过每个人的内在自觉形成的某种普遍性的约束。道德跟法律不一样，法律是被人制定出来并通过强制力得以实施的规范。那么就会产生一个问题：道德的普遍性到底从何而来？

有学者曾经指出，伦理学有两种："理性的和叙事的。"[①] 其中，"理性伦理学探究生命感觉的一般法则和人的生活应遵循的基本道德观念，进而制造出一些理则，让个人随缘而来的性情通过教育培育符合这些理则"[②]。而"叙事伦理学不探究生命感觉的一般法则和人的生活应遵循的基本道德理念，也不制造

[①] 刘小枫：《沉重的肉身》，华夏出版社2007年版，第4页。
[②] 刘小枫：《沉重的肉身》，华夏出版社2007年版，第4页。

关于生命感觉的理则，而是讲述个人经历的生命故事，通过个人经历的叙事提出关于生命感觉的问题，营构具体的道德意识和伦理诉求"[1]。这两者的区别是："理性伦理学关心道德的普遍状况，叙事伦理学关心道德的特殊状况，而真实的伦理问题从来就只是在道德的特殊状况中出现的。"[2]

也就是说，至少存在着两种道德体系建构方式，一种强调的是从道德所具有的普遍性原则出发，基于人性的共同性建立起的普遍而完善的道德状况。另外一种则是从个体的生命经验出发，透过个体经历去探寻人性的一般法则和应遵循的道德原则。前者是自上而下的理性道德伦理，简言之就是先建构一整套完善的道德伦理秩序体系，然后将其作为社会的基本道德规范，再让人们遵守，例如西方的亚里士多德、康德，中国的孔子，都是试图先建立一整套的伦理秩序，这套秩序预先设定了现实生活所有伦理问题的底层逻辑，而现实中的一切道德问题都是在这一系列底层逻辑之上展开的。

后一种道德体系的建构方式，是自下而上的，它不去探讨道德的基本观念和普遍性法则，也不去建立完善的道德体系，而是将所有的道德体系诉诸个体的生命感觉，通过对个体生命经历的真实体验，来追问、反思道德所应该具有的理想状况。许多文学作品对于道德体系的建构方式都是后一种，很多作家都是这方面的大师，比如荷马、但丁、莎士比亚等，他们都是从个体的独特命运去探寻生活的意义，去追问道德的可能性

---

[1] 刘小枫:《沉重的肉身》，华夏出版社2007年版，第4页。
[2] 刘小枫:《沉重的肉身》，华夏出版社2007年版，第4页。

问题。

那么再回到《洛丽塔》的问题上来，当你读完这部小说思索着亨伯特一生的时候，当你设身处地把自己想象为亨伯特然后跟着他走向人生终点的时候，你认为他的人生值得吗？他的人生幸福吗？如果再有一次机会，你还愿意再体验一次他的人生吗？虽然作者确实没有在作品中给出过自己的道德立场，但是作者通过一个具有高度真实性的故事，邀请读者去体会其中的悲欢离合，然后让读者自己做出道德评判。读者虽然确实有可能做出不同的道德评判，但是只要作者所描写的故事是足够真诚且符合现实生活的本质规律的，每位读者都应该做出相似的道德判断。这是一种自下而上的诉诸个体生命感觉的道德伦理建构方式，它绕开了传统的说教而诉诸人们的体验，它避开了先验的理性而诉诸人们的情感。这种道德伦理虽然是基于个人的，但是却是基于个人的某种可普遍性。正所谓"人同此心心同此理"，在阅读文学作品的过程中，读者自有其道德判断，这种道德判断无须受到作者的暗示，它源于人性中的某种可普遍原则。

四　道德批评与伦理批评

那么现在可能又会有人问了：既然作品中没有体现出作者明确的道德立场并不意味着读者阅读后的道德立场就是混乱的，那是不是意味着所有通过道德角度对文学作品进行的评判都是错误的呢？

也未必。前文在谈到《洛丽塔》问题的时候有一个非常重要的前提：作品必须是一部具有高度真实性的故事。也就是说，当作品在思想上、艺术上是一部高度反映现实的作品的时候，读者才有可能得出真实的道德原则。如果作者创作时故意设定了某种主观性的立场，在设计情节时完全不顾社会生活的本质规律，随意歪曲情节和人物形象，故意引诱读者去认同作品中的角色，然后再以"艺术非道德化"的逻辑为自己进行开脱，这就肯定是有问题的。所以面对文学作品，道德的立场和伦理的分析依旧是必要的。

其实在众多的文学批评流派中，有一种文学批评方式就是针对道德问题的，即伦理道德批评，又称文学伦理学批评。只不过这种批评方法并不像一般人想象的那样简单地站在道德立场上对作品进行或好或坏的评价，而是强调对文学本身进行客观的伦理阐释。文学伦理学批评带有阐释批评的特点。

所谓阐释批评，就是不评价作品"应不应该这样写"，而是分析作品"为什么会这样写"。它的主要任务是利用自己的独特方法对文学中各种社会生活现象进行客观的伦理分析和归纳。因此，文学伦理学批评要求批评家能够进入文学的历史现场，有时要求批评家自己充当文学作品中某个人物的代理人，做人物的辩护律师，从而做到理解人物。例如莎士比亚笔下的哈姆雷特，只有同他站在了一起，才会发现主流的关于哈姆雷特的评价是存在很大问题的。哈姆雷特在复仇过程中表现出来的犹豫和软弱，主流的观点认为是他的性格弱点所导致的。而文学伦理学批评则认为，哈姆雷特之所以犹豫是因为他无法解决在复仇过程中所遭遇到的伦理困境：如果复仇他就可能犯下弑父、弑君和弑母的乱伦大罪，而如果放弃复仇则又不能履行他为父复仇的伦理义务与责任。所以哈姆雷特的犹豫是伦理导致的而不是性格导致的,这就为我们认识文学作品提供了一种新的维度。

正是在这个意义上,文学伦理学批评把文学看成道德的产物,认为文学是特定历史阶段社会伦理的表达形式。它是从伦理角度解释文学中描写的生活现象,挖掘其中蕴含的道德教诲价值。其强调文学批评的社会责任,强调文学的教诲功能,强调回到历史的伦理现场,站在当时的伦理立场上解读和阐释文学作品,分析作品中导致社会事件和影响人物命运的伦理因素,用伦理的观点阐释和评价各类人物伦理选择的途径、过程与结果,从中获取伦理选择在历史上和现实中给予我们的道德教诲和警示。

参考阅读

著作类

1. [美] 韦恩·布斯:《小说修辞学》,华明、胡晓苏、周宪译,北京联合出版公司 2017 年版。

2. 杨革新:《美国伦理批评研究》,华中师范大学出版社 2016 年版。

3. 聂珍钊:《文学伦理学批评导论》,北京大学出版社 2014 年版。

4. 李鲁平:《文学艺术的伦理视域——市场经济条件下的文艺道德建设》,华中师范大学出版社 2010 年版。

5. 路文彬:《视觉时代的听觉细语:二十世纪中国文学伦理问题研究》,安徽教育出版社 2007 年版。

6. 刘小枫:《沉重的肉身》,华夏出版社 2007 年版。

论文类

1. 聂珍钊:《文学伦理学批评在中国》,《杭州师范大学学报》(社会科学版) 2010 年第 5 期。

2. 聂珍钊:《文学伦理学批评:基本理论与术语》,《外国文学研究》2010 年第 1 期。

3. 刘建军:《当代语境下伦理批评内涵的重新阐释》,《文艺争鸣》2005 年第 6 期。

4. 黄铁池:《"玻璃彩球中的蝶线"——纳博科夫及其〈洛丽塔〉解读》,《外国文学评论》2002 年第 2 期。

5. 于晓丹:《〈洛丽塔〉:你说是什么就是什么》,《外国文学》1995 年第 1 期。

第十一章

文学阐释中的意图问题

一 作者为什么做不对阅读题?

2009年有一篇名为"寂静钱锺书"的文章被选为了当年高考语文阅读题,文章的作者周劼人是清华大学的学生,毕业后进入了新华社工作。看到自己的文章被选为了高考阅读文章,周劼人饶有兴致地自己试着做了一遍试题。然而总分15分的阅读题最后她只拿了1分,而尤为荒谬的是,一个被周劼人本人认为"说出了我内心最真实意图"的选项,参考答案却说是错的。后来周劼人在博客上写到"我对了对答案,除了第一个选择题,我拿了1分外,其余全错。出题老师比我更好地理解了我写的文章的意思,把我写作时根本没有想到的内涵都表达出来了。"

要知道周劼人当年自己高考的时候考上的是清华大学,能够考上清华的学生,各方面的能力应该不会差,至少语文的分数不会很低,这说明她本人是具有一定的应试能力的。而当她毕业之后,再次做高考题,却只能拿到1分,题目的阅读文章还是自己写的。这件事让很多人都无法理解。

无独有偶，2011年的福建高考，语文阅读题又再次成为人们关注的焦点。这年的阅读文章是《朱启钤："被抹掉的奠基人"》。高考结束后，这篇文章的作者林天宏发了一条微博，专门谈到了其中的一道题，题目是：作者为什么两次提到6月13日那场大雨？请谈谈你的看法。（6分）当年给出的标准答案大致是：引出下文；照应文题；首尾呼应；结构完整等。而林天宏却说自己之所以两次提到大雨，真正的原因是"我写稿时窗外正好在下雨"。后来在接受记者采访时，林天宏提到，这种诸如"首尾呼应""引出下文"的机械式、套话式的答题方式很容易让学生丧失对阅读的兴趣，对18岁左右的高中生是非常不好的。

当然不光是林天宏，"80后"作家韩寒也曾"细心地完成"了针对自己文章《求医》一节的中学语文阅读题，结果是8道题只做对了3道。甚至，他选错了"画线句作者想要表达的意思"。韩寒对此曾评论说："我真弄不明白为什么中国的语文喜欢把别人的文章一字一句加以拆解，并强行加上后人的看法，或者说是出题目的人的看法。"

其实以上这些事情都指向了一个疑问：为什么作者本人都做不对语文阅读题呢？如果连作者都做不对的话，那又凭什么要求一个18岁的高中生必须做对呢？每当这类事件报道出来之后，都会引发关于语文教育乃至应试教育体制的思考。

其实，在诸如此类"作者做不对高考题"事件的背后，蕴含着一个非常重要的理论问题：作者对自己作品的解读是否具有权威性？当我们试图去让作者做高考题的时候，其实已经预设了一个前提：一部作品的真正意义是由作者决定的，作者对于自己作品意义的解读是具有权威性的。然而问题是，文学作品的意义真的是由作者决定的吗？这个问题乍一想肯定会有人说：当然是作者决定的了，毕竟文章是作者自己写的。文章每一个字、每一句话为什么这么写，文章结构为什么这么安排，文章的素材都是源自于哪里，这些问题只有作者心里最清楚。如果作者不是作品意义的决定者，那谁还能比作者更有资格当这个决定者呢？这么说确实有道理，但是问题似乎又不这么简单。

首先，如果文本的意义是由作者决定的，那么一旦作者向大家说出了自己作品的意义之后，是不是意味着其他跟作者不一样的解读都是错的？作者一旦表明了作品的意义，是不是意味着以后就不需要再对作品进行阐释了？其次，如果全世界只有作者能够知道作品的真正意义，那作者如果向我们说了谎话怎么办？我们怎么知道作者有没有在撒谎？最后，作者在写作时，有没有可能写出了自己都没有意识到的东西？作者的意图到底能在多大程度上影响作品的意义？这些问题都是非常值得探讨的。

二　意图主义与反意图主义之争

探讨这个问题就不得不提到文学阐释学史上的"意图主义"与"反意图主义"之争。"意图主义"认为读者阐释一部作品的目的就是发掘作者的创作意图。而"反意图主义"则认为作者的创作意图根本不重要，也不可能被发掘出来，阅读作品的目的不过就是消遣和娱乐。读者看了本小说，产生了各种各样的联想，感觉愉悦就行了，至于作者的真正意图是什么，与我何干？历史上，这两派的观点都拥有非常深厚的理论基础，而且都给出了自己的论证逻辑。接下来让我们追溯一下两派之争的历史。

首先必须要指出的是，文学阐释对待作者意图的态度，与阐释者对待文学本质的态度密切相关，有什么样的文学本质观就有什么样的文学阐释观。例如18世纪末和整个19世纪，浪漫主义和唯美主义在西方非常盛行，坚持浪漫主义和唯美主义的理论家就会认为文学文本的意义是由作者决定的。在他们看来，艺术作品就是对作家主观情感的表现，也就是所谓的"表现论"。既然文学就是表现情感的，那么作品的意义就在于主观情感，于是意义也就理所当然地由意图决定了。

所以在浪漫主义文艺批评中，非常盛行"传记式批评"。所谓"传记式批评"，就是通过对作家生平和过往经历的考证来解读文学作品。他们认为只有这样才能够挖掘出作品的真正内涵，这很像中国古代孟子所说的"知人论世"的批评方法。而这种观念和批评方法，从古到今有着非常深厚的传统。以至于直到今天，我们高校中文系的文学史课程中，基本上都是采用"知人论世"的方式介绍作家作品。很多文学史教材的编写体例往往是：先介绍时代背景，再介绍作家生平，之后介绍作品的思想内容和艺术特色。这说明普遍而传统的解读文学的方式始终是"意图主义"的，它是一种我们习以为常的看待文学作品的思路和方法。

然而，这种方法是有前提的。如果我们不将作品视为作家主观情感的表达，那么"意图主义"的阐释思路就会受到挑战。比如同样是在 19 世纪，还盛行着另外一种文学思潮——现实主义。现实主义认为作品是对现实生活的再现，这就说明作品的意义跟作家的情感无关，而跟作品所反映的现实生活有关。所以意义也就由现实生活决定，而不由作者决定。坚持现实主义的理论家解读文学作品时，会特别强调文学作品与特定社会历史背景之间的关联。这种解读方式关注的是作品与其所描绘的社会环境之间的联系，作家在这一过程中仅仅充当了"时代的传声筒"的角色。

当然，必须要说明的是，这种强调文学与时代背景关联的阐释方式，多多少少还是带有一些意图主义的色彩的。只不过这时的意图不再简单地等同于作者的情感，而是被视为作者所反映的社会背景。所以从这个角度看，所谓的"意图主义"与其说强调的是对作者创作意图的还原，不如说强调的是文本意义的确定性和可还原性。

然而在"浪漫主义"和"现实主义"之外，还有一种"文本论"的文学观念。这种观念认为文学根本不是什么情感表现，也不是什么再现现实，文学就是一大堆的语言符号。文学只剩下了自身的形式结构，与读者、作者、时代背景都没有关系。支持这种观点的是 20 世纪的俄国形式主义、英美新批评和法国结构主义。也正是在这种文学观念下，传统的"意图主义"遭到全面的质疑。

20 世纪 40 年代，新批评理论家比尔兹利（Monroe Curtis Beardsley）、维姆萨特（William Kurtz Wimsatt Jr.）就提出了"意图谬误"这个概念。这个概念最早是在 1943 年二人为《世界文学词典》撰写词条"意图"时提出的。1946 年，比尔兹利和维姆萨特在《斯旺尼评论》（*The Sewanee Review*）联合发表《意图谬误》（"Intentional Fallacy"）这篇文章，在文章中他们深入地论述了"意图谬误"这个观点。他们的论证思路主要有三个层面。

第一，作家的意图与作品的解释不具有任何关系。比尔兹利提出"两个对象的论证"逻辑，就是说：作品与作家在本体论上是全然无关的，作品是物，作家是人。意图是私人的，作品是公共的，不能混为一谈。批评家是要研究作品，而不是作家。

第二个层面，诗歌中真正的说话者是一种"戏剧性说话者"，而不是作者自身。所谓"戏剧性说话者"指的是在所有文学作品中都能找到的一种特别的说话者，文学作品中的说话者只是作者假装的样子，不能将"戏剧性说话者"及其意图与作者及其意图等同。

第三个层面，批评家要将关于作者传记和心理的"个人研究"与关于文本的"诗学研究"区别开来，批评家的任务是进行"诗学研究"而不是"个人研究"。这是因为文学作品的意义不是由作者的私人意图决定的，而是由字典中的词语意义和语法决定的。读者只能根据共有的东西来理解作品，而不能根据作者的私人意图来理解作品。

之后法国结构主义大师罗兰·巴特也认为，作者仅仅是执行了"写作"这一动作，而这一动作仅仅是编织语言的文本而已。语言根本不需要人格的存在，语言中也并不需要体现具体的人格。文本本身除了由语言编织而成的产物之外，并不存在任何的附加意义。罗兰·巴特的这个观点可谓是强化了语言在文学创作和文学解读中的重要性，进而将文学阐释的权利彻底交给读者，由读者赋予文本意义。

简单总结一下，"意图主义"的阐释观念主要强调的是对于文本的某种"原意"的挖掘和还原。而"反意图主义"的阐释观念则是基于"文本论"的文学观，认为文学的本质就是语言符号；语言是有其自身规律的，与作者的意图无关。从某种程度上讲，"反意图主义"对于"意图主义"形成了某种颠覆和反驳，它修正了"意图中心论"背后的漏洞，试图从其他方面找到文本阐释的可能性。

当然，面对"反意图主义"者的挑衅，"意图主义"者肯定不能善罢甘休，所以20世纪以后，很多"意图主义"者又开始了对作者权威性的捍卫。这其中比较具有代表性的，是美国著名理论家赫施（Eric Donald Hirsch Jr.），他在1967年——也就是罗兰·巴特《作者之死》发表的前一年——出版了著作《解释的有效性》（Validity in Interpretation）。在这本书中赫施喊出了"保卫作者"的口号。他的观点非常明确：文本解释客观性和有效性的依据有且只有一个，那就是作者意图。

面对"反意图主义"的诸多观点和反驳，赫施特别区分了两个概念："意义"和"意味"。"意义"是文本的客观意义，是作者创作时的意图，是确定的。而"意味"是读者结合自己个人经验而对文本得出的个人化的解读。赫施并不否认文学文本有多元解读的可能性，每个读者都可以读出自己对于文本的理解。但是赫施强调，这是"意味"，不是"意义"。意义是恒定不变的。那么接下来的问题是，如何才能发现文本的"意义"呢？赫施说很简单，读者在解读文学作品的时候，要努力地把自己设想为作者。这种设想的目的就是重现作者的世界，重现作者创作时的那种精神状态。只有回到作者创作的最初状态，文本的意义才有可能被发掘出来。

在赫施之后，越来越多的理论家开始向意图主义回归，而回归的方式稍显温和了一些。很多理论家都指出，意图主义并不是要强调作者意图的权威性和绝对性，而是要强调文本意义的相对确定性和可还原性。也就是说，意图主义并不排斥对作品意义的多重解读，而是要强调这种解读是被限定在某一相对的范围之内的。

例如美国美学家诺埃尔·卡罗尔（Noël Carroll）提出了"适度的意图主义"："与极端的意图主义不同，适度的实际意图主义并不认为对一件艺术品的正确解释完全由艺术家的意图来决定。相反，适度的实际意图主义只主张艺术的实际意图与解释有关。具体说来，艺术家的实际意图限制了我们对艺术品的解释。对于文学文本来说，适度的实际意图主义指出对一部文本的正确解释是文本的意义，而这种意义与作者的实际意图是一致的。"① 这说明在意图主义与反意图主义之间，依旧存在着很多值得探讨的领域。

三 意图主义与反意图主义比较

意图主义与反意图主义在历史上之所以争论不休，原因在

---

① ［美］诺埃尔·卡罗尔：《超越美学》，李媛媛译，商务印书馆 2011 年版，第 315 页。

于争论的双方都能够明显抓住对方理论上的缺陷和问题并予以攻击。我们有必要分析一下意图主义与反意图主义的理论缺陷。

先看意图主义存在的问题。首先，作者在创作过程中很难确保意图的一以贯之。文学创作过程是因时因地因人而异的，很多作者在创作过程中会根据已经创作的内容不断调整作品接下来的走向，意图并不是一个早已明确的始终不变的观念。而且更为复杂的是，意图本身也有"显/隐"的区别，并不是所有意图都能被作者清晰准确地把握到。有些意图作者能够清晰感知，但有些意图处于无意识领域中，也就是说作者有意图但却未能意识到。

英国著名黑格尔主义哲学家布拉德雷（Andrew Cecil Bradley）就曾说："纯粹的诗，不是对一个预先想到的和界说分明的材料，加以修饰：模糊不清的想象之体在追求发展和说明自己的过程中，含有创造的冲动，纯粹的诗便是从这冲动中生发出来。假如诗人已确切知道他想说什么，他为何还要写诗呢？这首诗事实上已被写成了。"① 当作者的创作意识处于一种模糊状态时，所谓的创作意图只有在转化为文本之后才能通过文本的复杂意蕴体现出来。

其次，从现实的角度考虑，很多作品的创作意图已经无法探寻。很多古代文学作品都存在作者无从可考（如《古诗十九首》《金瓶梅》等）或者作者归属存在争议（如《红楼梦》等）的问题，这就导致了对于创作意图的考察成了不可能之事。

---

① ［英］布拉德雷：《为诗而诗》，伍蠡甫译，载伍蠡甫主编《西方文论选》下卷，上海译文出版社1988年版，第93—94页。

那么当文学作品没有创作意图的参照时，是否就意味着所有对作品的解读都是无效的？是否就意味着我们无法得出关于作品的一个相对主流的解读？显然不是。

文本并非是封闭的，而是不断开放的，它始终期待着新的意义的加入和融合，这恰恰是作品的艺术魅力所在。所以意图主义的一个问题就在于，它将作者意图放置在文本之外，似乎意图是先于理解而存在的，意图不会随着历史的发展而变动，而这与艺术的审美本质相悖。过分强调作者的创作意图、强调作品意义的确定性，会很大程度上抹杀作品的艺术价值。

最后，从文学阐释的角度看，即便对作者意图的考察具备了某种现实的可能，或者是作者本人对作品的创作意图进行了解释和说明，那接下来依旧会面临一个困难：作品创作意图本身从某种程度上也构成了一个文本，作者本人对创作意图的说明未必是绝对清晰明了的，这就意味着意图本身也是需要解读的，且其中依旧会存在歧义和争论。

其原因在于，作者对于创作意图的说明是将一个抽象的"意"转化为具象的"文"的过程，这一转化过程并非是等价的，依旧存在着某种主观性。所以意图主义的另一个问题在于，它将作者所写的作品视为独立的个体而并未将其放置在传播视角中进行考察，因而也就搁置了读者与文本关系的问题。但事实上，文本始终是与读者相伴随的，即便是意图本身也是具有某种文本性的。如果过分强调对文本创作意图的考察，就会陷入某种悖论和循环中。

再看反意图主义存在的问题。首先，对作品意图的否定，容易使文学阐释陷入某种虚无主义。虽然"作者已死"的口号喊了整整半个世纪，但至少在日常经验中，作者的权威性依旧无法被彻底颠覆。毕竟，面对同一部文学作品，虽然"一千个读者有一千个哈姆雷特"，但这种差异往往被限定在一定范围内，大部分读者对同一部作品的理解有着基本的确定指向。如果文学的意义仅仅坐落在个体层面，那么文学的客观价值也就无须讨论甚至无从谈起，这就会导致一切关于文本意义的确定性讨论都成了某种虚无，文学阐释与批评陷入了某种空洞的虚无主义。这显然是不符合现实的。

其次，对于同一个文学文本的解读，虽然在某一时期会存在意见分歧，但是经过历史的洗礼和沉淀，作品的客观意义和价值是会浮现出来的。有学者曾经做过形象的比喻："尼采的哲学，开始不被人们理解，后来慢慢被理解，现在已经是'潮流'了。可以说，尼采的思想不正是由个体阐释逐渐获得公众承认，最终上升为公共阐释了吗？如果按照罗蒂的说法，所有的阐释是自己说自己的，不一定非要说给别人听，或者永远不会有一个大家都认可的东西，那么文本的创作和传播本身的意义又何在？所以'阐释'从它的生成、传播和目的说，就是两个字——'公共'。"①

也就是说，从历时的角度上看，对文本的阐释和解读必然是从私人走向公共的过程。这其中虽然伴随着争论、碰撞与讨论，但最终的结果是经过去伪存真，经过实践的检验，走向更高层面的共识。当然这里所谈的共识不再局限于作者的创作意

---

① 张江、[美]陈勋武、[美]丁子江、金惠敏等：《阐释的世界视野："公共阐释论"的对谈》，《社会科学战线》2018 年第 6 期。

图，而是在一个更大的历史尺度下对作品做出的阐释和考量。所以，意图本身或许是最重要的，但意图主义背后的思路——承认作品意义的确定性和可还原性是必要的。

最后，从文本本身来看。意图的确定性和文本意义的可还原性也存在着一定学理依据。创作意图与文本意蕴的确定性，根本上源于语言的公共性。作为表达的媒介，语言具有约定俗成性，这决定了语言先天地就具有公共性。语言的表达过程是一个将所指"能指化"的过程，是将非理性的意图"理性化"的过程，是将私人意图"公共化"的过程。即便是极为私人化的荒诞梦境，只要一经语言这一媒介转述，就意味着它从一个私人空间走向了一个公共场所，必须接受公共理性的规约乃至改写。

所以，语言媒介的公共性，使得创作意图和文本意蕴实际上也只能是相对确定的。同时，这也十分符合每个人的创作经验和阅读经验：创作过程即表达的过程，只有在作者头脑里先形成了要表达的思想和情感，才能将其诉诸创作实践。同样，阅读过程是读者沿着语言符号能指把握文本所指的过程，即便对同一文本的解读再千差万别，也只可能是限定在一定范围内的有限差异。若对于一部作品的解读千差万别，各说各话，那么对文学文本的解读也失去了其意义。

四 剑桥大学的三人辩论

意图主义和反意图主义这两派的争论一直持续到今天，这一过程中论争白热化的标志性事件是1990年剑桥大学的一次讨论会。这场研讨会由著名符号学家、哲学家、文学理论和小说家翁贝托·艾柯（Umberto Eco）主持，会议主题是"诠释与过度诠释"。艾柯先发言，然后其他人针对艾柯的演讲提出问题，最后由艾柯进行回答和总结。对艾柯发起挑战的主要有两个人，这两个人都是大名鼎鼎的批评家，一个是美国著名的哲学家理查德·罗蒂（Richard Rorty），另外一个是美国康奈尔大学的著名解构理论家乔纳森·卡勒（Jonathan Culler）。这三个人针对"什么是诠释""诠释的目的是什么""诠释的边界在哪里"等一系列问题展开了激烈的讨论。

理查德·罗蒂认为，文本的最终解释权应该掌握在读者手里，而不是作者手里。罗蒂一开始就对艾柯小说《傅科摆》（Foucault's Pendulum）进行了一番评论。他认为《傅科摆》这部小说体现出了某种对"深度模式"观念的反讽，体现出了鲜明的反本质主义色彩。罗蒂的这个观点确实不无道理，因为《傅科摆》这个小说写的就是几个年轻人编造出了一个神秘教派的传说，结果这个恶作剧被来自世界各地的狂热分子弄假成真，从而制造出了很多子虚乌有的事情，引发了更多的阴谋和死亡。

罗蒂之所以提及《傅科摆》这部小说，在于《傅科摆》本身就是一种对"'深度模式'的反讽"[①]。在罗蒂看来，这部小说向读者传递出了这样的内涵：那种认为文本符号的背后一定潜藏着深层意义的观点是错误的。因为这种观点是建立在"实

---

① ［意］安贝托·艾柯等著，［英］斯特凡·柯里尼编：《诠释与过度诠释》，王宇根译，生活·读书·新知三联书店2005年版，第96页。

在与表象""心灵与肉体""理性与感性"等一系列的二元对立思维模式的基础之上的。而作为一个实用主义者,罗蒂认为,这种二元对立的思维模式则是非常需要反思的。很多所谓的符号、象征和隐喻的背后,根本不存在什么特定的深层含义,"任何人对任何物所作的任何事都是一种'使用'",① 那种对符号背后深度意义的探索是徒劳无功的。所以文学阐释本质上都是阐释者将文本服务于不同的目的而已,根本不存在阐释与使用的区别,阐释就是使用,使用也是阐释。

由此可见,罗蒂取消了阐释活动本身的价值。在他看来,当读者试图去阐释文本时,事实上已经默认了文本本身存在某种特定的意义,这就使得文本和读者之间形成了一条鸿沟。而事实上,阐释的过程其实就是让读者相信所阐释的意义与文本意义是相契合的过程。但问题是,真的存在一种叫作"文本意义"的东西吗?传统对于文本意义的阐释,往往是通过"文本连贯性的整体来检验一种诠释是否合理"②,也就是说,如果一种对于文本意义的解读能够既符合文本的整体意义又能在文本每个细节上得到验证,那么就意味着这种阐释是有效的。罗蒂则对这种所谓的"合理"进行了质疑,如果文本的连贯性和整体性是验证阐释合理性的方法,那么文本中每一个细节都不能忽视,每一个细节都必须要加以反思,然后通过对每一个细节的分析得出一个关于文本整体意义的阐释,这可能做到吗?

---

① [意]安贝托·艾柯等著,[英]斯特凡·柯里尼编:《诠释与过度诠释》,王宇根译,生活·读书·新知三联书店2005年版,第101页。
② [意]安贝托·艾柯等著,[英]斯特凡·柯里尼编:《诠释与过度诠释》,王宇根译,生活·读书·新知三联书店2005年版,第103页。

对此，罗蒂以《尤利西斯》为例质问道："如果《尤利西斯》的文本成功地使我想象出隐含在文本之下的许多人物，其内在的连贯性在此过程中起着应该起的控制作用了吗？"① 可见那种关于文本有着某种内在整一的结构或意义的想法，或许从根本上仅仅是阐释者的某种幻觉。所有阐释者对于文本的阐释，其实都是基于自己视角对文本的某种实用。而文本之所以有多重阐释的可能性，原因在于阐释者对文本的使用方式不同。换句话说，文本的意义并非是阐释之前就已然存在的客观事实，而是"在一大堆符号或噪音里面发现了某种有趣的东西，通过对这些符号或噪音进行描述使它与我们感兴趣的其他东西联系了起来。"②

打个比较形象的比方，如果人工智能可以写作，那么当有人利用人工智能写出一部作品时，人们一般认为这样的作品是缺少灵魂的，原因在于我们默认这种情况下的写作主体是人工智能而不是某个人。但如果有人用同样的人工智能程序去计算考试成绩（默认这样是可以的话），那么这个计算结果的控制者是使用人工智能的人还是人工智能本身呢？人们往往认为是前者，因为使用者是这种独特用法的发明者。由此反过来再看人工智能写作这件事，当有人利用人工智能写作时，真正控制着文本的主体应该是这个使用者而不是人工智能本身。而我们之所以默认人工智能无法写出有灵魂的作品，是因为我们默认

---

① ［意］安贝托·艾柯等著，［英］斯特凡·柯里尼编：《诠释与过度诠释》，王宇根译，生活·读书·新知三联书店2005年版，第104页。
② ［意］安贝托·艾柯等著，［英］斯特凡·柯里尼编：《诠释与过度诠释》，王宇根译，生活·读书·新知三联书店2005年版，第105页。

了人工智能本身就是生产文本的，但事实上它依旧是被某个主体利用的结果。在这个比方中，人工智能本身始终只是个被利用的工具，最初设计人工智能程序和算法的程序员是无法预料到设计完成后人们会利用它生产哪些价值的。同样的道理，阅读文学作品、阐释文学文本，仅仅是对文本的一种利用，其利用的效果、意义、价值取决于使用文本的方式而非文本本身。传统符号学和结构主义的那种对于文本内部所谓"运行规律"的考察，就像是使用人工智能时考察人工智能的内部算法一样，对最终效用而言是毫无意义的。

罗蒂的观点虽然有道理，但是仔细思考的话很容易发现罗蒂的这种实用主义观点，必然会导致"怎么都行"的虚无主义。针对罗蒂的这种观点，美国著名解构主义理论家乔纳森·卡勒提出了《为"过度诠释"一辩》("In Defence of Overinterpretation")。他认为，第一，文学研究是有目的的。这个目的就是系统性理解文本的意义。对于作品的意义读者当然可以随心所欲地解读，但这只能是对普通读者的要求，专业读者一定不能如此。第二，文学阐释和文学批评最核心的目的也不是去解读出文本固有的、确定的意义，而是颠覆长期以来精英们建构起来的话语霸权。

卡勒曾引用切斯特尔顿的观点说"一种批评要么什么也别说，要么必须使作者暴跳如雷。"[①] 在卡勒看来，关于文本的某种终极意义的解释已经形成了知识性的话语霸权。这就好比我

[①] ［意］安贝托·艾柯等著，［英］斯特凡·柯里尼编：《诠释与过度诠释》，王宇根译，生活·读书·新知三联书店2005年版，第119页。

们高考时候语文阅读题的标准答案一样,必须按照出题人的思路和要求答题才能得分,否则就是错误的。而卡勒认为,专业的文学批评就是要向这些已有的标准答案说"不",戳破这些标准答案的虚假面孔。

正因如此,卡勒特别反对那种给文学阐释划定界限的做法,就好比在解读文学作品之前先画了一个圈,然后认为只有在圈里面的才叫"合理解读",而在圈外面的都是"不合理解读"。换句话说,卡勒认为根本不存在什么"过度阐释",如果非要区分"适度"与"过度",那么只有"从常识角度理解"和"从非常识角度理解"的区别。

对此,卡勒举了个例子。比如,当父母对孩子说"从前,有三只小猪",接下来孩子往往会问:"接下来发生什么事情了呢?"这种问题属于常识范畴。而如果孩子问:"为什么是三只呢?"家长一定会很挠头。而在卡勒看来,这样的问题或许才有可能是真正的文学批评。用卡勒自己的话说就是:"一个科学的文学研究的目的正在于努力去理解文学的符号机制,去理解文学形式所包含着的诸种策略。"[①]

面对罗蒂与卡勒的质疑,艾柯提出了自己的观点。艾柯的思想比较复杂,他采用的是一种比较折衷的方案。

关于文学阐释的最终目的,艾柯认为那种试图通过阐释挖掘文本背后真正意图的观点确实存在问题。对作者意图的挖掘表面上是一种求实式的考证,而事实上往往会变为主观臆断式

[①] [意]安贝托·艾柯等著,[英]斯特凡·柯里尼编:《诠释与过度诠释》,王宇根译,生活·读书·新知三联书店2005年版,第127页。

的猜想。但这并不意味着作者就如同罗兰·巴特宣称的那样"死"去了,读者虽有其主观视角,但并不意味着可以"胡来"。在讨论作品的过程中,对于某些完全不靠谱的解读,人们往往还是能达成共识的。这说明关于文本的阐释应该有一个相对合理的边界,他就像道德法则维持着人类社会的运行一样守护着文学阐释的秩序。

那么阐释的边界到底在哪里呢?艾柯提出了一个概念,叫"文本意图"。"文本意图"是"标准读者"的产物,而所谓"标准读者",指的是:"按照文本的要求、以文本应该被阅读的方式去阅读文本的读者。"① 这一定义非常主观,为了能把这一概念描述得较为清晰,艾柯曾举例说明:华兹华斯曾写过这样一句诗——"A poet could not but be gay",这句诗的大意是:诗人是一个快乐的精灵。这里 gay 这个词仅仅指的是快乐的意思,在华兹华斯的那个时代"gay 这个词还没有任何'性'的内涵"。② 如果有人把这句诗解读为"诗人都是同性恋",那么显然是大错特错。所以阐释文本必须联系文本所产生的环境,不能完全任由读者发挥。

虽然阐释的边界问题确实存在,但这其中依旧存在很多问题,比如:到底什么是文本应该被阅读的方式呢?标准读者的阅读方式如何定义呢?这些问题在艾柯那里并没有得到很好的解答。

---

① [意]安贝托·艾柯等著,[英]斯特凡·柯里尼编:《诠释与过度诠释》,王宇根译,生活·读书·新知三联书店2005年版,第10页。
② [意]安贝托·艾柯等著,[英]斯特凡·柯里尼编:《诠释与过度诠释》,王宇根译,生活·读书·新知三联书店2005年版,第72页。

当然，三十年前的这场争论虽然激烈，但依旧是无疾而终。到今天为止，关于"什么是过度诠释""过度诠释的标准是什么"等一系列问题依旧被反复讨论着。问题虽然没有变，但社会环境却发生了很大变化。尤其是在科技领域，人工智能的发展刷新了我们对很多事物的认知。2020年6月，美国一家人工智能公司开发的一款叫GPT-3（Generative Pre-Trained Transformer 3）的人工智能一炮而红。这个人工智能在训练了约2000亿个单词之后，成为史上最强大的AI模型。训练的方法很简单：将海量的书面文本作为素材丢给GPT-3，让它在其中找寻规律并做出预测。这一过程中丢给它的文本越多，它的表现也就越好。艺术家拉姆·萨内蒂曾证明它具备了写短篇小说、喜剧小品的能力。GPT-3曾创作了一个主角名叫哈利·波特的侦探故事："哈利·波特外穿粗花呢套装，内着衬衫没有熨压平整，鞋子也没好好擦。他坐在桌子后面，看上去衣冠不整，形容憔悴，又带着怨忿情绪……"① 如果不事先告知，读者完全无法辨认出这是一部由人工智能创作的作品。

如果GPT-3真的有这么强大，那么它或许已经发现了艾柯所说的"文本的运行机制"。如果"文本运行的机制"确实存在，那么艾柯所说的"文本意图"应该就是确实存在的。当然，人工智能只是证明了它的存在，至于它具体是怎么工作的，人们依旧不清楚。

最后总结一下，关于文学阐释中的意图问题主要有三点需要注意的地方。

---

① 莫庄非：《创作诗歌与散文的全新AI语言模型》，《世界科学》2020年第9期。

第一,文学阐释追求的不是某个确定的事实,而是不确定的意义,这就导致文学阐释的过程不是实证过程,而是一个生产过程。

第二,文学阐释的过程是阐释者和文本相互交流的过程,是二者不断寻求默契和共识的过程。

第三,文学阐释的最终目的是让读者获得对事物更多层面的理解,让读者突破原有的认知边界看到更加丰富的世界,让人们意识到,生活不只是原先想象的样子。

参考阅读

著作类

1. 洪汉鼎:《诠释学:它的历史和当代发展》修订版,中国人民大学出版社 2018 年版。

2. 张江:《作者能不能死:当代西方文论考辨》,中国社会科学出版社 2017 年版。

3. 潘德荣:《西方诠释学史》第 2 版,北京大学出版社 2016 年版。

4. [意]安贝托·艾柯等著,[英]斯特凡·柯里尼编:《诠释与过度诠释》,王宇根译,生活·读书·新知三联书店 2005 年版。

论文类

1. 朱立元:《当代中国文艺理论的演进与思考》,《中国社会科学》2018 年第 11 期。

2. 谷鹏飞:《"公共阐释"论》,《西北大学学报》(哲学社会科学版)2018 年第 1 期。

3. 陈晓明:《"意图"之殇与作者之"向死而生"》,《社会科学战线》

2017年第4期。

4. 张震:《从"适度的实际意图主义"到"适度的反意图主义"——对诺埃尔·卡罗尔的意图主义论辩的批判性思考》,《南京师范大学文学院学报》2017年第1期。

5. 张江:《"意图"在不在场》,《社会科学战线》2016年第9期。

6. 魏建亮:《关于"强制阐释"的七个疑惑》,《山东社会科学》2015年第12期。

7. 李春青:《"强制阐释"与理论的"有限合理性"》,《文学评论》2015年第3期。

8. 姚文放:《"强制阐释论"的方法论元素》,《文艺争鸣》2015年第2期。

9. 党圣元:《二十世纪早期中国文学批评史研究中的"强制阐释"谈略》,《文艺争鸣》2015年第1期。

10. 张江:《强制阐释论》,《文学评论》2014年第6期。

11. 张金梅:《本事批评:赫施意图主义批评的一个范本》,《宁夏大学学报》(人文社会科学版)2006年第6期。

12. 陈文钢:《"反对阐释"之阐释》,《宁波大学学报》(人文科学版)2006年第5期。

13. 孙玉石:《谈谈鲁迅研究中的"过度阐释"问题——鲁迅研究当代性与科学性关系的思考》,《鲁迅研究月刊》2006年第6期。

14. 姚基:《向文学本体论批评挑战——现代意图主义理论述评》,《外国文学评论》1991年第3期。

第十二章

合理阐释与过度阐释

一 关于《登鹳雀楼》的四种解读

日常生活中,当我们听到有人对一部作品的解读过于"另类"时,经常会说这种解读是"过度解读"(过度阐释)。那么如何判定对一部作品的解读是否真的"过度"了呢?"过度"与否的标准到底在哪里?虽然早在半个世纪以前,法国理论家罗兰·巴特就高声呐喊"作者已死",那是否就意味着我们完全可以抛开作者的创作意图,对作品进行自认为对的解读了呢?文学解读的有效性问题,是在文学批评之前需要深入探讨的问题。

对这一问题的探讨,不妨先从一首耳熟能详的诗入手——王之涣的《登鹳雀楼》:

  白日依山尽,黄河入海流。
  欲穷千里目,更上一层楼。

这首诗可谓家喻户晓，甚至可能是很多人小时候最初会背的几首诗之一。关于这首诗的主题，一般认为最关键的就是那句"欲穷千里目，更上一层楼"。这句诗体现出了一个很朴素的道理：登高才能望远。把这个道理引申到人生哲理上，就是告诉读者要努力进取、锐意探索，只有这样才能看到更远的地方，开拓出人生的新境界。其中"欲穷"二字饱含希望和憧憬，而"更上"二字又蕴含了对积极向上人生态度的肯定和赞许。这种"由景入理"的解读方式，历来为广大读者所接受。《文镜秘府论》就曾说这首诗是"景入理势"，即诗歌所传达出的道理和所描绘的景物天衣无缝，表面上好像没有说理，但理却自在其中。也正是这首诗背后隐含的朴素的哲理和人生道理，使得这首诗成为千古名篇。

但是，关于《登鹳雀楼》的主题和意义就只有一种解读吗？

有人就曾经对这首诗的意义进行了另外一番解读。这种解读认为，这首诗由于过于脍炙人口，以至于大家一直都习惯性地把全诗重点放在最后两句，而认为前两句仅仅是在写景而已。事实上，前两句的内容为后两句的情感表达做出了非常重要的铺垫。如果不认真揣摩前两句的含义，是无法真正理解全诗的主旨的。

前两句"白日依山尽，黄河入海流"，乍一看就是写景色的两句而已，非常普通。但是再细琢磨一下，第一句，"白日依山尽"，太阳东升西落，说明此时诗人是朝向西方看的。第二句，"黄河入海流"，黄河东流去，说明诗人是朝着东方看的。于是从字面意义上看，前两句是写诗人站在鹳雀楼上，向西看到了白日依山尽，然后向东看到了眼前的黄河，进而望向远方看到了黄河入海流。这么解释好像很合理，但是这里面有问题。

首先，鹳雀楼位于今天山西永济市的黄河岸边。黄河的流向呈"几"字形，在鹳雀楼旁边的黄河，总体流向是自北向南的。那么诗人王之涣站在鹳雀楼上是看不到黄河入海的方向的，又何来"入海流"呢？所以这里存在着一层矛盾，而这层矛盾的解决只有跟后文联系才能得以完成。正是因为诗人想看到黄河入海的方向却看不到，所以他才要急匆匆更上一层楼：要穷千里目，必须登高一层才能看到黄河入海的地方。

这首诗整体看下来，最为确切的解读应该是这样的：诗人站在鹳雀楼上，看到日落西山，看到黄河南去，但是诗人心里非常清楚，眼前看到的方向并不是黄河入海的方向，所以诗人要更上一层楼，摆脱眼前的小格局，看到更大格局里的走向。所以只有将前两句与后两句相联系，才能理解后两句所传达的真正内涵。《登鹳雀楼》的后两句所要表达的，不仅仅是"登高望远"这一从物理学角度引申出来的哲理，更重要的是强调，只有"登高"才能看清事物的全貌和本来面目。诗中的"望远"不仅要克服眼界和格局的问题，更要克服"眼见为实"这一习惯性的观念所可能带来的局限。这种解读虽然跟我们传统的解读很接近，但确实有不太一样的地方。这种解读，有道理吗？

到这里，关于《登鹳雀楼》的主题已经有两种不同的解读了。然而两种解读就够了吗？其实至少还有第三种解读。如果说第一、第二种解读的整体倾向还比较积极向上的话，那么第三种解读就完全颠覆了人们对这首诗的传统印象。

第三种解读是从这首诗的题材类型入手的，这首诗从题材上看是典型的"登楼诗"。登楼诗是中国古代诗歌的一种非常常见的题材类型,尤其是唐代以后,诗歌一扫南北朝"宫体诗"的矫揉造作风气,呈现出较为阔大的气象,而登楼诗就是其中的重要代表。比如陈子昂的《登幽州台歌》,比如李白的《登金陵凤凰台》,等等。这类诗往往是诗人登上高楼,极目远眺,然后抒发诗人的感慨。

但是如果考察一下登楼诗的传统,会发现从东汉末年王粲的登楼诗开始,"悲"和"愁"就成了登楼诗的主要情感基调,以至于唐代的登楼诗所表达的基本上都是比较悲观的情感。比如,崔颢的《黄鹤楼》里的那句"日暮乡关何处是,烟波江上使人愁";杜甫《登高》里的那句"艰难苦恨繁霜鬓,潦倒新停浊酒杯";李白《登金陵凤凰台》里的那句"总为浮云能蔽日,长安不见使人愁"。在这样的一种"登楼必愁"的文化传统下,王之涣的这首《登鹳雀楼》却表达了积极进取的思想情感,多多少少显得有些"不合群"。难道这首诗是众多登楼诗中的个例吗?

回顾历史,我们几乎很难找到跟王之涣同时代而且表达了昂扬奋发的精神状态的登楼诗。那接下来的问题是,有没有这样一种可能:《登鹳雀楼》表达的根本不是什么积极进取、昂扬奋发的人生哲理,恰恰相反,这首诗表达的是诗人一种无奈呢?让我们再回到诗歌文本重读一下:前两句"白日依山尽,黄河入海流",这背后其实就有问题,诗人登上鹳雀楼看到的景物和事物一定很多,比如游人、树木、天上的浮云和远处的绿草,但为什么诗人偏偏要抓住"日暮"和"黄河"这两个意象进行铺陈呢?

原因或许是，只有"落日"和"黄河"能够突出诗人想要表达的主题，而诗人想表达的根本不是什么人生哲理，而是时间流逝带给诗人的某种失落感。夕阳西下，意味着迟暮之年，意味着事物将走向衰落；而黄河东流，如果联系孔子曾经在河边发出的一句著名感叹"逝者如斯夫，不舍昼夜"就更加明白，东流的水是中国古人千百年来的一个浓缩意象，象征着时间日夜奔流，片刻不停，象征着人在不断流逝的时间面前的某种无力感。

所以，诗歌前两句所呈现出的景象，渲染了客观上时间流逝给诗人带来的主观上的无力感。顺着这个情感逻辑，全诗最后两句"欲穷千里目，更上一层楼"，或许表达的也未必是昂扬向上的人生哲理。如果查阅史料会发现，鹳雀楼总共只有三层，大概也就是今天五六层楼高。那么，有没有这样一种可能：作者王之涣本来已经站到了鹳雀楼的最高层，但他发现，诶？这楼不够高啊，我还想看更远的地方啊，但奈何鹳雀楼只有三层啊，视野被这楼给限制住了。

这层意思稍微引申一下就是：我想继续建功立业啊，我想继续发挥余热啊，但是奈何时间不等人啊，我年事已高，只能如此了。所以，这首诗很有可能传递的是诗人在面对历史、面对时间时的一种无奈。而这种无奈，如果联系诗歌创作的时间就更容易理解。学者李希泌推测，鹳雀楼所在的位置与王之涣的老家绛州同属晋南，这首诗可能是王之涣在弃官回乡时所作，创作年代约在开元十五年至二十九年（727—741）。[①] 既然是弃

[①] 参见李希泌《盛唐诗人王之涣家世与事迹考》，《晋阳学刊》1988 年第 8 期。

官回乡，诗中带着些许落寞和无奈就说得通了。这是第三种解读。

到此为止，一首本来如此简单的诗变得似乎有些复杂了。然而还没完，关于这首诗至少还有第四种解读。

这种解读把重点放在了作者问题上，它首先要质疑一个问题：这首诗的作者真的是王之涣吗？之所以会有这种质疑，原因在于，按照目前现有的记载，《登鹳雀楼》这首诗的最早版本出自唐代的诗集《国秀集》，其中有一首诗《登楼》，诗的原文是："白日依山尽，黄河入海流。欲穷千里目，更上一重楼。"《国秀集》中的《登楼》跟我们今天读到的《登鹳雀楼》只有一字之差。想必这两首诗应该是同一首诗了。

而在《国秀集》中，这首诗的作者写的不是王之涣，而是朱斌。于是关于《登楼》这首诗所表达的思想主题，就要跟《国秀集》的产生背景相联系。关于《国秀集》，楼颖《序》中言此书："谴谪芜秽，登纳菁英，可被管弦者，都为一集。"因为诗集中的诗要入乐，所以所选的诗歌要以"风流婉丽"为标准，导致集中所选诗歌多为音韵和谐的近体诗，其内容也以应制奉和、迎来送往的应酬之作为多，而那些反映社会矛盾、风格豪放的作品很少。如李白、岑参这些诗人则一首不选。诗集中八十八个入选者中绝大多数都是不入流的诗人。换句话说，这部诗集就是当时流行歌曲的一个歌词本。

结合这样的一个背景，再反观这首诗，就会产生这样一种推断，《登楼》这首诗不太可能表达积极昂扬的情感，相反，表达小情小爱概率比较大。再联系我们上文所说的"登楼必愁"的观点，这首诗想表达的很有可能是思乡怀人的情感，就是作者登上鹳雀楼，太思念远方的家乡和亲人了，想要望见远方的家乡却看不到，于是只能希冀于"更上一层楼"。这是第四种解读。如果这种解读是真的，那么不光是这首诗的主题思想要变化，连作者可能也要改了。

二　文学解读的基本原则

到目前为止，关于《登鹳雀楼》这首诗，我们给出了四种解读，每一种解读似乎都有依据。接下来的问题是：到底哪一种解读是合理的？这就涉及一个非常重要问题，即文学解读的有效性及其界限。

这个问题之所以重要，是因为在对文学作品进行解读的过程中，我们总以为文本的意义是确定的、是固定的，但是现实生活中面对同一文本，经常会出现不同读者给出不同解读的情况。接下来就需要我们对这些不同的解读予以辨析，这不是简单地认定对与错，而是要对解读本身的合理性予以分析。同时在这一过程中，我们也加深了对文本的认识和理解。

关于文学解读历来就有所谓的"意图主义"与"反意图主义"之争。前者将文学作品视为作者意图的结果，认为文学解读就是要抓住那个确定的原初意义；后者将重点放在了读者的主观能动性上，认为解释不可避免地带有主观色彩。从今天的眼光来看，这两派的观点都有合理性，但肯定这两派观点的合理性并不意味着解读文学作品就没有标准，更不意味着对文学作品的任何解读都是可以被接受的。面对文学作品的多重解读，需要有一个科学理性的态度。

前述对《登鹳雀楼》的四种解读，虽然每种解读听上去都很有道理，但并不意味着在解读的有效性和合理性上，它们都处在同一水平线上。在这四种解读中，一定有些解读能被更多的人所接受，从而具有了某种公共性，而另一些解读在比较之中就显得稍微缺乏一些说服力。这背后一定有规律和标准，因而也就非常有必要探寻文学作品多元解读背后的辨析标准问题。

对于文学作品而言，无论哪种解读方式，解读的起点一定是从文本开始的。毕竟，文本是我们获取作品意义的唯一源泉，也是最为可靠的源泉。对于一部作品，无论有多少种解读的路径和可能性，解读的源头是永远不变的。所以，"回到文本本身"是解读文学作品首先要坚守的原则。

如何能做到"回到文本本身"呢？关键在于对作品所做出的所有解读，都能够从文本中找到来源和根据。这看上去很简单，但事实上很难，因为我们特别容易被习惯性的思维所束缚，从而忽略掉文本的一些细节。以《登鹳雀楼》这首诗为例，一直以来我们总是习惯性地将关注的焦点放在最后两句，原因是最后两句似乎最能体现出作品的主题。然而事实上，文学文本是一个整体，很多时候多一个字、少一个字都能带来意义上的重大改变，所以在进行文学批评的时候，要做到"从文本本身出发"，就绝对不能遗漏文本中的任何一个关键细节。在《登鹳雀楼》中，上来第一句"白日依山尽"看似不起眼，但实际上大有文章可做：既然是"依山尽"那应该是"红日"啊，为什么会是"白日"呢？如果这里说的是傍晚，那在什么样的情况下才能出现"白日"呢？同样，"黄河入海流"，正如之前分析的那样，作者在写"入海流"的时候，到底写的是眼前的实际景象,还是头脑里想象的景象?如果是眼前实景,为什么作者能够看到"黄河入海"的场景?如果是想象的场景,为什么作者在看到"日落"的场景之后会联想到"黄河入海"呢?

对这些问题的解答,直接决定着我们对文本整体意义的理解。文本是一个整体,在进行解读和批评的过程中,不应放弃文本中的任何细节。在接下来对作品的深入分析中,一旦出现了模棱两可的解读或者思考引申是否过度时,要立刻返回到文本本身,分析每一种解读是否能够做到对文本的每一个细节给予充分的交代。只有这样才能确保文学批评的有效性。

接下来,抓住文本中的每一个细节的目的,是复现作品所呈现的内容。这是文学解读从文本出发后所要进行的第二个环节。文本虽然是我们解读文学作品的起点,但是这仅仅是文学解读的起点,随着解读过程的继续,文本背后更为丰富的内容需要逐渐在解读中清晰起来。所以,在明确了文本本身的基本含义以及诸要素的基本关系之后,接下来要做的,是努力再现作品所呈现出的内容本身。

英国著名分析哲学家维特根斯坦在《逻辑哲学论》(*Tractatus Logico-Philosophicus*)中曾经提出关于语言的"图像论",意思是语言的本质功能在于它能够清晰地描绘出一个关于世界的图像,图像跟语言之间存在着一一对应的关系。虽然维特根斯坦后期否定了他的"图像论"主张,但不可否认的是,很多语言都是在试图建构文本与某一确定现实的对应关系。

所以,在文学解读过程中,明确了语言的基本含义之后,要试图勾勒并呈现出文本背后所描绘的图像。还是以《登鹳雀楼》为例,为什么"依山尽"的是"白日",这个问题其实只要稍微有点自然常识就知道,夕阳既有红日,也有白日,尤其是在山区中,山比较高,相对而言,日落较早,空气稀薄干净,所以夕阳白日居多。那接下来,作者所写的"黄河入海流"到底是不是眼前实景呢?如果单就"黄河入海"而言,作者写的显然不是眼前实景,因为除非作者就站在黄河入海口,否则作者是无法看到黄河真正入海的样子的。所以,作者说黄河入海一定是个大概的方向,这个方向很可能源自人们的一般常识。那接下来的问题是,正如我们之前所说的第二种解读,鹳雀楼在山西,作者看到的黄河应该是自北向南流,这样就跟向东入海的常识发生了冲突,于是才有了"更上一层楼"的想法和愿望?有没有这种可能性呢?从这个矛盾来推出"更上一层楼"背后的内涵是不是过度阐释呢?

这就涉及在文学文本解读过程中的第三个原则,那就是:解读过程中所有引申和推导,都要严格符合逻辑,决不应附加条件和忽略条件。解读的过程实际上就是一个从有限的内容挖掘出更多丰富可能性的过程,所以推导和引申是必不可少的。但是在推导和引申的过程中一定要注意一个原则,就是要符合基本的逻辑,如果在推导和引申的过程中增加了一些文本以外的条件,或者漏掉了文本之内的一些信息,很容易导致推导的结果不够客观。

还是以《登鹳雀楼》为例,前文提到的第四种解读把"欲穷千里目"的对象解释为"思乡"。从逻辑上看,是没有问题的,诗人描绘的状态与思乡这种情感能够形成逻辑上的对应关系。但问题是,如果我们回到文本,会发现文本自始至终没有提到过关于家乡的任何信息,更没有在文本之内渗透出思乡情感的可能性。说这首诗表达"思乡",其依据仅仅是作品所收录诗集背后的选诗标准和整体格调。当我们把望远的对象与家乡或者亲人联系起来的时候,其实是给文本附加了一个语境条件,这就属于附加条件,这种基于某种附加条件的解释就有过度阐释的嫌疑了。

按照这个逻辑,第一种解读把"登高望远"解释为一种"积极进取"的人生状态,算不算过度阐释呢?毕竟从文本出发的话,文本也从来没有透露出要表达人生哲理的信息,那是不是意味着把它解释为"积极进取"也缺乏说服力呢?严格意义上说,确实缺乏说服力,"欲穷千里目,更上一层楼"的最基本含义,就是"登高才能望远",把这个逻辑引申,引申为只有站得高才能有不一样的视野,再引申为只有积极向上才有更大的格局。这一过程当然有过度推论的嫌疑,但为什么这个解释历来更容易被大家接受呢?

原因就在于,"积极进取"说的推论,建立在"登高望远"的逻辑本身上,而"思乡"说的推论,则建立在"登高望远"的对象上。"望远"的对象到底是什么,其实有无数种可能,当然有可能是想家,也有可能是想人,也有可能看到远处的一个什么东西看不清楚只是想要看得更清楚一些而已。

所以,关于"望远"的对象,有无数种可能性,第四种解读仅仅落在"思乡"上,说服力是比较弱的。而"积极进取"的这个推论,是建立在"只有"登高"才"能望远的逻辑本身上,这个逻辑是比较容易被认可的。从这个逻辑出发基本只能引出这样一个推论,说服力相比之下就稍微强一些。这也是第一种解读流传甚广的重要原因。同样的道理,第三种解读把这首诗跟登楼传统相联系，认为这首诗表达的是愁绪，虽然也有一定道理，但毕竟是在文本之外附加上了一个新的条件——登楼必愁——才得出的结论，说服力依旧较为薄弱。

　　文学文本解读过程中的第四个原则，就是要对文本诞生的原初语境进行还原和考证。按照孟子的说法，就是要"知人论世"。这不是简单的对"意图主义"的附和，而是要解决文本本身的问题。要知道，解读文学作品不是为了解读而解读，而是为了解决文本内部存在的问题。而很多时候只有明确了作品的原初语境，才能够避免对作品的无效解读。

　　如果大家仔细分析关于《登鹳雀楼》的四种解读，会发现第二种解读跟第四种解读是矛盾的，为什么呢？第二种解读虽然非常符合逻辑，而且观照了文本的前后关系，但是第二种解读的成立建立在一个非常关键的前提之下，那就是作者所登之楼必须是鹳雀楼。如果这首诗的题目不是《登鹳雀楼》的话，第二种解读就无法成立。毕竟我们无法知道作者此时看到的黄河到底是否朝着入海的方向流去。于是对作品原初语境的考证就显得非常重要。当然，如果现有资料不够充分，那么对于作品的题目和作品的思想内容只能做存疑处理，只能以分类讨论的方式来看待作品的思想主题。

三　合理阐释与过度阐释的边界

　　了解了文学解读过程中的四个原则，再来反观最开始关于《登鹳雀楼》的四种解读，就可以对这四种解读的有效性进行辨析。按照说服力的强弱来划分的话，第一种解读基本符合文本的内在逻辑，因而说服力最强；第二种解读虽然符合逻辑，但必须建立在诗的题目是"登鹳雀楼"的基础上，说服力排第二；第四种解读附加上了望远的对象，虽然符合逻辑但是毕竟是附加条件得出的结论，说服力排第三；第三种解读附加上了古代登楼诗的传统问题，虽然有一定道理，但关联性毕竟比较弱，因而说服力排第四。

回到最开始说的问题，面对文学作品的多重解读，如何判定某个解读的合理性和有效性？首先要说明的是，文学阐释的"合理"与"过度"，并没有一个绝对明晰的界限。根据现有材料，最早提出"过度阐释"这个概念的是弗洛伊德，他在1900年出版的《释梦》（*The Interpretation of Dreams*）中首次提出"多重解释"这个概念："对于从事释梦工作的初学者而言，当他对一个梦做出了全面的解释时，即他解释既有意义、又连贯且理解了梦的内容的每一成分时，要使他相信他的工作并未就此结束，是极其困难的。因为同一个梦可以做出另外的解释，即所谓'多重解释'，对此他却未加注意。"① 在弗洛伊德看来，多元性阐释是一个客观存在的事实，既然阐释并非唯一，那就根本无须去追寻一个确定的意义。

然而值得注意的是，弗洛伊德的"多重阐释"是针对其研究对象而言的，梦的含混性导致对其解释始终难以找到确定的根据。而相较于混沌的梦，文学创作的意图相对明确，因而对文学作品的解读虽然依旧存在多重阐释，但必须注意到阐释的

---

① ［奥］弗洛伊德：《释梦》，吕俊、高申春、侯向群译，载车文博主编《弗洛伊德文集》第2卷，长春出版社2004年版，第328页。

合理性问题。具体而言，需要注意以下几点。

第一，明确文学阐释的根本目的。文学阐释作为文学活动的一个重要环节，其目的是解决文本内在的诸多复杂问题。换句话说，阐释活动之所以必要，就在于文本本身未能呈现出清晰和直观的意义指向。而阐释活动的目的，就是在复杂朦胧的文学文本中梳理出一条较为明确的意义脉络。这也就意味着，文学阐释不是要把文本的意义搞得更复杂，而是要从复杂的符号网络中找到其内在的逻辑。

文本之所以具有这种复杂性，很大程度上是由文学本质的复杂性决定的。文学文本的独特性就在于其内部充满了矛盾、裂隙、空白和张力，它在一定程度上给读者的阅读造成了阻碍，导致阅读过程不是单纯获取信息的过程，而是充满回味、联想、反思的过程。这使得文学的独特性就在于文学传递的是感觉经验和情感体验。而文学阐释的目的就是通过处理文本内部的诸多矛盾、裂隙、张力，抓住文本背后所要真正传递的感觉经验和情感体验。所以如何处理文本内部的复杂性是阐释文学文本首先要处理的问题。

第二，明确文学阐释的逻辑起点。如前所述，文学阐释的根本目的是解决文本内部的问题，这就意味着从方法论的角度看，文学阐释的逻辑起点和实践起点都应坐落在文本本身。文学阐释要从文本出发，从文学语言的特点出发，挖掘文本背后的复杂性意蕴和意义的多重可能性。这是文学阐释公共性的起点和落脚点。这就要求文学理论研究应将重点放在对文学语言问题的研究上。

我国新时期以来的文学理论受到西方文论的影响，未能建构起以文本为中心的理论阐释体系，正如有的学者所说："我们的文学理论在新时期的发展主要经历了从属政治时期、意识形态论、反映论、审美意识形态论等几个阶段，其中有收获、有成果，但更多的是与文学本体的疏离，这种疏离的一个主要原因是同文学语言的疏离和对美的挟持，在审美问题上，以意识形态绑架审美，在语言问题上，轻视语言，或者彻底忽略语言。"① 从某种程度上讲，将文学的本质定位在审美上是一种进步，但审美性应该是文学阐释的方向而非起点，真正的起点应坐落于文本本身，从文本出发发掘文学的审美性，是文学阐释的基本思路和总体原则。而那些"顾左右而言他"、在语言之外附加条件进行的阐释，很容易导致过度阐释。

第三，确立文学阐释的主导原则。文学阐释公共性能够达成的关键在于找到文学活动中具有公共性的关键环节。在文学研究的诸多要素和维度中，语言是最具有公共性的存在。所以从文学文本出发，从研究文学语言特性入手，才能够确保文学阐释的相对普遍性和确定性。这背后的问题在于，文本、语言本身虽具有公共性，但并不意味着语言所传递出来的意义具有公共性。尤其是文学语言的本质特征之一就在于其具有多义性。那么如何处理阐释过程中所出现的共性与个性、确定性与多义性之间的矛盾，如何对待文学作品的多重解读，是文学阐释需要面对的关键性问题。

这就需要确立文学阐释的主导原则。所谓主导原则，就是

---

① 孙宁：《语言学阐释与中国文学理论的新建构》，《内蒙古社会科学》（汉文版）2016 年第 2 期。

在阐释过程中所要遵循的基本规范，而这一规范的确立必须要为文学阐释的公共性奠定基础。文学阐释的过程实际上是一个从有限文本中挖掘更多可能性的过程，所以推导和引申是必不可少的，关键在于阐释过程中的推导和引申需要遵循怎样的原则。文学阐释的公共性，要求阐释过程中严格遵循文本内在逻辑，不能依靠文本之外的条件进行推导，也不能遗漏掉文本之内的信息。阐释过程中所做出的每一步引申和推论，都应尽可能地贴合文本的内在逻辑，否则很容易导致阐释的主观性。

第四，将创作意图视为一种潜在的参照文本。从文本出发、尊重文本内在逻辑的阐释原则，在阐释实践中必然会遇到一个无法绕过去的问题，那就是如何处理创作意图和文本意义之间的关系。尽管西方文论史上的很多理论家都提出了创作意图的"表/里"之别，试图通过诸如"潜意识""集体无意识""隐含作者"之类的概念解构作者意图的确定性。但不得不承认，作为作者独立自主的思维活动，文学创作肯定是存在一个较为明确的创作意图的。

这也就意味着，创作意图与文本意义之间存在着一定的因果联系。然而这其中的复杂性在于，创作意图不能简单地等同于文本意义。文学阐释要尊重作者意图，但作者意图仅仅只是一个参考，是文学阐释活动中的一个潜在参照文本。所谓潜在参照文本，是指创作意图从另外一个角度提供了一个关于文本意义的逻辑线索，但这条线索能否成立，还有待于文本本身的逻辑印证。简言之，面对一部作品，不能只看作者"说了什么"（对自己创作意图的阐释），更要看作者"写了什么"。文学阐释的关键不是用作者意图去替代文本意义，而是要将作者意图文本化,进而去研究作者意图与文学文本之间的关系。

第五,不排斥文本多重解读的可能性。文学阐释的公共性并不等于阐释结果的唯一性。文学作品的多重解读是文学阐释的题中应有之义,公共性的关键在于阐释逻辑的自洽和认同。那种对某一阐释结果,尤其是作者意图的肯定,以及对其他阐释结果的排斥,不仅封闭了阐释的可能性,更是走向了一种独断论式的强制阐释。

第六,明确理论征用的适用性原则。文学阐释需要处理的一个关键问题是文学阐释主观性与客观性的矛盾。文学阐释需要借助一定的理论,但阐释过程不是对理论的证明过程,阐释之所以要运用理论是为了帮助解决文本内部的诸多问题。所以公共性文学阐释的实践必须从文本出发,而从文本出发的前提则是要发掘文本内部的问题,发现问题进而解决问题。阐释的最终落脚点依旧在文本而非理论。将阐释聚焦于文本,在解决文本问题的过程中,才能确保文学阐释不跑偏。

参考阅读

著作类

1. 刘林:《文本中的幽灵》,山东大学出版社 2020 年版。

2. 王朝华:《诗词文本细读举例》,九州出版社 2020 年版。

3. 邬国平:《中国文学批评自由释义传统研究》,上海古籍出版社 2020 年版。

4. 孙绍振:《文学文本解读学》,黄山书社 2019 年版。

5. 蔡勤:《古代文学代表作家多角度解读》,吉林大学出版社 2019

年版。

论文类

1. 刘俐俐：《文艺评论价值体系与文学批评标准问题研究》，《南京社会科学》2016 年第 12 期。

2. 孙绍振：《文论危机与文学文本的有效解读》，《中国社会科学》2012 年第 5 期。

3. 曹明海、史洁：《文学解读：读者与文本的交流与敞开活动》，《山东师范大学学报》（人文社会科学版）2011 年第 3 期。

4. 仲呈祥、张金尧：《坚持"美学的历史的"标准的和谐统一——关于艺术批评标准的若干思考》，《文艺研究》2008 年第 10 期。

5. 吴义勤：《批评何为？——当前文学批评的两种症候》，《文艺研究》2005 年第 9 期。

6. 陈思和：《文本细读在当代的意义及其方法》，《河北学刊》2004 年第 2 期。

7. 王坤：《批评标准哲学基础的置换——文学的价值层面与批评尺度》，《中山大学学报》（社会科学版）2003 年第 2 期。

8. 王一川：《批评的理论化——当前学理批评的一种新趋势》，《文艺争鸣》2001 年第 2 期。

9. 周波：《试谈文学批评标准的客观性》，《山东师大学报》（哲学社会科学版）1983 年第 6 期。

10. 刘再复：《论文艺批评的美学标准》，《中国社会科学》1980 年第 6 期。

第四编

文学与文本

第十三章
叙事性作品的套路和结构

一 小说的套路与模式

《红楼梦》第五十四回曾经写到这样一段情节：有个女艺人在贾母等一众人面前表演一段新书，讲的是唐五代的故事，名叫"凤求鸾"。贾母听了这个名字之后便说道："这一个名字倒好，不知因什么起的，先大概说说原故，若好再说。"女艺人说这故事讲的是残唐之时，有一位乡绅，本是金陵人氏，名唤王忠，曾做过两朝宰辅。如今告老还家，膝下只有一位公子，名唤王熙凤。有一年王老爷让王公子上京赶考，有一天遇见大雨，于是王公子进到一个庄上避雨。可巧这庄上也有个乡绅，姓李，与王老爷是世交，便留下这公子住在书房里。这李乡绅膝下无儿，只有一位千金小姐。这小姐芳名叫作雏鸾，琴棋书画，无所不通。

故事刚讲到这里的时候，贾母立说道："怪道叫作凤求鸾。不用说，我猜着了，自然是这王熙凤要求这雏鸾小姐为妻。"女先儿笑道："老祖宗原来听过这一回书。"众人都道："老太太什么没听过!便没听过,也猜着了。"

贾母说道:"这些书都是一个套子,左不过是些佳人才子,最没趣儿。把人家女儿说的那样坏,还说是佳人,编的连影儿也没有了。开口都是书香门第,父亲不是尚书就是宰相,生一个小姐必是爱如珍宝。这小姐必是通文知礼,无所不晓,竟是个绝代佳人。只一见了一个清俊的男人,不管是亲是友,便想起终身大事来,父母也忘了,书礼也忘了,鬼不成鬼,贼不成贼,哪一点儿是佳人?便是满腹文章,做出这些事来,也算不得是佳人了。比如男人满腹文章去作贼,难道那王法就说他是才子就不入贼情一案不成?可知那编书的是自己塞了自己的嘴。再者,既说是世宦书香大家小姐都知礼读书,连夫人都知书识礼,便是告老还家,自然这样大家人口不少,奶母丫环服侍小姐的人也不少,怎么这些书上,凡有这样的事,就只小姐和紧跟的一个丫环?你们自想想,那些人都是管什么的,可是前言不搭后语?"

贾母的这段话不可谓不犀利,她点出了中国古代"才子佳人"小说两个特点:第一,很多小说的故事情节都是有固定模式和固定套路的;第二,这些按照套路写出来的情节往往是"为文造情",不具有真实性。

有学者曾经选取清代 50 部"才子佳人"小说进行分析比较,点出了这类小说的惯用套路:一见钟情、纨绔谋取、小人拨乱、权贵逼婚、考诗择婿、女扮男装、奉旨成婚,等等。[1]可见这类小说的叙事已经形成了固有的模式和套路。其实,不

---

[1] 参见苗壮《才子佳人小说史话》,辽宁教育出版社 1993 年版,第 93—101 页。

光是"才子佳人"小说，中国古代很多小说都有固定的叙事套路，比如"奸党陷害忠良、公子流落江湖、最终报仇雪恨"的"复仇保国"模式，比如"落难公子、偶遇佳人、颠沛流离、金榜题名、阖家团圆"的"夫荣妻贵"模式等。

　　这些套路都是传统民间艺人在创作和表演实践中提炼总结而成的，它源于生活，又便于复制，更能够吸引观众。很多讲唱艺人由于深谙这些套路，便能像工厂流水线生产一般在短时间内创作出大量作品。反过来，观众也都习惯了这种世代累积下来的叙事模式，在遇到类似的情节和桥段的时候，就会觉得必须要出现相应的情节和语言，否则观众会认为"不对味儿""很假"。所以，无论是表演者还是听众，都是借助已有的叙事套路，在某种似曾相识的感受中获得了审美愉悦。

　　其实，直到今天，人们在阅读文学作品和观看影视剧时，依旧会发现很多故事桥段被一而再、再而三地讲述，那种固定的套路和模式依旧存在。比如当代言情小说中有一种类型叫"霸道总裁文"，这类小说往往首先要塑造一个"霸道总裁"形象。这个总裁在遇到女主角之前从不对任何女孩动心，可谓"百花丛中过，片叶不沾身"，但后来却因为各种巧合认识了女主角。而且刚刚认识女主角时，总裁还习惯性地对女主角不以为然，之后却由于某些特定的机缘，总裁发现女主角如此单纯、如此善良，不仅不贪恋自己的钱财，还敢跟自己顶嘴，抽自己大嘴巴子，于是从此无法自拔，深深爱上了女主角。接下来本来兢兢业业的总裁突然变得智商为零，为了女主角可以放弃工作、放弃事业、放弃整个世界。当然这个过程中女主角往往还会被绑架一次，总裁经过千辛万苦把女孩救出来，最终很可能是总裁企业破产,但却赢得了爱情。

如此千篇一律的小说,真的对读者有吸引力吗?据 2017 年 5 月 5 日的《宁波日报》报道,某高一女生因受"霸道总裁文"的影响,幻想自己会成为文中的女主角,于是放弃学业去酒店打工,试图通过偶遇入住总统套房的富人老板,实现自己的"女主梦"。无独有偶,某初三女孩突然要去咖啡店打工,原因是她沉醉于韩剧中,把自己想象成了韩剧女主。她说:"真的,我跟很多女主角很像的。我长相一般,可是我很善良,特别喜欢小动物,我很努力。这些女主角,都不是在学校、在大公司上班碰到男主角的,都是在咖啡店打工的时候,吸引到男主角的。"她天真地认为,必须创造遇见男主角的机会才能改变自己的平凡命运。可见诸如"霸道总裁文"、韩剧的影响之大,能够让人深陷其中无法自拔。

这些现象似乎都指向了一个问题:小说写作的背后是不是有一些固定的套路呢?如果在看似丰富多彩的不同作品背后有一个共同的套路,那么这些作品到底在多大程度上具有原创性?如果不同作品是基于相同的底层结构进行创作的,那么为什么只有这样的结构才能使得小说成为小说?是不是套路只是通俗作品的产物,而经典作品往往是不按照套路写作的?

二 结构主义及其批评

探讨文学写作的套路,就不得不提文学理论的一个非常重要的流派——结构主义。结构主义试图发掘的是潜藏在众多文学文本背后的某种结构规则。而这个结构规则其实就是人们经常所说的套路。在结构主义者看来，虽然从古至今的文学作品讲述的都是不同的故事，但是在这些各具特色的故事背后都有一个共通的结构模式。只要找到这个共通的结构模式就找到了文学作品的内在本质。

早在 1928 年，俄国文艺理论家普罗普（Vladimir Yakovlevich Propp）写了《民间故事形态学》（*Morphology of the Tale*）一书，这本书可以说是用结构主义方法研究文学作品的开端之作，以至于后来的很多结构主义理论都或多或少地借鉴了这本书的观点。在普罗普看来，叙事性作品的主要人物和行动往往能够构成一个"行动单元"，他以"行动单元"为基本框架，对上百个俄国民间故事进行了分析和研究，然后发现俄国的所有民间故事基本上都是由 31 种"行动单元"组成的。

这也就意味着，在普罗普看来，虽然不同故事的人物和行动都是不断变化的，但实际上它们都仅仅是在有限的规则内建构着故事。普罗普对这 31 种"行动单元"又进行了进一步划分，它把这 31 种"行动单元"划分为 6 个阶段：准备阶段；复杂化阶段；转移阶段；斗争阶段；返回阶段；公认阶段。这也就意味着，构成民间故事的"行动单元"不仅是有限的，而且它们的排列方式都是相同的，所有民间故事都建立在这一规则的基础之上。

普罗普可以说是探究叙事性作品内在结构的第一人，他的研究给后代人很大启发。毕竟如果叙事性作品真的有一种普遍而共同的结构的话，那么将这一理论运用在文学创作上，就有可能大大提高文学的创作效率。文学作品也不再是作家天才般的独创作品，而是具有某种可复制性和可再生产性。于是普罗普的研究给后代理论家开辟了一个非常重要的方向。不论他研究的结果是否正确,但他至少给人们一个提示:故事可能是有规律的。

1949年,美国原型派学者约瑟夫·坎贝尔(Joseph John Campbell)出版了《千面英雄》(*The Hero with a Thousand Faces*)这本书。在书中,约瑟夫·坎贝尔通过对全世界各种神话传说和现代心理学的研究,提出了一个叫作"单一神话"的观点。"单一神话"这一概念最早见于乔伊斯的《芬尼根的守灵夜》,坎贝尔将其运用到对英雄神话的研究中,认为:"英雄从日常的世界勇敢地进入超自然的神奇区域;在那里遇到了传奇般的力量,取得了决定性的胜利;英雄带着这种力量从神秘的历险之旅中归来,赐福于他的人民。"① 简言之,就是认为古往今来的英雄成长故事都遵循着同样的模式,这一模式主要分为三个阶段:启程—历险—回归。其中每个阶段下面又包括十多个主题,坎贝尔把这个模式称为"英雄之旅"。

坎贝尔对神话模式研究的一个非常重要的贡献在于,他不仅仅强调了神话模式的共通性,同时还发现了这一共通的神话叙述模式在不同时代的变化。在坎贝尔看来,原始时代的"单一神话"和高等文明时代的"单一神话"有着本质上的不同,而对于神话和英雄故事的研究,不应该局限于对某一固定模式及其流变的研究,而应关注神话的作用,具体而言就是:"在过

---

① [美]约瑟夫·坎贝尔:《千面英雄》,黄钰苹译,浙江人民出版社2016年版,第24页。

去如何为人类服务以及如今如何为人类服务。"① 坎贝尔的这本书一经出版,影响极大,它深深地影响了 20 世纪西方大众文化。很多好莱坞导演、编剧,还有创作者和艺术家们把它奉为神书。美国桥水基金创始人达里奥来访中国的时候,就把《千面英雄》这本书送给了我国国家领导人王岐山。

在坎贝尔之后,1950 年,法国《美学评论》杂志的主编艾丹·苏瑞奥(Etienne Souriau),出版了著作《二十一万种戏剧场面》(*Les Deux Cent Mille Situations Dramatiques*)。在这部著作中,艾丹·苏瑞奥提出戏剧的"6 种功能和 5 种组合方法"。这 6 种功能分别是:推动情节发展的主人公意志、主人公的敌对者、主人公的追求者、主人公的目标受益者、主人公与敌人斗争决定胜负的决策者、助手。

艾丹·苏瑞奥的思路是找到复杂戏剧作品中的 6 个基本功能之后,将其进行排列组合,最后得出戏剧很有可能有 210141 种场景的结论。当然这个数字具体是多少并不重要,重要的是艾丹·苏瑞奥想由此传递出一种观念:每一部艺术作品,不论从它的空间、时间和心灵的角度来说,都是"一个独特的世界",这个世界具有封闭性和自足性。所以艾丹·苏瑞奥认为对于戏剧文本的研究不应化繁为简——像某些理论家所说的那样少,而是可以通过排列组合的方式产生出许多的可能性。

法国著名人类学家列维-斯特劳斯 1960 年发表《结构与形式:对弗拉基米尔·普罗普的一部作品的反思》("Structure and

---

① [美]约瑟夫·坎贝尔:《千面英雄》,黄钰苹译,浙江人民出版社 2016 年版,第 343 页。

Form：Reflections on a Work by Vladimir Propp"）一文。在这篇文章中，列维-斯特劳斯追述了普罗普关于民间故事的相关理论，同时也提出了自己不同于普罗普结构分析的新看法。在斯特劳斯看来，结构主义对文艺作品的结构分析并不是形式主义的分析。也就是说，结构分析方法的目的并非解剖作品的形式或外在结构，而是找出其"内在结构"并探索这一结构所隐含的意义。

结构主义认为，文艺作品是人的创造物，特别是人脑的创造物。因此，在文艺作品中就必须倾注作者的理性能力。这种理性能力不是表现在作品的具体内容和形式上，而是表现在作品的"结构"中。这种结构衬托着作品的具体内容和形式，使其按一定的格式组织在一起，构成一部完整的、有意义的作品。所以同结构相比，文艺作品的具体内容是次要的，因为这些内容是经验的、琐碎的，它们服从于结构的安排。因此，决定一部文艺作品之为文艺作品的，不是其内容，而是其结构——因为如果只有内容，没有结构，它们是不成其为文艺作品的。

举个简单的例子，当一个作家想象一个主题，组织情节内容及人物关系时，他会不自觉地按照自己头脑中的那个先天模式。但在实际生活中，由于种种原因，作家的创作思路并不一定完全遵循同一模式的要求。这些原因包括，作家在创作时，受到了他自己或周围环境的客观因素的干扰。例如他在创作时，可能过多地诉诸理性，诉诸逻辑，以他认为"合理的"标准或格式来安排情节或人物的关系，结果就不能使自己真正地做到自由想象，头脑中固有的那个"模式"反而对创作发挥不了太大的影响。在这种情况下，主观的"偏见"往往抹杀或歪曲了"应该如此"的情节。

与列维-斯特劳斯同时期的另外一位结构主义大师就是罗兰·巴特。他是结构主义向后结构主义过渡的关键人物之一。1966 年罗兰·巴特发表《叙事作品结构分析导论》("An Introduction to the Structural Analysis of Narrative"),指出:"叙事的形式,新生的结构主义将其作为首要问题来研究,也是正常的。结构主义不正是通过成功地描述'语言'(言语来自语言,我们又能从语言产生言语)来驾驭无穷无尽的言语的吗?面临无穷无尽的叙事作品以及人们谈论叙事作品的各种各样的观点(历史的、心理的、社会学的、人种学的、美学的,等等),分析家的处境同面临种类繁多的语言和试图从表面看来杂乱无章的信息中找到一条分类原则和一个描述中心的索绪尔,几乎是一样的。"① 在罗兰·巴特看来,日常语言与文学语言在形式结构上具有某种一致性,所以完全可以运用语言学研究方法对文学作品进行研究。从语言学角度看,任何句子都是一个以谓语为支点的结构,那么同样地,任何叙事作品也可以看作是一个大的以谓语为支撑点的结构。

同样的道理,既然语言学分析经常采用的是层次分析法(语音层、音位层、语法层、语境层),那么叙事性作品也可以采用同样的方法。于是罗兰·巴特把叙事作品分为功能层、行动层、叙述层三个描述层次。这三个层次结合密切,功能层是叙事最基本的层次,它可以是单词、句子,也可以是句群,甚至是整个作品。行动层又称人物层,它主要处理人物关系的结

---

① [法]罗兰·巴特:《符号学美学》,董学文、王葵译,辽宁人民出版社 1987 年版,第 109 页。

构,巴特认为人物仅是行动的参与者而不是有生命的人,人物的描述和分类的依据是他们做什么而不是他们是什么。叙述层是叙事文学中的最高层次,在叙述层中叙述符号把功能层和行动层结合在一起,使叙事作品自身成为一个交流体系。

此外,巴特认为文本可以划分为"可读的文本"和"可写的文本"。这不仅是两种不同性质的文本,同时还引发了两种不同的阅读方式。可读的文本,多是一些封闭性的且清楚明了易读懂的文本,读者阅读时多是被动地接受;可写的文本,多是一些带有空缺的开放性文本,它要求读者阅读时积极介入文本中,建构文本的意义,对文本进行再创作。由此可以看出,巴特开始在文学研究领域中引入读者研究,这也标志着巴特从结构主义向后结构主义的转变。

法国国家科学研究中心研究员茨维坦·托多洛夫(Tzvetan Todorov)着重从语言学的角度分析小说及其他文艺作品的语法结构。他指出,从深层看,任何故事的内部都存在着一个支撑这一故事的"语法","语法"不仅仅是日常语言的内在结构规律,也是故事的内在结构规律。"语法"在人类社会生活中起着决定性作用。

例如托多洛夫曾以一则民间童话《雁鹅》为例来分析叙事作品中的"语法"问题。故事的大致内容是:有一个小姑娘因为忘记看管弟弟,导致弟弟被雁鹅掠走,在寻找弟弟的过程中,小姑娘受到了很多小动物的帮助,但又遭到了雁鹅的纠缠。最终小姑娘在河流、苹果树等的帮助下成功摆脱了雁鹅,回到了家中。对于这个故事,托多洛夫指出,故事是由五个单元依次展开的:开始时的平衡状态、弟弟被掠走的失衡状态、小姑娘察觉到了的失衡状态、小姑娘找到弟弟、回家后建立了新的平衡状态。简言之，这个故事是一个平衡—打破平衡—失衡—努力寻找—重建新的平衡的过程。可见，托多洛夫的研究着重于两个方面：一方面从认识论的角度去看待文学作品，将文学作品视为一个可以分解研究的对象；另一方面将每一个文学文本视为一个蕴含诸多层面的具有结构性的对象。

1961年，法国新小说派代表作家米歇尔·布托尔（Michel Butor）发表了《论童话》（"On Fairy Tales"）一文，他在文中提出了一个观点："童话世界是人类现实世界的颠倒，它用幻想和现实对立的结构，帮助儿童适应因为出身、性别、家庭中长幼地位不同而带来的不公平待遇。例如童话中的国王和牧人、富人和穷人、长子和幼子在境遇上有很大的不同，但最后总是牧人获得王位，穷人变成富人，幼子胜过长子。童话用这种方法来使儿童懂得社会地位不是不可改变的，从而抚慰了儿童，维护了现实社会的稳定。"① 虽然米歇尔·布托尔并未像之前的理论家那样提出关于文学作品的诸多结构模式和情节要素，但是布托尔却通过将童话故事与成人故事相互映照的方式指出了童话故事的内在逻辑结构，也不失为关于结构研究的另一种思路和范本。

另一位美国批评家罗伯特·休斯（Robert Scholes）在1974年出版《文学结构主义》（Structuralism in Literature：An Introduction）一书，在书中休斯提出了更为细致的小说模式理论。他认为一切小说都可以按照虚构世界与经验世界之间的三种可能关

---

① 袁可嘉：《结构主义文学理论一瞥》，《光明日报》1985年5月14日第4版。

系而分属于三种主要模式。（1）骑士传奇（浪漫小说）：虚构世界胜过经验世界。（2）历史小说：虚构世界相当于经验世界。（3）讽刺小说：虚构世界不如经验世界。在这三大模式之间又有四种介乎中间的模式，因此可以列举如下：讽刺小说—流浪冒险小说—喜剧小说—历史小说—抒情（伤感）小说—悲剧小说—骑士传奇（浪漫小说）。休斯用这个模式论去分析欧洲小说的历史，得出一个揭示其结构的图式①：

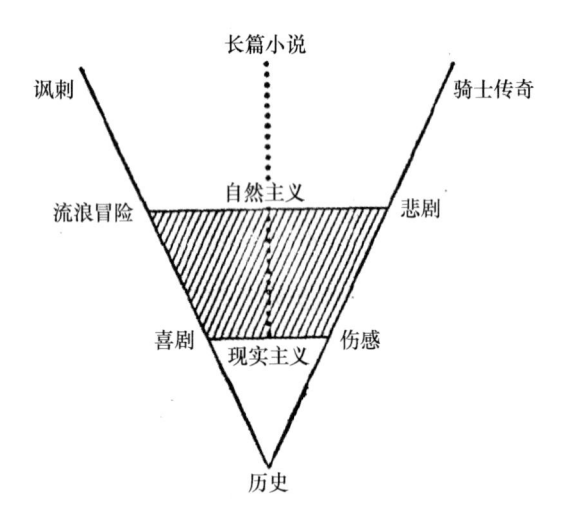

图 13.1　欧洲小说史结构

这个图式的意义如下：欧洲近代小说是在中世纪后期盛行的讽刺小说和浪漫小说的基础上成长起来的。在文艺复兴后期

---

① 参见［美］罗伯特·休斯《文学结构主义》，刘豫译，生活·读书·新知三联书店 1988 年版，第 216 页"图解 5"。

的启蒙时代成熟起来的历史意识，导致讽刺小说、浪漫小说向历史小说的方向发展，逐步形成现代小说。这个现代小说的成长过程具体说来，可以分为几个步骤："流浪冒险小说中的流浪汉和妓女变成了喜剧中的浪男子和卖弄风情的俏女人。骑士传奇和悲剧中的男女英雄则成了感伤小说中富于情感的男人和富于美德的女子。"①

18世纪以后，由于科学和实验的兴盛，先前的讽刺小说和流浪汉小说演变为喜剧小说；喜剧小说和抒情小说合流而成现实主义小说；现实主义小说在19世纪向悲剧小说移动，形成自然主义小说，着重描写异化和崩溃的题材。近代欧洲小说在现实主义小说与自然主义之间到达高峰（图13.1梯形阴影部分），梯形内出现了司汤达、巴尔扎克、福楼拜、托尔斯泰、屠格涅夫和乔治·艾略特那样的大师，梯形的边缘出现了狄更斯、萨克雷、哈代这样的名家。

罗伯特·休斯给我们带来的启示在于，不光是叙事性作品的内部存在着某种固定的结构模式，不同叙事类型随着历史的发展也会进行演变。文学的发展史本质上是不同文学类型及其结构的演变史。

三 为何套路得人心？

有句话说得好：自古深情留不住，唯有套路得人心。为什

---

① [美]罗伯特·休斯：《文学结构主义》，刘豫译，生活·读书·新知三联书店1988年版，第213页。

么叙事性作品的背后会有所谓的恒定结构模式呢？既然一种故事套路可以被反复讲述，就说明这个套路一定屡试不爽，那为什么套路如此得人心呢？

必须要指出的是，程式和套路之所以会有效，就在于它能够以最为简单的方式使人产生审美愉悦。其背后的逻辑是，套路在最大程度上适应了大众的审美趣味和欣赏习惯。对于普通大众而言，欣赏艺术作品往往只是为了轻松愉悦，所以程式化的叙述方式更易于接受，也更易于传播。

这些程式化的套路和结构，并非毫无根据，套路的形成恰恰是社会生活的某种反映，是一种典型化了的日常生活。观众之所以会产生相似的感觉，并不是因为作品本身的可重复性，而是因为它本身就源于生活。这种"源于生活"主要包括两个方面：一方面是套路化的作品所反映的内容是对现实生活的高度提炼，某一情节模式的反复呈现是对复杂现实生活的一种抽象反映；另一方面，套路化的作品虽然与现实生活并不相符，但却符合观众的某种心理期待，它是以表象的失实换取读者的心理认同。

其实，任何文学作品的创作都是有特定的文化诉求的，一部小说的写作，绝不仅仅只是向别人讲一个故事这么简单，在这个故事的背后总是有关于故事的一些价值理念、文化传统、社会问题等。甚至从某种程度上讲，不同类型的文学作品往往对应着不同的文化诉求和社会想象。比如童话故事往往承担着建构儿童世界观的功用，而科幻故事则往往承担着反思科技与人性的功用。这也就意味着不同的文学作品在不同的文化诉求下只能被塑造成某种固定结构模式。

一种艺术作品市场化的程度越高，其标准化程度也就越高。我们在看很多好莱坞电影大片时经常可以指认出故事当中的套路，这是因为好莱坞电影在创作流程上是按照电影的类型进行特定的标准化生产的。某一特定类型的电影有着特定的目标观众，而特定的目标观众有着特定的"期待视野"，所以在这样一种市场性的原则和背景下，电影只能按照某种套路进行生产。

当然，并非所有文学作品都是在高度市场化的背景下进行创作的，但是如果我们把整个社会看作是一个大市场，那么古往今来的作品类型（包括题材和体裁）从某种程度上讲，就已经是经过千百年来不断锤炼和敲打而形成的流水线了。不同流水线上的文学作品对应着不同的文学读者，而不同的文学读者对应着人类某种共同的心理结构和心理诉求。于是按照套路所进行的文学创作就诞生了。

那接下来的问题是：按照套路写出来的作品是否是好作品呢？其实这个问题的答案或许很简单：艺术作品的最高价值不在于复制，而在于突破和创新，能够敢于突破某种套路的作品才有可能在历史上留下一笔。而不断复制已有套路的作品虽然有可能在短时间内获得一定受众，但从长远角度看很难成为经典作品。所以套路得人心，但是套路不能永久得人心。

参考阅读

著作类

1. 高宣扬：《结构主义》，上海交通大学出版社 2017 年版。
2. ［美］约瑟夫·坎贝尔：《千面英雄》，朱侃如译，金城出版社 2012

年版。

3. ［法］克洛德·列维－斯特劳斯：《结构人类学》，张祖建译，中国人民大学出版社 2009 年版。

4. ［俄］弗拉基米尔·雅可夫列维奇·普罗普：《故事形态学》，贾放译，中华书局 2006 年版。

5. 张寅德编选：《叙述学研究》，中国社会科学出版社 1989 年版。

6. ［美］罗伯特·休斯：《文学结构主义》，刘豫译，生活·读书·新知三联书店 1988 年版。

论文类

1. 祝克懿：《"叙事"概念的现代意义》，《复旦学报》（社会科学版）2007 年第 4 期。

2. 余岱宗：《叙事模式研究：结构主义与后结构主义》，《海南师范学院学报》（社会科学版）2005 年第 2 期。

3. 申丹：《叙事学》，《外国文学》2003 年第 3 期。

4. ［美］沃野：《结构主义及其方法论》，《学术研究》1996 年第 12 期。

5. 杨义：《中国叙事学：逻辑起点和操作程式》，《中国社会科学》1994 年第 1 期。

第十四章
诗歌的韵律本质及其原因

一 从《尝试集》到新月派

1917年1月胡适在《新青年》杂志上发表《文学改良刍议》,倡导文学革命。随后陈独秀发表《文学革命论》,正式标举文学革命的大旗。从此,中国几千年来的书面语言习惯借由文学革命而发生了根本性的改变。胡适提出了关于文学创作的"八不主义":一、不做言之无物的文字;二、不做无病呻吟的文字;三、不用典;四、不用套语烂调;五、不重对偶,文须废骈,诗须废律;六、不做不合文法的文字;七、不摹仿古人;八、不避俗话俗字。

很显然,"八不主义"针对的是古代诗歌的形式规则。胡适认为:"今日欲救旧文学之弊,须先从涤除'文胜'之弊入手。今日之诗(南社之诗即其一例)徒有铿锵之韵,貌似之辞耳。其中实无物可言。其病根在于重形式而去精神,在于以文

form 胜质 matter。"① 也就是说，中国古典诗歌讲求格律、讲求对仗、讲求用典，而胡适偏偏要反着来，倡导人们用白话文进行创作，要为中国创造一种国语文学，打倒文言文，推翻"死文学"，树立白话文的正宗地位，提倡以白话文为工具的"活文学"。而胡适的这种"白话文学"的主张，得到了陈独秀、钱玄同、刘半农等人的响应，于是《新青年》杂志在1917年以后只刊载白话文，并开始使用新式标点符号。胡适也开始进行白话诗歌的创作，大有取代旧体诗之势。直到1922年，教育部废除文言教科书，标志着白话文对文言文的胜利。

从某种意义上说，这次白话文运动可谓是"醉翁之意不在酒"。倡导白话文的立意不在文学，而是要以白话文为工具反对旧道德、旧文化，学习西方的民主与科学精神。在这样的一种思想感召下，很多关于传统的、束缚性的东西往往都被视为教条。具体到诗歌领域，近体诗的平仄韵律成为了制约诗歌表达的最为明显的教条。正如艾青所说："自由体的诗为什么最受欢迎呢？因为自由体受格律的制约少，表达思想感情比较方便，容量比较大——更能适应激烈动荡、瞬息万变的时代。"② 于是解放诗歌、破除格律引领了当时的整个文化思潮。

诗歌打破平仄韵律的束缚后，按照一般的观点，诗人就应该有了更多的自由发挥余地，诗人的创作也应该更加游刃有余，诗的境界和水平也理应进入一个新的高度。然而，随着白话新诗的创立和探索，挣脱了传统韵律的枷锁之后，中国现代诗歌

---

① 《胡适书信集》，北京大学出版社1996年版，第68页。
② 艾青：《和诗歌爱好者谈诗》，《人民文学》1980年第5期。

的发展水平真的超过古代了吗?

当然,对于新诗的发展状况,学术界仍旧有不同的观点,但总体上相较于中国古代诗歌,新诗的发展并没有因为形式上的解放而获得新生。相反,随着对白话诗歌探索的不断加深,有学者就发现中国新诗在取消了一切形式限制之后,创作的困难反而越来越大:"形式仿佛是诗人与读者之间一架共同的桥梁,拆去之后,一切传达的责任就都落在作者的身上。究其实际,自由诗并没有替诗人争得自由,反而加重了诗人的负担。"① 毛泽东在给陈毅的一封信中也曾经指出:"用白话写诗,几十年来,迄无成功。"② 于是很多作家又开始反思新文化运动初期白话诗的弊端,主张回归诗歌的"诗性",在白话诗中探寻新的韵律的可能性。

1925 年,以徐志摩、闻一多、朱湘为代表的新月诗派开始形成。新月派不满于"五四"以后"自由诗人"忽视诗歌韵律的创作风气,提倡"新格律诗",主张"以理性节制情感"。闻一多在《诗的格律》中提出诗歌要有"三美":音乐美、绘画美、建筑美。这"三美"一度成为"新格律诗派"的理论纲领,而且闻一多明确指出:"世上只有节奏比较简单的散文,绝对不能有没有节奏的诗。本来诗一向就没有脱离过格律或节奏。"③

---

① 林以亮:《论新诗的形式》,载《林以亮诗话》,台北洪范书店有限公司 1976 年版,第 3—4 页。
② 毛泽东:《致陈毅》,载《毛泽东论文艺》,人民文学出版社 1992 年版,第 169 页。
③ 中国作家协会诗刊社编:《中国新诗百年志·理论卷》(上),中国工人出版社 2017 年版,第 88 页。

问题是,新诗之所以成为新诗不就是要摆脱格律束缚吗?好不容易挣脱枷锁解放了,结果到头来又要追求格律,搞个"新格律诗",这不是搬起石头砸自己的脚吗?而事实是,自从新月派提出了"三美"主张之后,诗歌终于像诗了,终于有点美的味道了。很多耳熟能详的新诗都是从新月派开始创作的,比如徐志摩的《再别康桥》、闻一多的《死水》,等等。比起早期新诗的那种稚嫩、笨拙,新诗似乎终于找到了一条相对较为正确的发展道路。

对于这一现象,俞平伯就从自己的创作经验出发,认为白话诗的创作并非"随意乱来",而是要遵循三大前提,其中第二条就是:"做白话诗的人,固然不必细剖宫商,但对于声气音调顿挫之美,还当考求,万不可轻轻看过,随便动笔。"① 之后俞平伯更是明确指出:"以我的经验,白话诗的难处,正在他的自由上面。他是赤裸裸的,没有固定的形式的,前边没有模范的,但是又不能胡诌的。如果当真随意乱来,还成个什么东西呢!"② 这就说明,白话诗歌与散文还是有本质的区别的,对于诗歌形式极端自由的追求会消解诗歌的独特性。

梁宗岱曾经做了一个非常有意思的比喻:"我从前是极端反对打破了旧镣铐又自制新镣铐的,现在却两样了。我想,镣铐也是一桩好事(其实文底规律与语法又何尝不是镣铐),……我想起幼年时听到那些关于那些飞墙走壁的侠士底故事了。据说他们自小就把铁索带在脚上,由轻而重。这样积年累月,一

---

① 俞平伯:《白话诗的三大条件》,《新青年》1919 年第 3 期。
② 俞平伯:《社会上对于新诗的各种心理观》,《新潮》1919 年第 2 期。

旦把铁索解去，便身轻似燕了——自然也有中途跌断脚骨的。但是那些跌断脚骨的人，即使不带上铁索，也不能飞墙走壁，是不是？"① 可见，即便是白话也并非就意味着可以无拘无束，太自由的诗歌就不像诗了。

新诗这种从破除韵律到强调韵律的探索过程，背后有很多值得反思的东西：诗歌是不是怎么写都可以？当诗歌获得了绝对的自由时，诗歌和日常生活语言还有什么区别？诗之所以成为诗，是不是应该有一些始终不变的本质特征？在这一过程中，韵律作为诗歌较为基本的形式化原则，是否是诗歌的本质特征之一？

二 诗歌与韵律的关系

在中国古代诗歌发展史上，韵律的发展有两次高峰，第一次是从原始歌谣到《诗经》，第二次是唐代的格律诗。可以说前者是中国诗歌韵律的第一次飞跃，后者是中国诗歌韵律的顶峰。从原始歌谣到《诗经》是诗歌韵律从无序化到有序化、从无规则到有规则的过程。《诗经》的出现，标志着诗歌韵律的基本押韵规则得以确立，相对整齐的节奏规则也得以明确。这说明古人很早就注意到了诗歌与韵律的关系问题，以至于韵律规则不仅出现在诗歌中，还渗透到了其他文体的形式安排上，例如《老子》《庄子》等散文中都体现出了对韵律的自觉追求

---

① 梁宗岱：《论诗》，载《梁宗岱文集》第2卷，中央编译出版社2003年版，第35页。

与使用。当然必须指出的是，此时的诗歌韵律还停留在一种自然状态，仅仅是一种经验法则而非固定下来的某种形式规范。到了唐代，格律诗的韵律既沿袭了《诗经》以来的基本规范，同时又有了创新与发展。这种创新与发展得益于唐以前音韵学研究的重要成果。

齐梁时期，沈约等人提出声律论，沈约在《宋书·谢灵运传论》中提到："夫五色相宣，八音协畅，由乎玄黄律吕，各适物宜。欲使宫羽相变，低昂互节，若前有浮声，则后须切响。一简之内，音韵尽殊；两句之中，轻重悉异。"这说明沈约已经开始注意到诗歌创作的内在音韵规范。其中最为重要的是两方面：一是声韵的辨析，二是四声的区分。声韵的辨析为押韵进一步精确化和标准化打下了基础。而四声的区分，对后来的诗歌创作和诗歌鉴赏产生巨大影响，直接推动了平仄规则的运用和格律诗的诞生。这些关于音韵研究的成果被迅速用于诗歌创作之中，《文镜秘府论》描述了当时声律在文学创作中的流行状况：文人"争谈四声，争吐病犯，黄卷盈箧，缃帙满车"。可见对音韵的追求已经成为文人诗歌创作的自觉。也正因为如此，唐代格律诗在用韵、节奏、平仄方面，都有了更成熟、更严格的高标准，达到了中国诗歌韵律的最高水平。

纵观诗歌历史会发现两个现象。第一，中国古代对于诗歌节奏、字数等方面的要求经常会变化，有时候要求严格，有时候要求较松，但是对于韵律的要求是始终不变的。哪怕是当代，一旦放弃韵律之后，立马就会有人纠正过来，强调格律的重要性。而且中国古代至今吟咏不衰的经典诗歌绝大部分都是格律诗，毫无韵律却能被千古传诵的诗歌几乎是不存在的。中国古代没有哪个时期因为彻底放弃韵律而获得过诗歌的繁盛。

这意味着，对于诗歌而言，字数固定不固定不是最重要的，是不是用典也不是最重要的，甚至行数是否要统一都不是最重要的，唯独韵律这一条，无论形式怎么变，都牢牢绑定在诗歌上，是诗歌创作的一条铁律。由此我们似乎可以得出一个结论：韵律是诗歌之为诗歌的一个本质属性。虽然韵律仅仅只是诗歌的形式特征，光有形式不等于有诗歌，更不等于是优秀的诗歌，但没有形式的诗歌很难称得上是诗歌。韵律虽然不是诗歌繁荣的充分条件，毕竟诗歌繁荣还跟时代环境、社会历史等诸多要素有密切关联，但是韵律是诗歌繁荣的必要条件，没有韵律的诗歌不成其为诗歌。

第二个值得注意的现象是，中国古典诗歌的每一次繁盛，都和诗歌韵律的确立或改进有直接关系。正如之前所说，韵律的发展经历了两次飞跃，而相应地诗歌的发展经历了两次繁荣：《诗经》时代中国诗歌首度繁盛，此后唐代诗歌水平更是达到了中国古代诗歌史的顶峰。而且稍微再进一步考察会发现，在唐、宋、元三代中，唐代诗歌最繁荣，影响最为广泛深远，宋词已略逊于唐诗，元曲的成就相对而言又逊一些。而且在诗、词、曲三种文体中，诗，尤其是格律诗，韵律最为精致、严格，词的严格程度其次，曲较为宽松。而若论其成就，也基本依照此顺序：诗成就最高，词其次，曲最次。由此可以看出，韵律对于诗歌发展有着非常积极的推动和贡献。可以这么说，中国诗歌的繁盛与韵律的发达程度是同步的，诗韵越发达、越精致、越严格，诗歌发展越繁盛、越精美，成就也就越高，而不是相反。

无独有偶，西方很多理论家也注意到了韵律对于诗歌的重要意义，例如法国著名文艺理论家狄德罗（Denis Diderot）就曾明确指出韵律在诗歌中的关键作用："你一定感觉到形象很美，但这算不了什么：最出色的还是韵。"① 俄国著名未来派诗人马雅可夫斯基（Vladimir Vladimirovich Mayakovsky）也曾经指出："韵律（节奏、拍子）是诗的基本力量，基本动力。"② 可见，没有韵律就没有诗歌。美国著名诗人爱伦·坡则更是直接把韵律赋予了某种诗歌本体论的意义："文字的诗可以简单界说为美的有韵律的创造。"③ 这就将韵律视为了区别诗与非诗的本质标准。而英国唯美主义作家王尔德也指出："诗的真正特质，诗歌的快感，绝不是来自主题，而是来自对韵文的独创性运用。"④ 艾略特也提出了类似观点："形式必须突破，然后再重新建立；但是我相信任何一种语言——只要它还是原来的那种语言——都有它自己的规则和限制，有它自身允许的变化范围，并且对语言的节奏和声音的格式有它自身的要求。"⑤

虽然西方诗歌并没有中国古诗的那种严格的平仄节奏格式规律，但也十分重视韵律在诗歌中的重要作用，甚至将韵律作为诗歌的本质特征。这说明诗歌与韵律有着密切联系，虽然韵

---

① 《狄德罗美学论文选》，徐继曾译，人民文学出版社1984年版，第518页。
② ［俄］马雅可夫斯基：《怎样作诗？》，载《马雅可夫斯基选集》第5卷，余振译，人民文学出版社1961年版，第85页。
③ ［美］爱伦·坡：《诗的原理》，载赵澧、徐京安等主编《唯美主义》，中国人民大学出版社1988年版，第67页。
④ ［英］王尔德：《英国的文艺复兴》，载赵澧、徐京安等主编《唯美主义》，中国人民大学出版社1988年版，第92—93页。
⑤ ［英］T. S. 艾略特：《诗的音乐性》，载王恩衷编译《艾略特诗学文集》，国际文化出版公司1989年版，第186页。

律只是一种形式特征，却在诗歌发展史上具有决定性作用。对于诗歌韵律的放弃往往意味着对诗歌这一文体的否定和打击。

三 韵律起源的几种假说

诗歌为什么一定要押韵呢？关于这个问题，自古至今没有人能给出一个非常准确的答案。这里提供关于诗歌韵律起源的一些假说，仅供参考。

一种较为简单的解释是：早期的艺术诗、乐、舞同源导致了诗歌韵律的出现。在先秦时期诗歌、音乐、舞蹈这三种艺术形式是完全不分的。这意味着诗歌的形式必须跟随着舞蹈、音乐的形式而变化。舞蹈和音乐是有节奏的，那么诗歌也就必须有节奏。这是从诗歌起源角度对诗歌韵律问题的解释。芬兰美学家希尔恩（Yrjo Hirn）在实地考察了很多原始部落之后指出："劳动的歌和舞蹈最典型的例子可以在大洋洲的部族那里遇到。岛国的生活甚至在其他方面也是对艺术的发展有利的。那里个人与个人之间需要按照同一的和固定的节奏来加以调节，因此那里的划独木舟舞和造船歌得到了发展。同样的需要当然就产生出同样的结果，差不多在所有原始公社那里，生活方式造成了集体活动的必需。"① 普列汉诺夫（Georgi Valentinovich Plekhanov）也认为："人的觉察节奏和欣赏节奏的能力，使原始社会的生产者在自己劳动过程中乐意服从一定的拍子，并且在生产

---

① ［芬兰］希尔恩：《艺术的起源》，转引自朱狄《艺术的起源》，中国社会科学出版社2007年版，第87—88页。

性的身体运动上伴以均匀的唱的声音和挂在身上的各种东西发出的有节奏的响声。但是,原始社会的生产者所服从的拍子又是由什么决定的呢?为什么在他们的生产性的身体运动中恰好遵照着这种而非另一种的节奏呢?这决定于一定生产过程的技术操作性质,决定于一定生产的技术。在原始部落那里,每种劳动有自己的歌,歌的拍子总是十分精确地适应于这种劳动所特有的生产动作的节奏。"① 可见,很有可能是音乐舞蹈的节奏性决定了语言的节奏性,从而导致诗歌韵律的产生。这种解释虽然有一定道理,但是却很难作为一种终极解释。如果诗歌的节奏韵律源于音乐和舞蹈,那么音乐与舞蹈的节奏韵律又是源于什么呢?另外,当诗歌从舞蹈音乐中分化出来成为一门独立的艺术形式之后,为什么几千年来始终没有放弃对韵律的要求呢?这显然无法从诗、乐、舞同源的起因上进行解释。

第二种解释认为诗歌的韵律起源于劳动。许多资料表明,原始歌谣是在原始人的劳动、生活中产生的。如《吴越春秋·勾践阴谋外传》中记载了一首《弹歌》:"断竹、续竹、飞土、逐宍。"这是一首典型的具有韵律的狩猎歌,它反映的就是原始狩猎生活。再如《淮南子·道应训》中有这样一段话:"今夫举大木者,前呼邪许,后亦应之,此举重劝力之歌也。"一群人抬起砍伐后的大树,为了步伐一致,就需要喊号子,做到同起同放。"邪许"也就是"哼哟"。号子的节奏就是抬木者步伐的节奏。体力劳动,特别是原始人的比较简单的体力劳动,往往

---

① [俄]普列汉诺夫:《论艺术(没有地址的信)》,曹葆华译,生活·读书·新知三联书店1973年版,第35—36页。

是某个或者某些动作的有规则的重复,而诗歌的节奏也是音群的有规则的重复。可见歌谣的节奏是适应于劳动和活动中人们动作的节奏而来的。直到近代,人们在打夯或拉纤时所唱的民歌,其节奏背后是劳动的节奏。

诗歌的节奏感不仅可以使劳动者步调一致、动作协调,而且还可以减轻人们精神和心理上的紧张与疲劳。《吕氏春秋·顺说》篇中记载着这样一则故事,更能够充分说明这个问题:"管子得于鲁,鲁束缚而槛之,使役人载而送之齐,其讴歌而引。管子恐鲁之止而杀己也,欲速至齐,因谓役人曰:'我为汝歌,汝为我和。'其所唱适宜走,役人不倦而取道甚速。"这个故事很有意思,管子有精神上的恐惧紧张,役人有体力上的疲劳,但双方都能够通过歌咏得到缓解。所以鲁迅在《且介亭杂文》中《门外文谈·不识字的作家》一文中就提出:"我们的祖先原始人,原是连话也不会说的,为了共同劳作,必须发表意见,才渐渐地练出复杂的声音来。假如那时大家抬木头,都觉得吃力,却想不到发表,其中一个叫道'杭育杭育',那么,这就是创作。"[①] 这就是关于诗歌起源著名的"杭育杭育"说。这种观点认为节奏和韵律是在劳动中产生的,早期人类在劳动中喊出的号子以及劳动之余唱出的声调就是诗歌的原初形态。这个观点非常有道理,但依然需要解决一个根源上的问题:为什么在劳动的时候会不自觉地喊号子?节奏在劳动中起到了什么作用?

如果要从根源上解释诗歌为什么要有韵律的问题,很有可

[①] 《鲁迅全集》第 6 卷,人民文学出版社 2005 年版,第 96 页。

能还是要从人本身的生理特征上找原因,这就有了所谓的"生理假说"。郭沫若曾经写过《论节奏》,文中指出:"抒情诗是情绪的直写。情绪的进行自有它的一种波状的形式,或者先抑而后扬,或者先扬而后抑,或者抑扬相间,这发现出来变成了诗的节奏。所以节奏之于诗是它的外形,也是它的生命,我们可以说没有诗是没有节奏的,没有节奏的便不是诗。"① 他认为心脏的跳动和肺脏的呼吸是节奏的起源。而这背后的逻辑或许是:人维持生命靠的是节奏,于是就会先天地对有节奏的事物情有独钟,因而在进行艺术创作和艺术表达的时候,会多多少少向着节奏靠拢。

这种解释就把人的生理的某种节奏性与节奏的规则性联系了起来。从某种程度上应该说触及了诗歌节奏问题的本质:节奏背后所产生的形式美感,与人的生理活动的某种节奏性质有了密切关联。进而言之,诗、乐、舞为什么都会特别强调节奏,就是因为节奏作为一种形式规范,可以非常有效地把诗歌、音乐、舞蹈组织起来,将本来散漫混乱的诸多要素整合为有组织的、有规则的和美的事物。所以诗歌对于韵律和节奏的要求,根源于人生理上的节奏性质。

接下来的问题是,为什么人类会对有节奏的事物情有独钟呢?英国美学家贡布里希(Sir Ernst Hans Josef Gombrich)认为:"我们之所以称这样的节奏为'原始的'节奏是因为它的时间间隔和有规律的重复非常容易把握。我们能预计到下一个

---

① 郭沫若:《论节奏》,载《郭沫若全集》文学编第 15 卷,人民文学出版社 1990 年版,第 353 页。

重音在何时出现。我们可以毫不费力地跟上这样的节奏。如果时间在间隔和细节的安排发生了变化，那么就需要更多的注意力才能跟得上。有些用不同音调演奏的比较复杂的组合乐句，如印度的拉伽，对于西方人来说几乎是无法欣赏的，因为没有经过训练的人很难把握住这些组合乐句各成分之间的种种关系。"① 也就是说，节奏的特殊意义在于其背后的规律和重复在人们的心理上具有某种可预测性，这种可预测性给人们带来某种稳定感和可把握感，所以对节奏的追求就成了人们的一种心理上的本能需求。

如果"生理性假说"是有道理的，那接下来还会涉及一个问题：人的生理活动为什么会有节奏性呢？生理上的这种节奏性又源于什么呢？于是有人就提出了"宇宙自然的节律性假说"，认为不光人的生理活动具有节奏性，宇宙自然界的一切活动，其背后都有着某种节奏性，比如四季交替、日出日落、月盈月缺、潮涨潮落，等等。当语言遵循和谐对称的自然规律运动时，即遵循"韵律"时，就会由内在韵律的律动导致产生一种外在起伏波动的节奏，使诗形成一种外在的形式，并发出一种美妙动听的声音，这就是诗之所以是诗的独特性。宇宙的规律性决定了人体生理活动的节奏性，而人体生理活动的节奏性又决定了艺术创作的节奏性，由此诞生的艺术作品也就必然具有了节奏韵律。

"生理性假说"和"宇宙自然节律假说"虽然有道理，但

---

① ［英］贡布里希：《秩序感》，杨思梁、徐一维译，浙江摄影出版社1987年版，第22—23页。

是它们主要强调的还是节奏问题。韵律包括节奏，但是韵律不完全等于节奏，所以它们依旧没能很好地解释韵律产生的原因。在这两种假说之外，还有一种观点，叫"语言生命说"。这种观点认为，当我们日常交流时，语言只是一种符号和工具。每个人都不得已要遵守人为的语法逻辑规则。这就使得我们都是按照人的意志进行言说的，语言处在一种被操纵、被支配、被束缚的"被动"状态。而当语言获得解放，进入诗歌状态的时候，语言就实现了自我言说，这个时候语言就进入一种自我游戏的运动状态，这种状态也就是审美状态。只有在诗歌中语言才会获得解放，实现真正的自我言说。从这个意义上看，诗歌的语言是一种自娱自乐的语言。

在日常交流中，是我们在支配使用着语言，我们是语言的主人，语言作为工具在为我们所用。而在诗中是人在被语言使用，人处在一种客体的被动状态。这也就意味着在诗歌中，语言作为言说的主体具有了一种非常强烈的自我意识，这使得诗歌不是无生命的符号，而是有生命的事物。而诗歌语言处在有生命的状态的一个重要表现，就是它的韵律性。

四　诗歌韵律的心理学解释

以上几种关于韵律与诗歌的关联性的观点都仅仅是某种假说，还很难从理论上、科学上进行证明。解释诗歌为什么要押韵的问题或许还要借助心理学的理论，这其中比较有代表性的当属 20 世纪 50 年代的格式塔心理学美学。

格式塔心理学 20 世纪初诞生于德国，后来在美国得到发展。这一派提出的观点专门针对的是构造主义心理学，强调一种整体观。后来美国著名心理学家阿恩海姆将格式塔心理学移植到美学问题上，专门研究人在认知事物的时候的知觉结构。在 1954 年他出版著作《艺术与视知觉》（Art and Visual Perception），可谓是格式塔心理学美学的"圣经"。在这本书中，阿恩海姆提出了要采用心理学实验的方法来研究美学问题，他认为艺术活动的最重要的基础就是知觉，更具体地讲是视知觉。

什么是视知觉呢？举个简单的例子，现在网络上经常会有所谓"逼死强迫症"的图片。每当看到这种图片，很多"强迫症"患者都会忍不住要把图片上的内容"修正"，把不舒服的地方填补完整，把不整齐的地方排列整齐。这样就瞬间有了一种特别爽的感觉。那么为什么面对一张图片，人们非要把它改成整齐的样子才会觉得舒服呢？原因在于，当我们看任何事物的时候，是带着一种结构和力去看的，比如人类本能上就认定了事物的结构应该是稳定的，一张图片的构图应该是对称的。而当我们看到的对象不符合我们内心的这种知觉结构时，就会产生某种极强的不适感，进而产生想要去修正它的冲动。而当外在事物的知觉结构与人的内在情感的知觉结构具有某种共通性的时候，事物就会给人一种美感。美感之所以产生是因为对象的内在结构与主体的情感结构达成某种一致性。这就是所谓的格式塔心理学美学。

当然，这里面涉及一个比较深的问题：格式塔说的这种人内在的知觉结构到底是从何而来？如何证明人内心是有着这样的结构的呢？这个问题目前依旧很难回答，还不能给出明确的结论。但是至少大量的实验和经验表明，每个人的内心应该是存在着这样一种知觉结构的,正是这一结构让我们把事物看成是美的。

格式塔美学的理论是怎样解决诗歌押韵的问题的呢?从格式塔心理学美学的角度看,诗歌之所以要押韵是因为押韵符合了格式塔当中的对称原则。我们总认为审美是多元的,但美学家们一直以来都在孜孜不倦地去探求审美的本质规律。千百年来,虽然有太多的美学家都提出了自己对美的规律的见解,但到目前为止却依旧没有能够形成统一的答案。如果我们翻看历史上的诸多美学家对美的本质特征的归纳,会发现尽管他们给出的答案各不相同,但也确实存在着一定的相似性,其中之一就是对称。绝大多数美学家都认为,对称的东西往往具有美感,而美的东西往往蕴含着某种对称性。这就导致对称这个原则已经构成了我们看待一切事物的那种内在知觉结构,当我们看到对称的事物时,心里总是有一种莫名的舒服感。

诗歌之所以会带给我们某种舒服感,就是因为诗歌的韵律与我们内心中的对称原则符合了。诗歌中的对称性体现在两个方面,一方面是字数上的对称性,虽然一句诗的字数既可以是单数也可以是双数,但是一首诗的全部诗句除了极少数的例外基本上都是双数。为什么是双数呢?用对称的原则就非常好理解,双数给人一种对称感,而对称又给人一种稳定的安全感。比如"断竹、续竹、飞土、逐宍",每句只有两个字,一共四句,两两相对,非常对称。说明从原始社会开始我们的先人就已经发现,双数要比单数更能体现出某种完整感。

所以无论诗歌每句的字数怎么变,诗歌的行数基本都是双数。这是诗歌对称性第一个方面的体现,而诗歌对称性的第二个方面就是韵律。对于诗歌而言，诗的本质既不是唱的，也不是说的，而是要吟的。吟其实是一种介于说和唱之间的表达方式。吟诵和歌唱的根本区别在于，唱可以把一个音节谱成好几拍，而吟诵则不可以。吟诵的节拍是以说话的节奏韵律为标准的。这种通过节拍来吟诵诗歌的方式，就将诗歌的内容天然地分成了不同的段落，再加上诗歌的行数往往是双数，那么每一双数句的句末如果能够有同样的尾音，就显得更加对称了。所以古人写诗押韵，经常"一三五不论"而"二四六分明"，意思就是要在偶数句的末尾形成某种对称感。

格式塔心理学美学对于诗歌韵律的解释，具有了某种理论基础，同时也能得到经验上的印证，尤其是格式塔背后所强调的对称原则，可以说为诗歌为什么要押韵找到了一个合理的解释。不过，可以再往深层追问一个问题，为什么人会不懈追求对称性呢？对称对于人而言有什么好处呢？

其实对于对称的追求，很有可能源自人类千万年来的一种生物性本能。从生物学角度看，对称是最容易识别的外在视觉特征。而从进化论的角度看，对称往往意味着健康。越健康的人，身体的左右两个部分就越对称。所以原始人寻找配偶，身体的不对称意味着残疾和缺陷，进而意味着繁殖力的不足。不仅如此，对称的背后还意味着某种稳定感。比如原始人给自己搭一个窝，建筑结构的不对称意味着更大概率的倒塌风险，进而意味着安全性的不足。所以对称意味着健康和安全。而从进化论的角度看，在生物不断进化发展的历史中，虽然有些人类会喜欢不对称的事物，但这些对不对称抱有偏好的人类，往往会在优胜劣汰的进化史上被淘汰，没能留下后代。而我们是那些对对称性存在强烈审美偏好的原始人的后代。当然到了今天这个时代，对称性原则已经丧失了它的使用功能而纯粹地成了某种审美偏好。

从这个意义上看，诗人对语言对称性的狂热追求，并不仅仅是发自简单的文学趣味，而是很有可能源自千万年前的原始本能。虽然时代变了，但是今天人们总会在生活的方方面面有意无意地追求对称性，把那些不够对称的东西尽可能做得对称，而诗歌当中的修辞也是其中的一种表现。古汉语有着单字单音，基本上又有一字一义的特性，很容易做出对称的效果，所以中国古人对修辞上的对称性格外迷恋。不仅写诗，就连写文章都会如此，于是才有了骈文，几乎每一句都要对仗。当然，这些理论严格意义上也都是假说，很难进行科学上的证明，需要后来人进行更为深入的研究。

参考阅读

著作类

1. 王力：《诗词格律十讲》，四川人民出版社 2019 年版。
2. 王力：《诗词格律》，中华书局 2019 年版。
3. 谭德晶：《现代诗歌理论与技巧》，电子科技大学出版社 2014 年版。
4. 赵敏俐主编：《中国诗歌史通论》，人民文学出版社 2013 年版。
5. 王光明：《现代汉诗的百年演变》，河北人民出版社 2003 年版。
6. 蓝棣之：《现代诗歌理论——渊源与走势》，清华大学出版社 2002 年版。

论文类

1. 邱春安：《多维视角下的诗歌韵律之美》，《河南社会科学》2014 年第 8 期。

2. 张中宇：《韵律与中国诗歌繁荣的相关度分析》，《重庆大学学报》（社会科学版）2003 年第 1 期。

第十五章

文学语言与存在问题

一 关于"两株枣树"的多重解读

关于文学语言,有一个非常著名的案例。鲁迅的散文诗集《野草》中有一篇文章《秋夜》,《秋夜》的开头是这样一句话:"在我的后院,可以看见墙外有两株树,一株是枣树,另外一株也是枣树。"关于这句话,普遍的质疑是:鲁迅为什么不直接说"墙外有两株枣树"?为什么非要说"一株是枣树,另外一株也是枣树"?鲁迅这是闲得无聊,还是另有深意?关于"两株枣树"背后的用意,后来的人们一直争论不休,甚至已经形成了一场公案。其实,从对这两句话的追问中可以窥见文学理论中的一个重要问题,即文学语言问题。

鲁迅为什么这么写?有人说是为了赚稿费,毕竟稿费是按字数算钱的,多写几个字就能多赚点钱。这种解释有没有道理呢?不能说完全没有道理。也有人说鲁迅就是随便一写,而且这种随便一写很有可能是这样一种情景:由于鲁迅那个时代只能用毛笔或者钢笔写字,这就导致删改不是很方便。所以鲁迅在写《秋夜》的时候，很可能刚一拿起笔，想到后院有两株树，于是写下"在我的后院，可以看见墙外有两株树"，但是这两株树是什么树呢？鲁迅记不清了，于是扭头一看发现"哦，一株是枣树"，于是就迫不及待地写下了"一株是枣树"。刚写完这句，再扭头一看，发现"另外一株也是枣树"。但是前一句已经写完了，不太好改了，刚写两句就删改太浪费纸。算了，就这么硬着头皮写吧，于是就写下了"另外一株也是枣树"。

赚稿费也好，写错字也好，这些可能性是存在的，但是从文学理论的角度看，鲁迅写这句话的真实动机不应该成为关注的重点。在对文学作品分析的时候，分析作者真实动机通常是无效的。作者这么写的动机到底是什么，这个问题作者之外的人是不可能知道答案的。而如果某件事情全世界只有作者一个人知道的话，那么即便是作者本人的解释，真假也非常可疑。所以分析鲁迅这两句话的重点不在于他的真实动机是什么，而在于：为什么《秋夜》中只有开头这两句话被后来人一直津津乐道？在解读鲁迅这两句话的时候，人们读到了什么？这是文学理论需要探讨的。

关于"两株枣树"至少有这么几种解读。

第一种解读认为，鲁迅之所以写"一株是枣树，另外一株也是枣树"，展现了一种观察的过程，有一种电影的镜头感。台湾小说家张大春就持这样观点。[①] 这种观点的逻辑是，鲁迅的这两句话呈现了"描述"与"叙事"之间的区别。"我的后院

---

① 张大春在其文章《站在语言的遗体上———一则小说的修辞学》中指出："一旦修剪下来，读者将无法体贴那种站在后园里缓慢转移目光、逐一审视两株枣树的况味。"参见张大春《小说稗类》，广西师范大学出版社 2004 年版，第 25 页。

有两株枣树"是一种"描述",告诉读者"有什么",但"一株是枣树,另外一株也是枣树"就是一种"叙事"。"叙事"强调过程。这就像电影中的场面调度,先拍到一株枣树,然后将镜头平移,发现另外一株也是枣树,从而体现出一种站在后院缓慢平移目光,逐一审视两株枣树的过程。这个过程背后,传递出了某种审视感。如果只说"有两株枣树",这种审视感就无从体现。

而且相较于"描述","叙事"还体现出了更为复杂的意味。比如这样一句话,"老王家生了两个孩子,一个是女儿,另外一个也是女儿",跟"老王家生了两个女儿",有什么区别?"一个是女儿,另外一个也是女儿"能够传递出很多复杂的信息,比如很有可能老王家重男轻女,生了一个女儿不乐意,还想再生另外一个,结果生了二胎之后发现还是女儿很失望。而这些意味是单纯一句"老王家生了两个女儿"无法替代的。所以不管鲁迅说这两句话的动机是什么,就其效果而言,呈现出了一种视觉观察轨迹,体现出观察者的某种心理状态。这就是关于"两株枣树"的第一种解读。

第二种解读认为鲁迅这两句话产生的效果是,引起话语期待,形成失落感。要知道,阅读过程不是被动的接受过程,读者时时刻刻都在根据已经阅读的内容去预测接下来的内容。所以读者在读到一句话之后,会本能地对下一句话产生期待。比如这句话——"天边露出了一丝彩霞,周杰伦拿起了一杯××",虽然结尾空了两个字,但不用说也知道这个词是什么。同样的道理,有学者指出:"这一句式作用于阅读者的心理,似乎在暗示着另一株会是别的某种树。阅读者在期待着,期待枣树这样高大挺拔、直刺天空、清醒而又坚强的'战斗者'在秋夜里多多益善。然而,'也是枣树'的结果使这一期待完全落空。"[1] 也就是说,当读者读到"我的墙外有两株树,一株是枣树"的时候,就会形成一种期待:下一株树应该是什么树呢?按照正常思维应该不是枣树了,但是接下来却读到"另外一株也是枣树"。这种表达方式使读者的心态有一个变化——从产生期待到期待落空的变化,进而就形成一种失落感,为下文乃至整篇文章的绝望氛围奠定了基调。但文章如果只说"有两株枣树",就没有这种失落感。

同样的句式,假设这样一个场景,一个女生在日记中写道,"去年,我遇到两个男人,一个是渣男,另外一个也是渣男"。这句话跟"我遇到两个渣男"有没有区别?当然有区别。当她说"一个是渣男"的时候,其实引导着读者朝向了某一种期待,期待是:另外一个应该不是了吧。但是没想到另外一个也是。这就产生了一种女生很惨的感觉,于是读者就会对作者产生某种同情。所以鲁迅的这种表达方式,就是在拨动读者心绪的同时让读者形成失落感,同时也体现了鲁迅的某种孤独与寂寞,渗透出一种"执拗的反抗绝望的完全性和倔强感"[2]。

第三种解读注意到这两句话是一篇散文的开头,而开头的目的往往是要引入。所以鲁迅的这种表达方式体现了一种"由虚入实"的写作手法。所谓"由虚入实"指的是从想象中的虚

---

[1] 吴秀明主编:《多维视野中的百部经典》中国现当代文学卷,浙江古籍出版社 2004 年版,第 70 页。
[2] 孙玉石:《现实的与哲学的——鲁迅〈野草〉重释》,上海书店出版社 2001 年版,第 18 页。

景过渡到眼前的实景。当鲁迅写下"在我的后园有两株树"的时候,并不一定意味着鲁迅写作时正在看着这两株树,所谓"两株树"极有可能是鲁迅头脑中呈现的某种印象,这是想象中虚景。然后接下来写"一株是枣树"也有可能是某种印象,也有可能是看到了其中一株是枣树。但是当写到"另外一株也是枣树"的时候,他向读者提示了一个重要信息:作者很有可能是此时真正地看到了那株枣树,作者接下来写的内容是作者写作时亲眼看到的事物,而不是作者头脑中的印象,强调作者所写内容的真实性。

第四种解读认为鲁迅之所以这么写强调的是个体的独特性。鲁迅这种表达方式的背后体现出了一种理念:枣树跟枣树是不一样的。虽然在生物学上看它们都是枣树。但是鲁迅认为,看待事物、观察事物不能盲目地"贴标签"。枣树就是枣树,这株枣树只是这株枣树,不能用笼统的词汇来代替。所以"一株是枣树,另外一株也是枣树"强调了每个个体的独立性,只不过鲁迅还没有找到用不同的名词来区别两株枣树的方式,于是就采用最为简单的办法:重复上一句的表达方式——"另外一株也是枣树"。鲁迅之所以这么不厌其烦,是因为他是在以一种审慎认真的目光看待每一个事物,把每一个事物都当成一个独立的个体来看待,而不是盲目地去给个体贴上一个叫作"枣树"的标签。当然有学者借此引申,认为鲁迅之所以这么写背后是隐喻"那些没什么差别但实则充满客体的具体的差别的看客"[1],也可视为一家之言。

---

[1] 刘宇隆:《浪掷的余味》,九州出版社2018年版,第147页。

第五种解读类似于中学语文的阅读方式。为什么会写"一株是枣树，另外一株也是枣树"呢？原因很简单，引发读者阅读兴趣，或者叫引起读者的注意。支持这种观点的不乏名家，比如夏丏尊、叶圣陶在《文章讲话》中就提到这句话，认为这就是一种不寻常的说法。① 这种不寻常的说法的目的是要引起读者注意，以此方式强调作者想在文章背后传达出来的独特情调。

第六种解读认为鲁迅的这种表达方式传递出了某种淳朴之美。著名学者唐弢曾写过一本小册子《文章修养》，其中提到鲁迅这两句话时指出："本来只用'两株枣树'四字，就可以说完了，作者却把它分成两部分来说，用以增加文章的韵味，使人对此有回荡的情调，朴美的感觉。而这所谓回荡的情调，朴美的感觉，也往往是所有反复句子的同有的特性。"② 唐弢从文本本身的角度，分析鲁迅这两句话的构造和安排所体现出的某种韵味美和淳朴美，进而将其视为反复手法的一个典型范例。另外，也有学者指出，鲁迅这里是"用重复的修辞手法，制造了一种氛围，突出了它在暮秋严霜的摧残下，'默默地铁似的直刺着奇怪而高的天空……'的孤冷傲岸的姿态"③。

第七种解读是著名画家吴冠中提出的，他在谈到鲁迅的这句话时指出："鲁迅写出了秋夜的高远与苍凉。只两株树，还都是一样的枣树，单调、寂寞啊，但其间具画眼的敏锐，绘出了

---

① 参见夏丏尊、叶圣陶《文章讲话》，中华书局2013年版，第19页。
② 唐弢：《文章修养》，生活·读书·新知三联书店2008年版，第133—134页。
③ 房向东：《鲁迅书里书外事》，山西教育出版社2018年版，第17页。

两株枣树的相互对称之美。"① 也就是说，一株是枣树，另外一株也是枣树，在读者脑海中构成了某种对称性，即所谓的画面的对称感。大家都知道吴冠中是个画家，画家特别强调这种画面构图的方式，所以他在解读文学作品的时候，也比较注重文学作品中的画面构图问题。

第八种解读，认为鲁迅的这种表达是一种自我创造或者叫作自我的自画像。这种说法出自于中国人民大学教授张洁宇。她写了一本书《独醒者与他的灯——鲁迅〈野草〉细读与研究》，这本书收录了她的一篇文章《审视，并被审视——作为鲁迅"自画像"的〈野草〉》，在文章中她指出："在作者的意识中，这两株'枣树'其实根本就是一体的。而在开篇处他以极为突出的笔墨强调它们各自的独立——甚至拒绝与对方共用一个名字——恰是在一体之中硬生生地创造出'另一个'来。换句话说，即如画家用自己的笔创造出一个自我形象那样，那'还有一株'的枣树其实也正是在第一株的审视目光中被创造出来的。"② 张洁宇教授指出，在《秋夜》中，这样的一体分立不只一处，在"两株枣树"之后，鲁迅还写到了"笑声"的分立：

> 我忽而听到夜半的笑声，吃吃地，似乎不愿意惊动睡着的人，然而四围的空气都应和着笑。

---

① 吴冠中：《背影风格》，团结出版社2008年版，第134页。
② 张洁宇：《独醒者与他的灯——鲁迅〈野草〉细读与研究》，北京大学出版社2013年版，第3页。

鲁迅为什么要在文章中反复强调这种一体二分的分离感？这应该是鲁迅刻意为之的结果。张洁宇教授指出，从某种程度上讲，《秋夜》不只是鲁迅"自言自语的日记"[①]，更是鲁迅自我的一个"自画像"，是以自我的某种眼光去审视另外一个自我。

除了之前这八种解读，还有人从创作背景上进行分析，认为这两句跟鲁迅与周作人的不合有关系。《秋夜》写于1924年9月15号，而1923年7月19日周作人给鲁迅写了一封信，信中说道："我想订正我的思想，重新入新的生活。以后请不要再到后边院子里来，没有别的话。愿你安心、自重。"[②] 这封信标志着鲁迅与其弟弟周作人的决裂。从此鲁迅带着妻子和母亲搬家，买了阜成门内西三条胡同的房子。据说在1924年的6月，鲁迅回到老宅四合院去取自己的书籍和物品，跟周作人发生了激烈的冲突。而就在这件事3个月后鲁迅写了《秋夜》这篇文章。那么接下来出现了第九种解读：同样都是周家的儿子，两个人一起长大、一起留学、一起出版了《域外小说集》，但是怎么就决裂了呢？"本是同根生，相煎何太急。"所以鲁迅此处强调"一株是枣树，另一株也是枣树"意味着兄弟的分离。

关于"两株枣树"这场公案，到底应该怎么看待它？从文学理论的角度看，这就涉及文学语言跟日常生活语言的区别问题。

[①] 张洁宇：《独醒者与他的灯——鲁迅〈野草〉细读与研究》，北京大学出版社2013年版，第3页。

[②] 《鲁迅全集》第15卷，人民文学出版社2005年版，第477页。

二　文学语言的修辞立场

鲁迅的"两株枣树"到底是不是废话？首先要看对待这两句话的立场，立场的选择往往决定了对事物的价值判断。如果站在科学主义的立场去看待宗教，一定会认为宗教百分之九十的内容都是胡说；如果从实用主义的角度去看待文学艺术，也一定会认为文学艺术绝大多数都是毫无用处的。所以评价鲁迅的语言，立场很重要。

语言的立场都有哪些呢？关于语言，至少有以下几种立场。

工具论语言观。这种观念将语言视为一种传递信息的工具，语言本身仅仅是传递的媒介。所谓"辞达而已矣"，语言在表达了它所要表达的意义、完成了它的传播任务之后，就结束了其使命。语言仅仅是一种工具，并不承载更多其他的意义。正如高尔基（Maxim Gorky）所说："语言把我们的一切印象、感情和思想固定下来，它是文学的基本材料。"[①] 工具论语言观强调的是语言的模仿功能和传播功能，在这样一种观念下，文学语言与日常生活语言没有任何差别。工具论语言观背后的哲学基础是以主客二分为前提的形而上学认识论，强调的是语言的再现功能，强调语言所描绘的内容与现实世界之间的相似程度，语言的形式以及语言本身并不是关注的重点，语言表达的内容才是关键所在。

[①] ［俄］高尔基：《论散文》，载《论文学》续集，冰夷、满涛等译，人民文学出版社1979年版，第387页。

形式论语言观。这种语言观将语言视为一种审美的、情感的存在。例如穆卡洛夫斯基（Jan Mukarovsky）就指出："如果诗的语言是为了普及的话，它们的美学功能就可能因此受到威胁。因此，诗的新语汇的构成方式是不平常的，无论是在形式上还是意义上对语言都作了相当大的歪曲。"① 西方很多理论流派都持这种语言观，如俄国形式主义、布拉格学派、法国结构主义、英美新批评、语义学派等。形式论语言观将语言视为一种纯粹的形式，而文学语言就是这种纯形式的语言。

社会语言观。这种语言观认为语言作为一种符号，与社会意识形态之间有密不可分的关系，甚至意识形态就是通过语言符号而得以完成的。这就将语言及语言所表达的思想意义、价值评价等都视为了某种意识形态的反映。例如贝尔西（Catherine Belsey）就认为："在索绪尔研究的基础上有可能这样论证：就语言是一种表达经验的方式而言，它必然带有意识形态（作为人们生活方式和构想他们与生存条件关系的方式的总和）的性质。意识形态体现在意义实践中——在话语、神话、表现和再现'事物''是什么'的方式等中——在这个意义上，它也就体现在语言中了。"②

第四种是哲学语言观。这种语言观不再将语言视为表达思想内容的一种工具，而将其视为现代哲学对本体论、认识论等传统哲学进行反思的前提和基础。例如海德格尔（Martin Heide-

---

① ［俄］穆卡洛夫斯基：《标准语言与诗的语言》，邓鹏译，载伍蠡甫、胡经之主编《西方文艺理论名著选编》下卷，北京大学出版社1987年版，第428页。
② ［英］凯瑟琳·贝尔西：《批评的实践》，胡亚敏译，中国社会科学出版社1993年版，第58页。

gger）就将语言视为存在的寓所，他将语言与人类的生存方式联系起来，语言不仅仅是交流、对话、交往的工具，还是世界向我们袒露自身的方式："人似乎作为语言的形成者和主人而活动着。但是在事实上，语言才是人的主人。"① 由此语言具有了本体论意义，语言是人之为人的特性。

对待文学语言应该站在哪种语言立场呢？如果从工具论语言观角度看，鲁迅的这两句是典型的废话，因为工具论语言观强调的是准确、简洁，要在清晰地表达所要传递信息的前提下尽可能精炼，把可有可无的内容删去。所以站在事实陈述的立场上，说鲁迅的这两句话是废话毫无问题。

但是，鲁迅在写《秋夜》的时候，是在陈述事实吗？前述如此众多的解读都指向了一个问题：这两句话所传递出的不是冰冷的信息，而是复杂的情感。那么从情感表达上看，鲁迅的这两句话是不是废话呢？那就未必了。否则很多诗歌都会有叠句，难道都是废话？比如汉乐府的一首诗："江南可采莲，莲叶何田田。鱼戏莲叶间。鱼戏莲叶东，鱼戏莲叶西，鱼戏莲叶南，鱼戏莲叶北。"若将其改成"鱼戏莲叶东西南北"还有诗歌的味道吗？所以看待鲁迅的这两句话，不应该站在工具论的立场上进行评价，而应该站在文学语言的立场上进行评价。什么是文学语言的立场？就是将语言视为一种审美的、情感的存在。换言之，就是一种"修辞的立场"，将语言视为一种修辞手段而非传递信息的工具。

---

① ［德］海德格尔：《诗·语言·思》，彭富春译，文化艺术出版社1991年版，第187页。

三 文学语言与"陌生化"问题

关于修辞,人们都知道有各种各样的修辞方法:比喻、拟人、排比、反问、对偶、双关,等等。这些修辞手法虽然各不相同,却都指向一个共同的本质:将熟悉的语言变得陌生,即所谓的"陌生化"。"陌生化"是俄国形式主义学者什克洛夫斯基(Viktor Borisovich Shklovsky)1917年在《作为手法的艺术》("Art as Technique")一文中提出的概念,他将其作为文学语言的本质特征。他指出:"艺术的手法是将事物'陌生化'的手法,是把形式艰深化,从而增加感受的难度和时间的手法,因为在艺术中感受过程本身就是目的,应该使之延长。艺术是对事物的制作进行体验的一种方式,而已制成之物在艺术之中并不重要。"① 可见,文学语言的独特之处就在于将日常熟悉事物进行艺术化的处理,使其与司空见惯的日常生活保持一定距离,从而获得某种陌生的美感。

文学是语言的艺术,其中"艺术"二字的关键就是"陌生化"。所以文学就是对习以为常的语言材料进行变形、使其反常的艺术。中国台湾乐团苏打绿有一首歌《你被写在我的歌里》,其中有一句歌词是"快乐有时候竟然辣得像一记耳光",这句歌词就运用了多重"陌生化"的手法。"快乐"本来是一个非常抽象的感觉,这里作者将其具象化,与"辣"这种味觉相

---

① [俄]维克多·什克洛夫斯基:《散文理论》,刘宗次译,百花洲文艺出版社1997年版,第10页。

联系。"快乐"跟"辣"这本来就已经是一种"陌生化"了，接下来又进行了一重陌生，"辣"又是一种什么样的感觉呢？"像一记耳光"。这就导致听众在理解这句歌词的时候脑海里进行了多重感觉的转换，从而呈现出了某种"陌生化"的审美效果。所以从文学理论的角度看，不应简单地把"修辞"理解为"修饰"。按照传统观念，所谓"修辞"就是"修饰文辞"，而"修"这个字往往被理解为是修"正"。事实上修辞的本质恰恰是修"反"——不是将错误的变成正确的，而是使常态变形，将普通的"陈述"变为"伪陈述"，将本来熟悉的东西变得陌生，这才是文学语言区别于其他语言的标志。

接下来，如果对这个问题进行进一步追问，就涉及一个关键问题："陌生化"的目的是什么？为什么修辞不是修正而是偏要修反？

这就涉及了文学语言与其他语言的区别问题。文学语言与日常生活语言的一个本质区别就是：日常生活语言传递信息，而文学语言传递感受。也就是说，文学所运用的语言与现实生活中所运用的语言是有着本质上的不同的。现实生活中的语言总是有确定所指的，总是指称着某个确定的对象。而文学则不同，文学通过语言创造了一个虚幻的世界，这就意味着文学语言并不指向某个现实的对象，它传达的更多的是一种感受。为了能够更加生动准确地传达感受，文学语言就必须摆脱惯常的、习惯性的表达方式，打破常规的束缚，拒绝现实规则的限定，实现真正的审美自由。正如俗语所言"熟悉的地方没有风景"，很多东西越是习惯人们就越对它视而不见，只有陌生才能凸显出独特性。可见文学语言之所以要陌生，其核心目的就是为了突出感受。

那这就又涉及一个问题：为什么"陌生化"之后容易产生美感？美感跟"陌生化"之间有着什么样的联系呢？

事实上，语言一旦"陌生化"之后，就会造成审美主体与审美对象之间的心理距离，从而跳脱出现实生活的感觉和逻辑，绕过理性思维和逻辑思维，激发人最原始的情绪和感觉。所以要想实现"陌生化"的效果，最简单的方式就是去描绘最初见到一个事物时的状态。例如在乔治·奥威尔（George Orwell）的小说《1984》中有这样一句话："茱莉娅跪在地上一把扯开袋子，把放在上层的扳手和螺丝刀掏出来。下层是几个漂亮的纸包，她递上的第一个纸包有种模模糊糊的熟悉感觉，里面装的是某种沉甸甸、沙子一样的东西，摸起来很松软。"① 这个地方实际上描写的是糖，在读者的日常生活中糖是再常见不过的调味品，但在极权主义的国家却是十分奢侈的东西。作为一名普通党员，温斯顿轻易不可能接触到。当这样一个对作品人物来说稀有珍贵而对读者来说却习以为常的东西出现时，如何让读者感受到稀有而珍贵？就是通过描绘最初见到一个事物时的状态，让主体与客体拉开距离，跳脱出日常生活的习惯性思维逻辑，从而传递出某种独特的感觉。

这一逻辑也得到了什克洛夫斯基的肯定，他在论述"陌生化"这一概念时就以列夫·托尔斯泰在《可耻》中对鞭刑的描写为例进行分析："在《可耻》一文中，托尔斯泰对鞭笞这一概念是这样陌生化的：'……把那些犯了法的人脱光衣服，推倒

---

① ［英］乔治·奥威尔：《1984》，译林出版社 2013 年版，第 146 页。

在地,并用树条打他们的屁股。'几行以后他又写道:'鞭打脱得光光的屁股。'他还在这里加了一条注解;'为什么一定用这种愚昧、野蛮的方法致人疼痛,而用不到别的方法,譬如,用针刺肩膀或身体其他部分,把手或脚夹在钳子里,或是某种其他类似的方法。'恕我举这个令人难受的例子,但这是托尔斯泰为触动良心所使用的典型方法。"① 为什么托尔斯泰要再次强调"鞭打脱得光光的屁股"?其原因就是要延长读者对这一场景的感受,加深读者对这一场景的印象。这种强调使得"鞭刑"不再是一种抽象的概念,而具有了某种陌生感,就像人们第一次看到鞭刑时的体验一样,进而增加了作品的审美效果。

四 "陌生化"的历史问题与存在问题

清代赵翼《论诗》中写道:"李杜诗篇万口传,至今已觉不新鲜。江山代有才人出,各领风骚数百年。"这首诗不期然地点出了一个非常重要的问题:即便是李白、杜甫的诗句,被"万口传"了之后也会觉得"不新鲜"了。李白、杜甫的文学水平和文学地位是毋庸置疑的,但为什么还会被说是"不新鲜"呢?其实现实生活中也经常会遇到类似的例子,比如一首诗刚开始出现时让人觉得挺美的,但是其被反复朗诵、广为传播之后,人们就不觉得这首诗美了。这是为什么呢?如果文学作品已经采用了"陌生化"的语言,为什么还会有让人觉得不

---

① [俄]维克多·什克洛夫斯基:《散文理论》,刘宗次译,百花洲文艺出版社1997年版,第11—12页。

陌生的时候呢？

这就涉及一个更为关键的问题，文学语言"陌生化"的历史性问题。这个问题很早就已经被美国著名后现代主义学者詹姆逊（Fredric Jameson）注意到了，他一方面高度评价了俄国形式主义在文学史中的价值，另一方面又对俄国形式主义的"陌生化"概念予以尖锐的批判，指出："（什克洛夫斯基）把'暴露技法'作为文学中陌生化及技法更新的一种独特的现代的方式，因而完全把自己独特的个人的历史的境况等同于新事物本身。但形式主义有关无止境的艺术变化和不停的艺术革新这种观点中所包含的'生活的悲剧感'同时也要求承认变化，承认一度时新的方法不可避免地会变旧，一句话，必须承认自己的死亡。合乎逻辑的发展必定使读者对什克洛夫斯基本人从事的并由他的理论所推动的那种自我意识艺术感到厌倦。"[①]

这里詹姆逊清楚地意识到了"陌生化"理论的内在矛盾，即"陌生化"要求语言以一种反常的方式制造出某种与日常生活拉开距离的"新鲜感"，但"新鲜感"既然是"新"的，就意味着它总有一天会变旧。这就导致"陌生化"的语言随着历史的推移和读者的接受势必会走向自动化。于是有必要从一个新的视角去理解"陌生化"。

"陌生化"的关键不在于语言本身的修辞和设计，而在于文本与读者经验之间的紧张关系。换句话说，"陌生化"是相对于读者阅读经验的"陌生化"，它具有很强的个体性、主观

---

① ［美］弗雷德里克·詹姆逊：《语言的牢笼》，钱佼汝译，百花洲文艺出版社1995年版，第76页。

性和相对性。"陌生化"的目的是要刺激和触发读者的感受。一旦这种刺激被频繁唤醒,这种感受就会老化,就会失去吸引力,其审美性也会大大减弱,这就是日常生活中经常说的"审美疲劳"。往往初读起来颇有文学色彩的语句,在反复阅读之后因为习惯就又会沦为某种"自动化"的语言。这就需要创作者不断地以新鲜感克服疲劳感,将读者从麻木中唤醒。

所以对于"陌生化"的理解不能仅仅停留在技术层面,更要将其视为一种相对性的概念,把"陌生化"问题与其诞生的文化语境相联系。正如托尼·本尼特(Tony Bennett)所说:"文本进入文学之门的'主因'——文本的陌生化能力——从本质上说是一种相对的属性。一个文本只有相对某些熟识的既定规范才能具有陌生化的文学功能。但是由于熟识的既定规范易于变化,所以任何特定文本的功能本身也必然随着它所处的历史阶段的变化而变化。"[1] 这也就意味着,在文学创作中,遣词造句虽然是非常必要的,但要避免技术化的倾向,"语不惊人死不休"如果沦为了一种套路化的技术性行为也很难具有文学性,对于"陌生化"的理解不能脱离语言的诞生语境。

所以,"陌生化"理论看上去仅仅是对文学语言纯粹形式和技巧原则的分析,而实际上却涉及了文本语境和读者接受问题。这就不得不促使我们反思一个重要问题:为什么要"陌生化",为什么语言要追求新鲜感?为什么只有能够不断刺激读者的语言形式才能产生美感?这就要从美学和哲学角度对"陌生

---

[1] [英]托尼·本尼特:《俄国形式主义与巴赫金的历史诗学》,张来民译,《商丘师范学院学报》1991年第2期。

化"问题进行分析。

现代文明的发展和工具理性的扩张,导致每个人的生活状态都日益功利和忙碌,"距离"成了现代生活中的某种奢侈品。德国著名学者齐美尔(Georg Simmel)就指出:"当代都市文化的商业、职业和社会交往迫使我们跟大量的人有身体上的接触,如果这种社会交往特征的客观化不与一种内心的设防和矜持相伴随的话,神经敏感而紧张的现代人就会全然堕入绝望之中。"① 可见在现代社会中,距离是每个人得以生存的前提,个体只有同物化的现实关系保持一定距离才有可能以一种陌生化的视角看待周遭世界,才能获得一种对功利性日常生活的超越与解脱。

齐美尔的论述表面上是社会学问题,本质上则是美学问题和哲学问题,它关涉到当代社会中个体的生存状态问题:每个人都需要通过对外在环境的某种疏离找回那个最为本真的"自我"。而所谓的疏离,在审美逻辑上与文学语言的"陌生化"是有着内在相通之处的。文学语言之所以"陌生化",就是要中断我们日常生活的一种"流俗"状态,使我们每个人回到最本真的状态中。从这个意义上看,"陌生化"的核心是一种疏离,而所要疏离的不是空间距离而是心理距离。正如瑞士美学家布洛(Edward Bullough)所提出的"心理距离"理论所言,只有在审美主体摆脱了实际的功利需要,进而从非功利的眼光去看待外界事物时,才有可能产生美感。当然,这种距离不能

---

① [德]乔治·齐美尔:《货币哲学》,陈戎女等译,华夏出版社2002年版,第388页。

太近，但也不能太远，只有主体与客体保持在一个恰当的关系中时，才有可能获得对对象的纯粹的审美经验。这或许就是文学语言"陌生化"的美学原理和哲学基础。

如果再进一步深究这个问题，既然文学语言的"陌生化"与否是与我们每个人的生存方式密切相关的，那么人们对文学语言情有独钟的原因在哪里？这可能是因为，文学语言的独特表述方式带领我们回到一种本真的自我中。什克洛夫斯基的"陌生化"概念提出的时间是1917年，仅仅在8年后的1925年，西班牙著名理论家奥尔特加（José Ortega y Gasset）就提出了"艺术的非人化"概念。

奥尔特加认为："通过剥夺'生活'现实的外观，现代艺术家摧毁了把我们带回自己日常现实的桥梁和航船，把我们禁锢在一个艰深莫测的世界中，这个世界充满了人的交往所无法想象的事物。现代艺术家迫使我们即兴发明一些沟通的新形式，它们全然有别于同事物沟通的惯常方式。为了适应他们创作的稀奇古怪的形象，我们必须发明一些前所未闻的姿态。这种以取消自然存在的生活为前提条件的生活新方式，也就是我们所说的艺术理解和艺术愉悦。"① 在奥尔特加看来，艺术之所以为艺术就在于它能够拉开人们与现实生活的距离，进而向人们传递出一种与日常生活完全不同的陌生体验，而这种陌生体验正是审美愉悦的源泉。

所以，"陌生化"也好，文学修辞也好，它们不仅是如何

---

① ［西班牙］奥尔特加：《艺术的非人化》，载［法］米歇尔·福柯、［德］尤根·哈贝马斯等《激进的美学锋芒》，周宪译，中国人民大学出版社2003年版，第138页。

使用工具的问题，还涉及了人以何种态度面对这个世界的问题，是人的生存方式问题。文学是人学，文学的本质就是关于人的本质的追问和反思。通过不断的自我否定而彰显人的本真，才是文学修辞的本质。

参考阅读

著作类

1. 张媛媛：《现代汉语诗歌"陌生化"的语言实现》，外语教学与研究出版社 2018 年版。

2. 杨向荣：《西方诗学话语中的陌生化》，中国社会科学出版社 2016 年版。

3. 老舍：《出口成章——论文学语言及其他》，辽宁人民出版社 2011 年版。

4. 李荣启：《文学语言学》，人民出版社 2005 年版。

5. 张冰：《陌生化诗学：俄国形式主义研究》，北京师范大学出版社 2000 年版。

论文类

1. 崔绍怀：《〈秋夜〉中枣树形象的人性论阐释》，《文艺争鸣》2016 年第 11 期。

2. 叶淑穗：《〈秋夜〉中的两株枣树》，《鲁迅研究月刊》2013 年第 12 期。

3. 江正龙：《文学语言的空白结构和意义生成》，《义艺理论研究》2005 年第 2 期。

4. 朱伟华：《进入鲁迅精神后园的路标——重释"两株枣树"》，《贵州师范大学学报》(社会科学版)2004年第6期。

5. 杨春时:《论文学语言的主体间性》,《厦门大学学报》(哲学社会科学版)2004年第5期。

6. 陈学广:《文学语言:语言与言语的张力》,《南京社会科学》2004年第2期。

7. 史忠义:《"文学性"的定义之我见》,《中国比较文学》2000年第3期。

8. 童庆炳:《文学语言论》,《学习与探索》1999年第3期。

9. 李劼:《试论文学形式的本体意味》,《上海文学》1987年第3期。

第十六章

文学文本的层次问题

一 "文学 = 内容 + 形式"吗？

在现行的中学语文教学中，散文是一个非常重要的文体。而关于散文的特点，一个经典的表述是"形散而神不散"。这其中，所谓"形"就是指散文的形式和结构，而所谓"神"就是指散文的内容和主题。"形散神不散"就是指散文在形式上是不受限制、不拘一格的，而思想主题则必须明确集中。

也就是说，作为一种文体，无论散文的形式和结构多么灵活松散，都要为表达明确的主题而服务。这个说法最早见于 1961 年 5 月 12 日的《人民日报》，当时还是大三学生的肖云儒向《人民日报》副刊"笔谈散文"专栏投稿了一篇 500 字的短文——《形散神不散》。之后"形散神不散"这一命题流传很广，甚至成了中小学语文教学中关于散文特点的"第一原理"。很多学生毕业多年都牢牢记得散文"形散神不散"这一特点。

关于这一命题的适用性问题，学术界后来展开了很多争论。关于这些争论，我们姑且按下不表。就这一命题本身而言，它背后体现出一种深入人心的文本理念：如果对文学作品、文学文本进行拆解分析的话，那么首先要把文学拆解成两部分——内容和形式。

内容侧重作品"写什么"，而形式侧重作品"怎么写"。"写什么"和"怎么写"基本上就成了分析任何文学作品的两个切入点。不仅如此，传统的文学理论还要强调，"内容"与"形式"的关系就好像肉体和灵魂的关系，因为有了肉体，灵魂才有了载体，又因为有了灵魂，肉体才得以升华。简言之，形式是为内容服务的，内容决定了形式，二者是辩证统一的关系。

而且如果翻开当前高校中国语言文学专业的主流文学史教材，会发现大部分教材在介绍历代文学名家的时候，采用的都是先介绍作家作品的思想内容、再介绍艺术特色的方式，即"思想内容＋艺术特色"。这一方式背后，依旧是"内容＋形式"的思维的体现，可见这一模式在文学文本分析中的重要性。

将文学文本视为"内容＋形式"的观念，在中国古代有非常深厚的理论基础。早在先秦时期，孔子就多次论述了文艺作品内容与形式的关系，比如"尽善尽美""文质彬彬""辞达而已"等。这说明中国古代很早就已经开始用内容与形式的二分关系去思考"美/善""文/质""内/外"关系问题了。

中国学者对文艺作品结构的讨论和分析，也基本上是建立在这种二分思维的基础上的。只不过讨论的焦点在于形式与内容到底哪个更重要。有的强调形式要服从于内容，比如韩非子就说道："礼为情貌者也，文为质饰者也。夫君子取情而去貌，好质而恶饰。"① 周敦颐也说："文所以载道，轮辕饰而人弗庸，徒饰也。"② 有的认为形式比内容更重要，比如刘师培就指出："刚柔交错，文之垂于天地者也；经纬天地，文之列于谥者也。"③ 李长之也提出了类似的观点："其所以为艺术者，不在内容，而在技巧。因为技巧是文艺之别于一般别的非文艺品的唯一的特色之故。"④

现代学界的主流观点倾向于将文本视为形式与内容的统一。比如著名作家茅盾就认为艺术形式要与内容相适应："诗人的特点之一，是他唱的什么歌（这里主要指内容），不能不有相应的、和谐一致的什么调（这里主要指形式）。"⑤

同样西方也有很多理论家以"内容/形式"的二分思维分析文学作品。例如柏拉图就指出："我们须找出哪些节奏可以表现勇敢和聪慧的生活。找到之后，我们就使音乐和乐调配合歌词，来表现这种生活，但是不能使歌词迁就音乐和乐调。"⑥ 黑格尔认为："内容和完全适合内容的形式达到独立完整的统一，因而形成一种自由的整体，这就是艺术的中心。"⑦ 不仅如此，黑格

---

① 《韩非子·解老》，载王先慎撰《韩非子集解》，中华书局1998年版，第133页。

② （宋）周敦颐：《通书·文辞》，载郭绍虞、王文生主编《中国历代文论选》第2册，上海古籍出版社1979年版，第283页。

③ 刘师培：《文说·耀采篇第四》，载郭绍虞、王文生主编《中国历代文论选》第1册，上海古籍出版社1979年版，第280页。

④ 李长之：《我对于文艺批评的要求和主张》，载《李长之批评文集》，珠海出版社1998年版，第387页。

⑤ 茅盾：《关于田间的诗》，载《鼓吹集》，作家出版社1959年版，第129页。

⑥ ［古希腊］柏拉图：《理想国》，载《柏拉图文艺对话集》，朱光潜译，人民文学出版社1959年版，第54页。

⑦ ［德］黑格尔：《美学》第2卷，朱光潜译，商务印书馆1979年版，第157页。

尔还运用内容和形式的关系区分了三种艺术形态：形式大于内容的是象征型艺术，形式与内容完美结合的是古典型艺术，内容大于形式的是浪漫型艺术。

值得注意的是，在西方文论史上，不同的文学思潮流派在对待文学内容与形式的关系时表现出了不同的倾向。偏向浪漫主义的理论家更加注重"形式"，例如席勒（Johann Christoph Friedrich von Schiller）就认为："在真正美的艺术作品中不能依靠内容，而要依靠形式完成一切。因为只有形式才能作用到人的整体，而相反地内容只能作用于个别的功能。"[①] 而偏向现实主义的理论家更加注重内容与形式的统一，例如别林斯基就指出："没有内容的形式或没有形式的内容，都是不能存在的；即使存在的话，那么，前者有如奇形怪状的空洞的器皿，后者则是虽然大家都看得见、但却不认为是实体的空中楼阁。"[②]

可以看出，"文学 = 内容 + 形式"已经成了关于文学内在组成要素的基本共识，在中西方都有非常深远的思想传统。但在现实层面，尤其是在进行文学批评的过程中，"内容 + 形式"总是显得较为单薄了一些。

以骆宾王《咏鹅》为例，骆宾王在七岁时写了一首五言诗，简单而又富有童趣：

> 鹅，鹅，鹅，曲项向天歌。
> 白毛浮绿水，红掌拨清波。

---

① ［德］席勒：《美育书简》，徐恒醇译，中国文联出版公司1984年版，第114页。

② ［俄］别林斯基：《论人民的诗第一篇》，载《别林斯基论文学》，梁真译，新文艺出版社1958年版，第76页。

关于这首诗，可以思考一个问题：开头的"鹅鹅鹅"写出了什么内容呢？如果只关注诗歌写的内容，那么完全可以说"鹅鹅鹅"这三个字写出了诗歌所要表达的对象——鹅。一连三个"鹅"字，体现了对所咏之物"鹅"的强调。这种解释虽然有道理，但如果联系这首诗的形式特征，特别是语音特征的话，会发现"鹅鹅鹅"与其说是点明对象，不如说是以一种"拟声"的方式模拟了鹅的叫声，而且一连三个"鹅"，把鹅"曲项向天歌"时的某种跃动感表现了出来。

那么，开头"鹅鹅鹅"所表达出的审美效果，到底是通过形式体现出来的，还是通过内容体现出来的呢？在"鹅鹅鹅"这句诗中，"鹅"既是对象又是声音，既是内容也是形式。在进行文本分析的时候，形式和内容似乎并非是那么容易就能被分开加以分析的。由此可以进一步思考，在内容与形式之外，就没有其他层面了吗？这种把文本视为"内容+形式"的二分法有没有可能太过简单粗暴了呢？"内容+形式"的二分法真的有利于我们把握文学吗？

事实上，很早就有理论家注意到了"内容+形式"二分法的弊端。比如格式塔心理学家阿恩海姆就指出，艺术表现性存在于结构之中。这就意味着在艺术作品中很可能根本不存在内容，形式就是内容，内容就是形式。阿恩海姆举了一个实验：要求舞蹈学院的学生即兴表演悲哀、力量、夜晚等主题，结果所有演员在表现同一主题时所做出的动作基本是一致的，比如在表现悲哀主题时，所有演员的肢体动作都是缓慢的、幅度较小的、曲线形式的。由此说明"舞蹈动作的形式因素与它们表现的情绪因素之间,在结构性质上是等同的"①。

此外,意大利著名哲学家、美学家克罗齐(Benedetto Croce)也极力反对将内容与形式相抽离的观点,他指出:"在审美事实中,表现的活动并非外加到印象的事实上面去,而是诸印象借表现的活动得到形式和阐发。……所以审美的事实就是形式,而且只是形式。"②值得注意的是,虽然反复强调形式的重要性,但在克罗齐那里,所谓的形式指的是"直觉—表现",强调作家创作时的一种强烈的主观情感。所以"克罗齐所说的'形式'已经颠倒了它的意义:这同黑格尔所谓的'内容'或实质是一个意思"③。而克罗齐之所以反对"内容+形式",正是看到了二者内在的不可分割性:"内容确可转变为形式,但是在转变之前,它就没有可确定的属性。我们对它一无所知。只有在它已经转变了之后,它才成为审美的内容。"④ 这也就意味着有必要进一步反思"文学=内容+形式"这一命题。

后来,美国著名理论家韦勒克(René Wellek)、沃伦(Austin Warren)在其著作《文学理论》(*Theory of Literature*)中也指出:"我们不应该把文学作品分为'形式——内容'两

---

① [美]鲁道夫·阿恩海姆:《艺术与视知觉》,滕守尧、朱疆源译,中国社会科学出版社1984年版,第614页。
② [意]克罗齐:《美学原理·美学纲要》,朱光潜译,人民文学出版社2008年版,第20页。
③ [美]雷内·韦勒克:《批评的概念》,张金言译,中国美术学院出版社1999年版,第53页。
④ [意]克罗齐:《美学原理·美学纲要》,朱光潜译,人民文学出版社2008年版,第20页。

部分，而应该首先想到素材，然后是'形式'，是'形式'把它的'素材'审美地组织在一起的。"① 这就等于是在"内容""形式"之外，又添加了一个"素材"。所谓"素材"，就是指未经作者艺术加工的，准备纳入文学作品中的诸多材料。毫无疑问，这些观点的提出，暗示着文学文本的内在组成部分很可能不仅仅只有"内容"与"形式"这么简单。

必须要承认的是，这种"内容+形式"的二分法是人们把握事物最为简单也最为高效的方式，甚至日常生活中人们经常要运用这种"内容+形式"的二分思维思考问题。比如人们在谈论别人的时候经常会提到"外在美"和"内在美"。其实这就是"内容+形式"的二分思维——"外在美"指一个人的外在仪表，而"内在美"指一个人的内在修养。而且生活中人们似乎也能够清晰地将二者区分开：有的人有内涵但不修边幅，有的人长得漂亮但缺乏涵养。然而问题的复杂性在于：很多时候一个人的外在和内在是很难彻底区分开的。试想一下，如果我们喜欢上一个人，我们能明确地分清楚喜欢的到底是这个人的外在还是内在吗？

同样的道理，当读者欣赏文学作品，体会作品带来的审美享受时，读者能说清这种美感到底是形式带来的，还是内容带来的吗？形式如果没有内容的依托，形式就不能称之为形式；内容如果没有形式的修饰，内容也就变得乏善可陈。没有无形式的内容，也没有无内容的形式，所以我们非常有必要重新审

---

① ［美］韦勒克、沃伦：《文学理论》，刘象愚等译，生活·读书·新知三联书店1984年版，第276页。

视一下这种将文学文本拆分为"内容+形式"的二分法。

二 俄国形式主义与"有意味的形式"

为了弥补"内容+形式"二分法的缺陷,文学理论家进行了更为深入的理论探讨,力图挖掘文学文本内部更为深刻复杂的层次结构。首先向"内容+形式"二分法进行发难的是俄国形式主义者,他们试图让文学研究成为一门真正的科学,提出了"文学性""陌生化"等概念,意在强调:文学的本质只是形式,文学的目的是传递一种陌生化的感觉经验。这就使得"形式"这一概念不再是简单的框架,也不是承载内容的容器,而是组织内容、决定意义的唯一途径。所以俄国形式主义特别强调形式的独立性,认为"艺术作品的形式决定于它与该作品之前已经存在过的形式之间的关系。……任何一部艺术作品都是某一样品的类比和对立而创作的。新形式的出现并非为了表现新的内容,而是为了代替已失去艺术性的旧形式。"① 简言之,就是"形式决定内容""形式是文学本质"。

当形式成了文学艺术的核心本质的时候,就不得不面对一个问题:应以何种方式看待传统的"形式+内容"二分法?对此,俄国形式主义者什克洛夫斯基提出用"材料"和"程序"这一对概念来代替"内容/形式"的二分。所谓"材料"主要包括两方面,一方面是思想内容,另一方面是语音语词。在什

---

① [俄]维克多·什克洛夫斯基:《散文理论》,刘宗次译,百花洲文艺出版社1997年版,第31页。

克洛夫斯基看来，材料仅仅只是艺术创作的原始素材，它本身并不构成意义，只有在经过艺术性的加工之后才能成为具有意义和价值的文学作品。而所谓"程序"，指的是能使作品产生艺术性和审美性的安排和设计，比如节奏韵律的安排、形象意象的选择、修辞技巧的组织，等等。简言之，"程序"就是对"材料"的一种艺术化的加工和处理，文学的文学性并非源自"材料"，而是源自对"材料"的加工和安排，源自文学的"程序"（手法）。这也是什克洛夫斯基《作为手法的艺术》为何将艺术定位在"手法"上的原因。

不光是俄国形式主义者，几乎在同一时期英国视觉艺术评论家克莱夫·贝尔提出了一个重要的命题："艺术是有意味的形式。"贝尔试图将"形式"与"意味"相联系。所谓"形式"指的就是构成作品的各要素之间的一种纯粹关系；而所谓"意味"就是作品所带来的一种审美体验。而且他特别强调这是所有艺术作品都具有的一种共性："离开它，艺术品就不能作为艺术品而存在；有了它，任何作品至少不会一点价值也没有。"[①]

贝尔认为，绘画中的线条和色彩组合成能唤起审美感情的形式，这种形式就是有意味的形式。这一观点是建立在西方现代艺术基础上的，特别是塞尚以来的现代绘画，往往是通过某种特殊的结构形式和形式组合带给欣赏者一种独特的审美体验。所以在贝尔看来，只有由情感主导的艺术作品才是真正有价值的艺术作品："那些并非出于情感需要而搞出的形式，那些仅仅

[①] ［英］克莱夫·贝尔：《艺术》，马钟元、周金环译，中国文联出版社2015年版，第3页。

在于阐明事实的形式,那些按照制图理论搞出来的形式,那些模仿自然客体或模仿其他艺术品的形式,那些只是为了填充空间的形式——实际上就是为了打补丁的形式,因而都是一文不值的形式。好的绘画必须是由灵感完成的,必须是伴随着形式的情感把握而产生的内心兴奋的自然表白。"[1]

贝尔的理论在 20 世纪 80 年代被介绍到我国后产生了较大的影响。在文学作品存在方式问题上很多理论家都接受了"有意味的形式"这一观点。例如著名文艺理论家钱谷融先生就曾经指出:"艺术作品的艺术性,艺术作品的动人魅力,主要就是从作家灌注到艺术形象中去的他强烈真挚的感情中来的。"[2] 这背后原因在于:一方面"有意味的形式"加大了对形式的关注;另一方面,"有意味的形式"并没有完全抛弃内容方面,在兼顾两方面的同时又分清了主从关系,比较容易被理解和接受。

贝尔(Clive Bell)的理论虽然影响很大,但如果把它直接运用到对文学的分析中,将文学界定为"有意味的形式"的话,会导致两种理解方向。第一种理解方向是,对文本的分析又回到了"内容+形式"上,因为所谓"有意味的形式"本质上依旧是二分法的翻版。"意味"相当于内容,"形式"还是原来的形式,这对弥补内容与形式二分的思维方式是没有实际意义的。第二种理解方向是把文学作品在整体上视为"形式",

---

[1] [英]克莱夫·贝尔:《艺术》,马钟元、周金环译,中国文联出版社 2015 年版,第 100 页。
[2] 钱谷融:《关于艺术性问题——兼评"有意味的形式"》,《文艺理论研究》1985 年第 11 期。

根本不存在所谓的"内容"。而所谓的"意味"只不过是"形式"带来的某种审美效果。这种理解方向很容易走向形式主义。当然文学理论走向形式主义并不意味着是错误的，但即便认同了形式主义的观点，"有意味的形式"运用到文学文本的分析中依旧有很多障碍。比如贝尔所提出的理论主要是针对绘画艺术的，而绘画艺术会涉及线条、构图、色彩等诸多具体的专业问题。将其套用在文学文本上会存在诸多理论上的错位，导致"有意味的形式"仅仅只是口号，而缺乏具体的理论分析和方法论指导。

其实，"内容＋形式"的二分法之所以显得较为简单和粗暴，关键就在于它背后体现出了一种二元对立的思维模式。这种思维模式往往将一个事物切分为"非此即彼""非彼即此"的两种状态，却忽视了这两种状态之间互相渗透的可能性。就好比当我们强调黑和白两种颜色对立的时候，也就很容易忽视了在黑色和白色之间的广大"灰色地带"。同理，内容与形式之间也不应是非此即彼的，两者之间一定还有着广阔的"灰色地带"。只不过是这种根深蒂固的二元思维模式，让我们忽视了从其他角度切入文本的可能性。于是，理论家们就要去探寻，有没有这样一种可能，能够挖掘文本中除了"内容"与"形式"之外的更多层面？于是文本的层次结构论就诞生了。

三 "意向性"与文本的层次结构论

所谓的"文本的层次结构论"是将文学文本看作是一个由多层次组合而成的集合体，而且这其中各个层次之间有着密不可分的关系。就像是制作蛋糕，表面上一个漂亮的蛋糕是浑然整一的，但是事实上是由一层层的奶油、面包、果酱垒成的。如果要研究一个蛋糕，首先就要认清蛋糕里面的诸多层次结构，然后通过对每一层次的分析梳理完成对蛋糕的更为深入细致的研究。对文学作品也是如此，研究文学作品首先要认清文学作品到底是由哪几个层次构成的，正是这些不同的层次构成了一个立体化的文学作品，分析文学作品，就要从这些层次入手，才能完成对文学作品的深入研究。

相比较而言，那种将文学视为"内容+形式"的分析方法，虽然也注意到了文本的层次问题，但将文本仅仅视为两个对立的层次，稍显得简单了一些。专业化的文本分析，要从更加细致、更加复杂的角度看待文学文本，这就需要对文学文本的层次结构进行更为深入的挖掘。

认清了这一思路，接下来首先要遇到的问题是：文学文本到底有几个层次？用什么方式和标准将这几个层次进行区分？波兰现象学家英伽登（Roman Witold Ingarden）在1931年出版的《论文学作品》（*The Literary Work of Art*）中提出了文学作品的"四个结构层次"说，这四个结构层次分别是：（1）字音和建立在字音基础上的更高级的语音造体的层次；（2）不同等级的意义单元或整体的层次；（3）不同类型的图式的观相、观相的连续或系列观相层次；（4）文学作品中再现客体和它们的命运的层次。[1]

---

[1] ［波］罗曼·英伽登：《论文学作品》，张振辉译，河南大学出版社2008年版，第49页。

后来1937年英伽登在《对文学的艺术作品的认识》(*The Cognition of the Literary Work of Art*)中对这四个层次进行了进一步的提炼和概括，分别是：（1）词语声音和语音构成以及一个更高级现象的层次；（2）意群层次：句子意义和全部句群意义的层次；（3）图示化外观层次，作品描绘的各种对象通过这些外观呈现出来；（4）在句子投射的意向事态中描绘的客体层次。①

英伽登之所以将文本划分为这四个层次，跟他的现象学哲学观密不可分。在英伽登看来，文本既不是一个客观的、自然的物质存在，也不是一个主观的、心理的精神存在，而是一个意向性的存在。所谓"意向性"，就是指艺术作品的存在始终离不开主体的意向投射。这就好比英语考试经常会有一种题型叫"完形填空"，它把本来一篇完整的文章，挖掉几个词语变成不完整的文章，让阅读者通过理解不完整的文本去补全文章的完整面貌。"完形填空"这一题型的背后就已经暗示出了关于文本的一个规律：读者对文本的阅读，未必需要通过理解每个字句的方式才能把握文章的全貌。读者阅读文本时不断用自身已有的理念补全文本的内容，进而了解文本的真正意义。

所以当一个文本呈现在读者面前的时候，文本不是一个单纯被动等待读者阅读的客体，而是一个充满"空白"并且不断召唤读者去填补这些"空白"的客体，这就是所谓的"意向性"的客体。读者的阅读过程就是把文本"具体化"的过程，

---

① ［波］罗曼·英伽登：《对文学的艺术作品的认识》，陈燕谷、晓未译，中国文联出版社1988年版，第10页。

是把抽象的文本具象化的过程。例如，当我们读到这样一句话——"一只猫在草地上玩耍"，我们对这句话的理解绝不是局限到字面意义而已，而是会在脑海中浮现一个画面：一只活泼可爱的小猫在一片绿色的草地上奔跑追逐。我们会在脑海中呈现这只猫的大小、形态、颜色、动作，会在脑海中呈现草地的宽广甚至是天气的状态。而这些内容，并不是文本所传递的信息，完全是读者基于文本进行"脑补"的结果。读者之所以能够对文本进行"脑补"，恰恰是因为文本是具有"意向性"的，文本通过呈现出有限的内容，召唤着读者在其基础上进行想象和加工。所以只有通过读者的"具体化"，文本才能成为真正的文学作品。

正是基于这样的一种对文学文本是"意向性"客体的认识，英伽登提出了关于文本四个层次的结构理论。而这四个层次的排列，恰恰是针对读者在对文本"具体化"过程中进行的四个步骤。以前面提到的《咏鹅》为例，当第一次读到这首诗的时候，大部分人头脑里首先反映的是这首诗中每个字的读音以及语音背后的韵律。很多人在第一遍阅读诗歌的时候并没有完全理解诗中讲的内容，但是能够明显感受到诗歌的韵律带来的结构感和韵律美，这就是"语音层"。然后，接下来就要开始思考这首诗具体的意义：第一句"鹅鹅鹅"，写出了鹅的叫声的同时点明了诗歌的写作对象，然后"曲项向天歌"写的是鹅仰着头向天歌唱的状态，"白毛浮绿水"写的是鹅的白色羽毛浮在绿色的水面之上，"红掌拨清波"写的是鹅的红掌拨动着绿水清波。这样读者就大致了解了这首诗具体写的内容，这就是"意群层次"，也就是句子意义和全部句群意义的层次。

接下来，在了解了诗歌的内容之后，读者就开始"脑补"诗歌所呈现出来的画面：比如鹅在水上欢快叫着的样子，红色的鹅掌快速拨弄水波的样子，甚至有人脑海里还能浮现出鹅在水面游过时水面泛起的波纹等。这其实就是调动读者的经验去填补文本的"空白"，即所谓的"图示化外观"层次。最后当人们在脑海中想象出作品的内容时，一幅美丽的"白鹅嬉水图"呈现眼前。读者不再局限于诗中的某个细节，而是从整体上把握这首诗所传达出来的意蕴，去体会诗中传递的美妙情感，进而体会大自然的美好，这就是所谓的"意向性客体"层次。

可以这样说，英伽登关于文学文本的层次理论是对传统"内容+形式"二分法的有力冲击。它有效地避免了二分法生硬割裂的弊端，将文学文本看成一个更为复杂的整体，为理解文学作品、分析文学作品提供了更多层面的视角。同时英伽登对于四个层次方面的划分也较为科学，当时很多学者都采用了类似的划分方法，例如康拉德（Waldemar Conrad）在《审美对象》（*The Aesthetic Object*: *A Phenomenological Study*）中把艺术作品划分为四个层次：声音符号、意义、被意向的客体、被表达的客体。①

后来这种通过给文本划分层次拆解分析文本的方式成了理论家们肯定的方向。而文学文本到底有多少个层次？每个层次到底是否还能再细化？层次的多少决定了分析的可能性？这些问题非常有必要进行进一步探究。例如美国学者韦勒克、沃伦在他们所著的《文学理论》中也提出了关于文学的层次理论，

---

① 蒋济永：《现象学美学阅读理论》，广西师范大学出版社 2001 年版，第 34 页。

他们把文学文本分为五个层面："（1）声音层面，包括谐音、节奏和格律；（2）意义单元，它决定文学作品形式上的语言结构、风格与文体的规则，并对之做系统的研讨；（3）意象和隐喻，即所有文体风格中可表现诗的最核心的部分；（4）存在于象征和象征系统中的诗的特殊'世界'，我们称这些象征和象征系统为诗的'神话'；（5）有关形式和技巧的特殊问题。"[1]

这些层面虽然听起来较为复杂，但如果归纳起来不外乎语音、意义、手法、意境等几个层面，韦勒克和沃伦辟专章来深入细致地探讨这些层面并且将这种研究称为"内部研究"，这使得文学研究的科学化和规范化程度达到了新的层面。

四 "言象意"与层次论的多种可能

当然，对于文学文本层次的划分并非越细致就越好。划分文本层次是为了能够更为准确地把握文本的诸多要素，进而还原文本的意义全貌。英伽登与韦勒克、沃伦虽然对文学文本的层次划分提出了不同的看法，但可以明显地看出他们的划分是大同小异的。所以 1953 年法国现象学美学家米盖尔·杜夫海纳（Mikel Dufrenne）就提出了所谓的"三分法"。

杜夫海纳在《审美经验现象学》（*The Phenomenology of Aesthetic Experience*）中提出，所有的艺术作品归根到底都要处理三

---

[1] ［美］韦勒克、沃伦：《文学理论》，刘象愚等译，生活·读书·新知三联书店 1984 年版，第 165 页。

个要素：材料、主题和表现。① 所谓材料，就是作品所可能表现的具体素材。比如对于音乐来说，材料就是声音；对于文学来说，材料就是语词。材料是作品中的感性部分，每种艺术都首先涉及材料的处理。每种艺术在处理材料时，其中必须考虑的一个因素就是主题。主题离不开感性材料，作家的创作意图与可能表现的感性材料达到最高的统一时，"表现"就产生了。作为感性材料的语词在文学作品中与主题或意指结合而转化为审美对象，意义的多样性正是审美对象所具有的特征。于是，作品完成了从材料到主题再到表现的建构过程。

而且杜夫海纳特别指出，艺术作品的这三个部分并非截然分开，从某种程度上它们共同构成了艺术作品的总体"形式"："美的经验要求哲学去思考'形式'这个词的意义的统一性（对'结构'一词亦然），也就是说，去思考审美对象所专有的被作为有意义的格式塔给予的感性形式和为了理解真实对象、以一个理想对象替代真实对象的各种形式主义所制定的理性形式这二者之间的关系。"② 与英伽登和韦勒克、沃伦的观点相比，杜夫海纳的观点也许更为具体和简化，同时也体现出了哲学思辨性。

其实，相较于西方在 20 世纪以后才开始意识到"形式与内容"二分法的弊端，中国早在先秦时期就已经从哲学的高度探讨过文本的层次问题了。《易传》中提到"书不尽言、言不尽

---

① ［法］米·杜夫海纳：《审美经验现象学》，韩树站译，文化艺术出版社 1992 年版，第 339 页。
② ［法］米盖尔·杜夫海纳：《美学与哲学》，孙非译，中国社会科学出版社 1985 年版，第 6 页。

意""圣人立象以尽意",就明确指出了"言象意"的关系问题,而且暗示了其背后的深层逻辑,那就是:第一,语言不能完全表达作者的意图,如果要完整表达意图,必须采用"立象"的方式,即以形象思维的方式传递思想内容。第二,借助形象的表达方式较之于借助概念的表达方式能够更加充分地传达作者所要表达的意思,进而可以规避"言不尽意"所带来的问题。

之后魏晋玄学家王弼在《周易略例·明象》中将"言""象""意"并称,提出:"夫象者,出意者也。言者,明象者也。尽意莫若象,尽象莫若言。言生于象,故可寻言以观象;象生于意,故可寻象以观意。"这就将文学作品从外到内分为三层:"言""象""意"。言,就是语言表达;象,就是语言所描摹的形象;意,就是形象所传达出的意味。这种分层的文本观念,在魏晋时代就已经较为成熟,并在后世的文论中产生了非常深远的影响。以至于直到今天,关于文学文本的层次问题,绝大多数文学理论教材都会采用"三分法",即所谓的"语言层面、意象层面、意蕴层面"[1]。可见中国古人很早就已经注意到了文学文本的诸多层次问题,并清晰地以"三分法"的方式超越了"内容+形式"的二分法,而且在后来的诗学理论中有着较为广泛的应用。

直到今天,关于文学文本层次问题的讨论还远没有结束,西方马克思主义把"形式"问题放置在社会意识形态中进行考察,分析艺术作品的形式与特定社会意识形态之间的关联,做

---

[1] 童庆炳主编:《文学理论教程》第5版,高等教育出版社2015年版,第222页。

出了很多有启发性的思考。例如伊格尔顿就指出："文学形式的重大发展产生于意识形态发生重大变化的时候。它们体现感知社会现实的新方式以及艺术家与读者之间的新关系。"[①] 这无疑为我们理解"形式"概念提供了一个新的思路："形式"不仅仅只是艺术自律问题，"形式"的背后还承载着革命性。

西方马克思主义者马尔库塞（Herbert Marcuse）提出了"新感性形式"的理念，指出："艺术本身所具的形式，不仅与致力于去取消把艺术当成'第二级现实'的努力对峙着，而且与把创造性想象力的真理改换为'第一级现实'的努力也对峙着。"[②] "形式就是否定，它就是对无序、狂乱、苦难的把握，即使形式表现着无序、狂乱、苦难，它也是对这些东西的一种把握。"[③] 马尔库塞是站在对资本主义物化现象的批判角度来看待形式问题的，他认为发达资本主义社会将文化和艺术一起统摄到社会意识形态之中，导致文化艺术缺乏特殊性和抵抗性，而处于发达资本主义社会中的个体也成为"单向度的人"。于是马尔库塞试图通过恢复艺术的否定性和抵抗性功能，将艺术赋予新的感性形式，实现个体生命的解放。

在这一过程中，艺术的形式革命就显得非常重要。打破被资本主义意识形态所统摄的艺术，就要通过将艺术的形式革命作为唤醒个体感性意识的工具来实现。因此形式成了抵抗现实

[①] ［英］特里·伊格尔顿：《马克思主义与文学批评》，文宝译，人民文学出版社1980年版，第29页。

[②] ［美］赫伯特·马尔库塞：《审美之维》，李小兵译，生活·读书·新知三联书店1989年版，第123页。

[③] ［美］赫伯特·马尔库塞：《审美之维》，李小兵译，生活·读书·新知三联书店1989年版，第123页。

的武器，在马尔库塞看来艺术形式的根本使命就是否定现实的无序和苦难状态，实现人性的根本解放。这就赋予了艺术形式更复杂的政治内涵。

20世纪80年代以后，西方又兴起了一种新的文本理论，叫"新文本主义"。所谓"新文本主义"指的是"以文本的物理属性为理论研究基点，以文本的出版历史及传播状况为理论研究进路，通过追溯文本诞生的历史文化语境与物质生产语境，挖掘潜藏于文本背后的社会的、政治的、经济的、阶级的、性别的、文化的等因素对于文本意义的主导性建构作用，揭示文本存在形态的复杂性与多样性，认同文本之外的因素而非作者的意图为文本意义的源泉的一种文本与文学批评理论"[①]。

这种文本理论与以往文本理论的最大不同在于，它将研究的重点放在意义的传播问题上，认为文本传播的方式、途径、语境甚至排版装帧，都有可能影响文本意义的生成。传统文本理论将文本的语法意义视为作品意义的源头，进而聚焦于文本内在诸多层面及其关系。而新文本主义将文本外在的生产和传播因素也视为意义的源头，这无疑拓宽了作品意义生成的途径。这就意味着文本的意义并非由作者意图或文本本身所决定，而是由文本内外诸多复杂因素所共同决定。而分析作品、挖掘作品意义也不能仅仅局限于文本的内容与形式，而要将文本传播生产过程中的诸多要素都考虑进来。至此，文学作品不再以"作品"的形态呈现在读者面前，而是作为一个"事件"出现

[①] 谷鹏飞：《文本的死亡与作品的复活——"新文本主义"文学观念及其方法意义》，《文学评论》2014年第4期。

在读者面前，读者所要考察的是某一文学"事件"过程中的源流、发展、变迁，通过对这一过程的考察，探究文学作品背后的真正意义。

事实上，当我们在探求文学作品的内在结构问题时，本质上是在探寻作品意义生产的可能性维度。换句话说，一个文学文本可以被拆解为多少种结构，其就存在多少种可以被解读的可能。所以对文本结构的探求本质上是对作品意义可能性的探寻。从最简单的"内容＋形式"，到后来的层次结构理论，再到新文本主义理论，文本的结构逐渐丰富，文本意义的可能性空间也逐渐被打开。文学不再是一个简单的具体的对象，而是一个动态的系统，具有了能动性、互动性和生成性。在这一趋势的影响下，未来的文学创作和文学研究将更加值得期待。

参考阅读

著作类

1. 李长中：《文学文本基本问题研究》，中央民族大学出版社 2012 年版。

2. 董希文：《文学文本理论研究》，社会科学文献出版社 2006 年版。

3. 赵志军：《文学文本理论》，中国社会科学出版社 2001 年版。

论文类

1. 单小曦.《复合符号文学文本及其存在层次》，《文艺理论研究》2014 年第 4 期。

2. 张玉能：《英伽登的现象学文学作品论——文学作品的存在方式和

结构层次》,《世界文学评论》2010 年第 1 期。

3. 刘俐俐:《经典文学作品文本分析的性质、地位、路径和意义》,《甘肃社会科学》2008 年第 3 期。

4. 刘俐俐:《一个有价值的逻辑起点——文学文本多层次结构问题》,《南开学报》(哲学社会科学版)2005 年第 2 期。

5. 黄卓越、吴建:《中西文本层次论之比较研究》,《求索》1990 年第 4 期。

6. 朱立元:《略论文学作品的内在结构》,《天津社会科学》1988 年第 5 期。

后 记

　　这本书的写作，源于我一直以来对文学理论应有形态的思考，这些思考在我的教学过程中也得到了反复印证。从我第一次接触到文学理论这个学科的时候，就认为理论是应该解决问题的。理论虽然抽象，但它应该能从更高的层面去俯瞰文学活动中的具体问题。这是我对文学理论的第一印象。但在接触到一些文学理论教材和著作之后，我却发现理论似乎不试图触及具体问题，而是通过自己的逻辑推演去建构一套体系。这使得初学理论的我一头雾水，直到后来看了很多专著和论文之后，才大概在脑海中勾勒出文学理论的整体面貌，进而也明白了理论与实践相脱节的原因。

　　事实上，当前的很多文学理论教材都在试图建构一整套关于文学的理论体系，并以此来阐释文学现象。然而无论体系如何完备，其面临的文学现象总是丰富多彩的，这就导致文学理论在复杂的文学现象面前往往缺乏足够的效力。弥补这一缺陷的方式往往是尽可能扩充、修补理论体系，使理论具有更广的延展性并能够自圆其说，这导致理论往往越来越抽象，抽象到了似乎跟文学实践、文学阅读毫无关联。

　　于是，我就在想：理论真的非要这么抽象吗？理论真的跟现实无关吗？在接触到这门学科十多年后，我逐渐意识到，理论不仅没有那么高高在上，相反它还很接地气。在日常生活中，在文学阅读中，在语言表达中，时时刻刻都蕴藏着理论问题。只不过很多人自己意识不到。它像空气一样环绕在我们的身边，支撑着我们的生命和精神，但我们却从不认为它有多么大的价值。这就像是当一个人心脏出现问题时才意识到自己是有心脏的一样，理论也总出现在人们对某一文学问题产生不同见解进而发生争吵的时候。而网络时代无疑放大了这种争吵的社会影响力，将那些隐藏在问题背后的理论问题呈现了出来，同时也暴露出了当代社会中理论思考的缺失。

正是在这一思考中，我认为文学理论应该摒弃传统教材式的体系性框架，改为以问题的方式引出相关的理论概念、命题和逻辑。而这些问题，应该是日常生活中人们面对文学现象时想问但又不敢问，似乎已有定论但却时刻被质疑的问题。这就有了本书关于文学理论的诸多问题，诸如：文学经典是谁决定的？作品的意义是作者决定的吗？诗歌为什么要押韵？人品和文品为什么不一致？作者到底是什么？等等。这些问题不光是我本人从小接触文学作品时经常会遇到的问题，也是我后来成为教师后学生反复问的问题。这些问题很实际，但却无法直接从文学理论教材中找到答案。而本书就是要从文学活动的现实问题入手，较为深入地分析问题背后的原因，以文学四要素为框架，试图从理论角度解决这些问题。

如何找到现实问题与抽象理论之间的结合点，是这本书的写作的重点。如果单纯地以这些问题为核心查阅资料的话，会发现很少有前人直接针对这些问题进行深入的研究。因为这些问题的复杂性使得解决问题所需要调动的不仅仅是单一流派和体系，而是要调动多个理论问题才能加以阐释和解决。正是基于此，我在写作的时候注重的是如何以问题切入，将问题引到传统的文学理论体系脉络中，呈现文学理论的复杂性和现实意义。

当然，直到这本书交稿时，我依旧感到有很多的理论问题可以展开探讨，有很多的逻辑脉络没有梳理清晰，很多话题还可以有更丰富的思考角度。无奈写作是一门遗憾的艺术，但愿这些遗憾能在今后的学习和工作中得以弥补。希望这本书能够给众多文学理论的研究者们提供一种思考的视角，也希望读者们能多多批评指正。希望能跟广大读者一起，用文学抵抗人生的虚无，用理论穿透世间的幻象。

杨宁

2022年1月